编剧的艺术

The Art of Dramatic Writing

〔匈〕拉约什·埃格里 著
陈磊 译

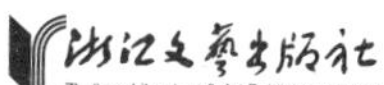

Zhejiang Literature & Art Publishing House

果麦文化　出品

自序　引人关注的重要性

古希腊时，神庙里曾发生过一件可怕的事：一天夜里，宙斯的雕像被人打碎并亵渎了。

居民们一片哗然，害怕遭到诸神的报复。

城市传令官走上大街小巷，号令罪犯立即现身，到长老面前接受应有的惩罚。

罪犯自然不想自首。实际上，一周后又有尊神像被毁。

这下人们怀疑逍遥法外的罪犯肯定是个疯子，他们派出卫兵严加看守。终于，大家的警惕得到了回报，犯人被抓获了。

人们问他："你知道自己将面临怎样的命运吗？"

"知道，"他回答的样子几乎称得上开心，"死刑。"

"你难道不怕死？"

"我怕。"

"那你为何明知会遭到死刑惩罚却还要犯罪？"

男人狠狠地咽口唾沫，接着答道："我不过是个无名之辈，一辈子都默默无闻，从未有过任何出众之举，而且我知道以后也永远做不到。我想做些什么，让人们注意到我……记住我。"

他沉默片刻又说："人只有被忘却后才算是死去。我觉得相比起不朽，死亡不过是个微不足道的代价！"

不朽！

是的，我们所有人都渴望关注。我们想引人注目，想永垂不朽。我们都想做些事情，引得人们惊叫："他真了不起！"

如果我们无法创造有用或美的东西……那我们一定会创造出别的东西，比如麻烦。

只需想想你的海伦姨妈，家族里的闲话精（很多人的家族里都有一个类似的人物）。她引得人们厌恶、猜疑，进而导致争吵。她为何要这样？她想受人关注，当然了，如果只靠说闲话或撒谎的方式就能达到这个目的，那她说闲话或撒谎时，就不会有片刻的迟疑。

渴望与众不同，这是我们人生的基本需要。我们所有的人，无论何时，都渴望受人关注。自我意识，甚至是隐居行为，都源于这种引人关注的欲望。如果不能唤起人们的同情或怜悯，那么它便会自行终结。

以你的内弟乔为例。他总是追着女人跑。为什么？他是个很好的养家人，出色的父亲，奇怪的是，还是个优秀的丈夫。但他的生活有所缺失：对自己，对家人，对全世界来说，他都不够重要。婚外情已成为他存在的焦点。每次新的征服都让他感到自己的重要程度有所提升，他觉得他实现了某些目标。如果乔认识到他真正想要的其实是创造更有价值的东西，而对女人的渴求不过是个替代品，那他一定会大感惊讶。

母亲身份是一种创造，是通往不朽的开端。或许这正是女性不像男性那般轻浮的原因之一。对于一个母亲来说，最大的不公，便是孩子成年后会对她隐瞒他们的烦恼。虽然这样的行为完全是出于爱和体贴，却让母亲觉得自己没有价值。

每个人生来就拥有创造能力，这一点毫无例外。而至关重要的是，人要拥有表达自我的机会。如果巴尔扎克、莫泊桑、欧·亨利不曾学习写作，那他们有可能成为积习成癖的骗子，而非伟大作家。

每个人与生俱来的创造才能都需要一个出口。如果你感觉你想写作，那就写吧！你或许会担心缺乏更高水平的教育会阻碍你取得真正的成功，但是，不要在意。许多伟大的作家，如莎士比亚、易卜生、萧伯纳，他们都没念过大学（只是举几个例子）。

即便你不是天才，享受生活依然是一件很棒的事。

如果你对写作没有兴趣，你可以学习歌唱、跳舞，或是演奏一样乐器，直到水平足够娱乐宾客。这也属于“艺术”范畴。

是的，我们想要引人注目！我们想要被人铭记！我们想成为重要人物！以最适合我们特有才能的媒介来表达自我，通过这样的方式，我们可以吸引一定程度的关注。你永远不会知道，你的嗜好会将你引向何方。

即便在商业上失败了，你依然可能会因为你的经历脱颖而出，成为你投入诸多精力学习的这一领域内的权威。你将获得更丰富的体验——如果你不是在胡闹的话，那光是这个就已是一项巨大的成就。

所以，想要获得关注的急切渴望最后终将得到满足，而且不会伤害到任何人。

目录

前言

本书的写作对象不仅是作家和编剧，还包括大众。如果广大读者理解写作的机制，如果大众明白其艰辛，明白任何文学作品所需要投入的巨大努力，他们会更容易发出真心的赞美。

读者在这本书的最后会看到通过辩证分析所做出的对戏剧的总结。我们希望这些将提高读者对篇幅不一的小说，尤其是对戏剧和电影的总体理解。

我们在这本书中探讨戏剧时，不会对具体的某一部做出整体的褒贬性评断。引述片段证实观点，并不意味着我们对整出戏剧持赞许态度。

我们涉及的戏剧有现代的，有古典的，但重点在古典戏剧，因为绝大多数现代戏剧很快都被人遗忘了。大多数有学识的人熟悉的还是古典戏剧，而且古典戏剧随时都可供查阅研究。

我们的理论以永恒变化着的“角色”（character）为基础，面对不停改变的内在和外在刺激，他们总会做出几近暴烈的反应。

人最基本的天性是什么？任何一个人——或者就说你，正在阅读这行字的读者最基本的天性是什么？在开始探讨“切入点”（point of attack）、“编排”（orchestration）和其他问题之前，这个问题必须得到解答。对于稍后将继续探讨的这个学科，我们必须更多地了解它的生物学知识。

我们将以对“前提”（premise）、“角色”和“冲突”（conflict）的详细剖析作为开始。这样将有助于读者对驱动角色取得更高发展或走向毁灭的力量，有大致的了解。

一个建筑工如果不了解他必须运用的材料，将导致灾祸。在我们的例子中，材料就是“前提”“角色”和“冲突”。不将所有这一切的细枝末节都了解清楚，谈论如何写作一出戏剧是没有意义的。我们希望这样的做法对读者会有帮助。

在这本书中，我们打算呈现一种适用于各种写作，尤其是戏剧写作的新方法。这种方法的基础就是辩证逻辑的自然法则。

伟大的戏剧由不朽的作家写就，历经漫长岁月来到我们眼前。然而即便是天才，也经常写出糟糕透顶的作品。

原因何在？因为他们的写作基础是本能，而非精确的知识。本能或许能引导一个人一次或数次创作出杰作，但如果完全依靠本能，最终往往会走向失败。

权威人士已经列出掌管剧作学的诸多法则。对戏剧影响最早，毫无疑问也最重大的亚里士多德，在两千五百年前曾经说过：

最重要的是事件而非人的组织，是行动和生活的组织。

亚里士多德否认角色的重要性，他的影响持续至今。也有人曾宣称，角色对任何类型的写作都非常重要。十六世纪的西班牙剧作家洛佩·德·维加（Lope de Vega）曾有如下概括：

第一幕陈述事实。第二幕编织事件，方式要高明，让观众直到第三幕过半依然猜不出结局，总是出人意料。这样一来，就有可能写出与人们原本可能产生的理解相去甚远的作品。

德国评论家和剧作家莱辛（Lessing）曾写道：

规则执行得再严格，也无法弥补角色身上最微小的缺陷。

法国剧作家高乃依（Corneille）曾写道：

戏剧既然是一门艺术，那么它肯定有法则；但是法则是什么，却无法确定。

诸如此类，人们的说法互相矛盾。甚至有人宣称，不管怎样，根本就不可能有规则。这是所有观点中最奇怪的一条。我们知道，就餐、走路和呼吸有规则；绘画、音乐、舞蹈、飞行以及桥梁建设也有规则；每一种生活和自然现象都有规则——那么，为什么唯独写作是个例外？事实显然并非如此。

一些曾试着列出规则的作家告诉我们，出戏剧由不同要素构成：主题、情节、事件、冲突、阻碍、必要场景、气氛、对话和高潮。每种要素都有相关书籍，向学生解释和分析。

这些作者的确认真对待了他们的主题，研究过相同领域内其他同行的作品，也自己写过戏剧，从自身经验中取得了收获。但是读者却从未满足：有些东西缺失了。学生依然不理解阻碍、张力、冲突和基调之间的关系，也不理解这些或类似话题与戏剧创作的关系对他想要创作的好戏有什么影响。他知道“主题”的含义，但当他试图运用这一知识时，却产生了迷茫。毕竟，威廉·阿契尔（William Archer）说过，主题并非必要。珀西瓦尔·王尔德（Percival Wilde）说过，主题在开场是必要的，但必须深埋，让任何人都无法察觉。谁说得对？

现在来想想所谓的必要场景。有些权威称它必不可少，也有人称没这回事。那么，如果它真的必不可少，原因何在？如果没这回事，又是为什么？每本教材的作者解释的都是他自己偏爱的理论，但没有人将其统合起来，从而对学生起到帮助作用。统合力是缺失的。

我们认为必要场景、张力、气氛和其余要素都并非必要。它们都是某种更为重要的东西所产生的效果。对一位剧作家说，他需要一个必要场景，或者他的戏缺乏张力或阻碍，这样是没有意义的，除非你能告诉他，如何实现这些目标。定义并非答案。

一定有某种东西能产生张力，某种东西能制造阻碍，编剧在做这些尝试时都是毫无意识的。一定有某种力量能统合所有部分，一种所有部分都从中长出，一如四肢从身体生出那般自然的力量。我们认为我们知道那种力量是什么，根据其无限变化和辩证矛盾的特点来看，那种力量就是：人类的性格。

我们不止一次地以为，这本书已经说尽了戏剧写作的方方面面。但事实正好相反。在修建一条新路时，人会犯下许多的错误，有时还会言辞不准。我们的后继者将更深入地挖掘，让这种辩证写作方法的形式变得更加清晰，远远超出我们的期望。这本书以辩证方式写出，本身也服从于辩证法则。本书中的理论为正题，其对立面则为反题，两者结合形成将正题反题统合的合题，而这正是通往真理之路。

THE ART OF
DRAMATIC WRITING

Chapter 1

前提

一个人坐在自己的工坊里，忙着发明机轮和弹簧。你问他手里摆弄的小器械是什么，有什么用处，他却一本正经地看着你，小声说："我其实也不知道。"

另一个人沿着街道气喘吁吁地飞奔。你拦住他，问他要去何处。他上气不接下气地说："我怎么知道我要去哪儿？我还在路上呢！"

你会觉得——包括我们在内的世界上的所有人都觉得——这两个人有点迷糊。每一件实用的发明都必须有目的，每一场按计划进行的冲刺都必须有目的地。

不过，看起来虽然显得不可思议，但这个简单的必要性在许多戏剧中却毫无痕迹。稿纸浩如烟海，文字不计其数，但全都未触及重点。其中有许多狂热之徒，干劲十足，但似乎没有人知道他们要去何方。

万事都有目的，或称前提。我们生活的每一秒都有其前提，无论我们当时是否有知觉。这一前提或许如呼吸般简单，也可能如一个至关重要的情感抉择般复杂，但它一直存在。

我们或许无法做到成功证实每个微小的前提，但总有应当证实的前提存在，这一事实无法改变。我们穿越房间的路途或许会被一直未留意到的脚凳阻碍，但前提无论如何都会存在。

每一秒钟的前提相加构成每一分钟的前提，而每一分钟的相加构成每一小时的，每一小时的相加构成每一天的。就这样，最后构成人一生的前提。

《韦氏词典》中对此定义如下：

前提：一个预先得到假设或证实的命题，一个争论的基础。一个被陈述或假定为能促成结论的命题。

有许多人，尤其是戏剧界人士，也曾用不同称谓来指涉同样的事物：主题、论点、根本思想、中心思想、目标、目的、驱动力、话题、意图、计划、情节、基本情感。

我们在本书中选择使用“前提”一词，因为它囊括了其他称谓想要表达的所有意思，而且不容易引发误解。

费迪南·布伦退尔（Ferdinand Brunetière）要求，戏剧的开端要有“目标”。这就是前提。

约翰·霍华德·罗森（John Howard Lawson）称：“根本思想是进程的开端。”他指的就是前提。

布兰德·马修斯（Brander Matthews）教授称：“一出戏剧需要有一个主题。”他指的一定是前提。

乔治·皮尔斯·贝克（George Pierce Baker）引用小仲马的话称：“如果不知道去哪里，你怎么知道该走哪条路？”前提会为你指路。

他们说的都是一件事：你的戏必须有一个前提。

我们来研究几部戏，看看它们是否有前提。

《罗密欧与朱丽叶》（*Romeo and Juliet*）

这出戏以凯普莱特和蒙太古两个家族之间的深仇大恨作为开端。蒙太古家有一子名为罗密欧，凯普莱特家有一女名为朱丽叶。两个年轻人爱得难解难分，连家族世仇也抛在脑后。朱丽叶不愿听从父母的命令嫁给帕里斯伯爵，于是便去寻求一位修士朋友的建议。修士要她在婚礼前夜服下一剂药性强烈的安眠药，假死四十二个小时。朱丽叶听取了他的建议，所有人都以为她死了。由此便开启了这对恋人的悲剧。罗密欧以为朱丽叶真的死去，服毒死在她身旁。朱丽叶醒来发现罗密欧已死，毫不犹豫地决定与他死后团聚。

这出戏显然讲述的是爱情。但是爱情有许多种。毫无疑问这是一场伟大的爱情，因为这对恋人不仅违抗家族传统和仇恨，甚至抛却性命共赴死地。那么正如我们所见，这出戏的前提就是："伟大的爱情甚至能战胜死亡。"

《李尔王》（*King Lear*）

国王对两个女儿的信任是个可悲的错误。她们剥夺了他所有的权威，贬低他。最后老人陷入疯癫，受尽屈辱与折磨死去。李尔心中相信两位长女。由于对她们的奉承话信以为真，他大祸临头。虚荣的人相信恭维话，信任奉承之人。但奉承之人不足信，而相信奉承话无异于惹祸上身。

那么，这出戏的前提就是："盲信导致毁灭。"

《麦克白》（*Macbeth*）

麦克白夫妇为实现残忍的野心，决定谋害邓肯王。成功后，麦克白为巩固自己的地位，雇用刺客刺杀他所惧怕的班柯。之后，为进一步稳固通过谋杀获取的宝座，他被迫犯下更多的谋杀罪行。最终，贵族及他的属下义愤填膺，奋起反抗，弄剑起家的麦克白自己也死于剑下。麦克白夫人于恐惧中死去。

这出戏的前提是什么？问题在于，驱动力是什么？

毫无疑问是野心。什么样的野心？是残酷的野心还是浸透鲜血的野心？麦克白的垮台在他为实现野心所施行的计谋性质中就已有预示。所以，《麦克白》的前提是："残酷的野心导致自身的灭亡。"

《奥赛罗》（*Othello*）

奥赛罗于卡西奥的寓所发现苔丝狄蒙娜的手绢。原来这是伊阿古为激发他的嫉恨故意带去的。奥赛罗因此杀死了苔丝狄蒙娜，随后将匕首刺入自己的心脏。

在此推动角色行为的动力是嫉恨。无论是什么导致这头绿眼的怪物抬起它丑陋的头颅，重点在于，嫉妒是这出戏的驱动力，奥赛罗不仅杀死了苔丝狄蒙娜，还自杀身亡，因此，它的前提是：“嫉妒毁灭自身，也毁灭爱恋的对象。”

《**群鬼**》（*Ghosts*），易卜生（Ibsen）著

基本思想是遗传。这出戏诞生于一个出自《圣经》的前提：“父辈之罪，亦会殃及子孙。”这出戏中的角色所说的每一句话，做的每一个行动，制造的每一个冲突，全都因为这个前提。

《**死路**》（*Dead End*），西德尼·金斯利（Sidney Kingsley）著

在此作中，作者显然是想展示和证明“贫困滋生犯罪”。他做到了。

《**甜蜜的青春鸟**》（*Sweet Bird of Youth*），田纳西·威廉姆斯（Tennessee Williams）著

一位渴望成名的无情的青年演员与一位富家千金共度良宵，使其患上性病。年轻人又以肉体作为交换，换得一位上年纪的女演员的支持。但千金的父亲雇用暴徒将他阉割，他于是败落。

这出戏的前提是：“无情的野心导致毁灭。”

《**朱诺与孔雀**》（*Juno and the Paycock*），肖恩·奥凯西（Sean O'Casey）著

船长博伊尔懒惰且不求上进，喜好自夸和酗酒，他得到通知，称一位富有的亲戚去世，留给他一大笔钱，并且不日将支付给他。博伊尔和妻子朱诺准备过安逸舒适的生活：他们以即将得到的遗产为根据，问邻居借钱，购买花哨的家具，博伊尔还花大笔的钱喝酒。后续发展是，因为遗嘱用词含糊，他们永远也收不到遗产。愤怒的债权人突然袭击，夺走了他们的房子。悲上加悲的是，博伊尔的女儿因为遭人引诱，即将生产；他的儿子遭人杀害，妻

子和女儿都离开了他。最后，博伊尔一无所有；他已坠入谷底。

前提："不求上进导致毁灭。"

《虚与实》（*Shadow and Substance*），保罗·文森特·卡罗尔（Paul Vincent Carroll）著

托马斯·斯克里特是爱尔兰一个小社区的教士，他拒绝承认仆人布丽奇特真的看见了她的守护圣徒圣布丽奇特的显现。他认为她精神错乱了，想送她去休假，最主要的是，他拒绝按照圣徒神迹中的要求去做——据仆人所言，圣布丽奇特对他提出了要求。布丽奇特试图从愤怒的人群中救出一位校长，不幸身亡，在这女孩纯洁、朴素的信仰面前，教士无地自容。

前提："信仰战胜骄傲。"

我们不确定《朱诺与孔雀》的作者是否知道他的前提是"不求上进导致毁灭"。举例来说，儿子的死与这出戏的主要理念并不相关。肖恩·奥凯西对角色的研究非常出色，但是第二幕却陷入停滞，因为他在一开始创作这出戏时只有一个模糊的想法。所以他未能写出一部真正伟大的戏剧。

另一方面，《虚与实》有两个前提。在前两幕和最后一幕的前三分之一，前提是："智慧战胜迷信。"而到了结局，毫无预警地，前提中的"智慧"变成了"信仰"，而"迷信"变成了"骄傲"。教士——关键角色——像变色龙一样，变成了与片刻之前完全不同的人。因此这出戏一团糟。

每出好戏都必须有一个精心构想的前提。前提的表达方式可能不止一种，但不管用怎样的表达方式，思想都必须一致。

剧作家经常会产生一个想法，或突然想到一个不同寻常的情境，于是就决定围绕着它创作一部戏。

问题在于，那个想法，或者那个情境，是否能为一出戏提供足够的基础。我们的答案是否定的，尽管我们意识到，在一千位剧作家中，有

九百九十九位开始创作的方式都是如此。

没有清晰的前提，任何想法、任何情境都不足以带领你走向合乎逻辑的结论。

如果你没有此类前提，你可以修改、详细阐述、变换你最初的想法或情境，甚至引导自己走向另一个情境，但是你仍然不知目的何在。你会苦苦挣扎，绞尽脑汁地创造更多情境，以完成你的剧作。你或许能找到这样的情境——但依然写不出一部完整的戏。

你必须有一个前提——前提将引导你毫厘不爽地走向你计划实现的目标。

摩西·L. 梅尔文斯基（Moses L. Malevinsky）在《剧作的科学》（*The Science of Playwrighting*）一书中说过：情感，或情感中包含或具有的各种成分，是生活中最基本的东西。情感即生活，生活即情感。因此情感即戏剧，戏剧即情感。

如果我们不知道，什么样的力量驱动情感前进，那么情感从来就不曾，也永远不可能创造出一部好戏。诚然，情感之于一出戏剧的重要性，好比吠叫之于狗。

梅尔文斯基的论点是，如果你接受他的基本原则，即情感，那么你的问题就解决了。他为你列了一个基本情感表——欲望、恐惧、怜悯、爱、恨——他声称，其中的任何一种对于你的戏剧来说都是一个合理的基础。这种说法或许有理，但它永远不可能帮你写出一部好戏，因为它没有指定的目标。爱、恨，任何基本情感，都只是一种情感而已。它或许会围绕着自身旋转，毁灭、创造，但不能前往任何地方。

也许情感的确能找到一个目标，甚至让作者本人也觉得惊讶。但这只是一种偶然，有太多的不确定因素，因而无法作为一种方法提供给年轻的编剧。我们的目标是排除偶然和事故，指明一条道路，让任何会写作的人都能在上面行进，最终为自己找到一个可靠的方法，抵达一部戏剧。所以，你必须拥有的第一样东西就是前提。它必须以任何人都能理解的方式表述出来，而且这种理解还要符合作者的原意。前提不清晰和根本没有前提一样糟。

作者使用的如果是表述不清、错误或架构拙劣的前提，最终他会发现，他只是在用毫无意义的对话——甚至行为——填补空间和事件，实际上根本无法证明他的前提。原因何在？因为他没有方向。

让我们做个假设，我们想写作一部关于一个简朴人士的戏剧。我们该取笑他吗？我们该让他显得荒谬或可悲吗？现在还不知道。我们只有一个想法，那就是描绘一个简朴的人。我们来深入探索这个想法。简朴是明智行为吗？从某种程度来说，是。但我们无意描写一个温和、谨慎、未雨绸缪的人。那样的人并非简朴，而是有远见。我们要写的是一个简朴到连基本需求也不肯满足的人。他俭省到愚蠢的地步，并最终让他得不偿失。现在我们的这出戏就有了前提：“节俭导致浪费。”

每一个明确的前提都包括三部分，其中的每一部分对一出好戏来说都必不可少。我们来研究“节俭导致浪费”。这个前提的第一部分提供了角色：一个节俭的人。第二部分，“导致”提供了冲突；第三部分，“浪费”提供了戏剧的结局。

我们来看看是否如此。“节俭导致浪费”，这个前提提供了一个节俭的人，他热心于存钱，拒绝交税。这个行为势必引发政府的反制，即冲突，于是这个节俭的人被迫缴纳原本数额三倍的罚金。于是，“节俭”提供角色，“导致”提供冲突，“浪费”提供戏剧的结局。

一个好的前提就是你戏剧的概要。下面是其他一些前提：

怨恨导致虚假的欢乐。

愚蠢的慷慨导致贫穷。

诚实战胜奸诈。

失慎毁掉友谊。

坏脾气导致孤立。

唯物主义战胜谬论。

过分拘谨导致挫折。

夸耀导致羞辱。

困惑导致挫折。

狡猾导致自掘坟墓。

欺诈导致败露。

放荡导致失去朋友。

自负导致众叛亲离。

奢侈导致穷困。

暴躁导致自尊丧失。

虽然它们包含一个精心构建的前提所需要的所有部分——角色、冲突和结局，但依然只是干瘪的陈述。那么问题出在哪里？缺失了什么？

缺失的是作者的判断。他不选择立场，就没有戏剧。只有他拥护问题中的一方时，前提才能焕发生机。自负会导致众叛亲离吗？你的立场是什么？我们，即你的戏剧的读者或观众，并不一定要赞同你的判断。因此你必须通过你的戏剧，向我们证明你的观点的可信度。

课堂讨论

问：我有点迷惑。你是想告诉我，没有清晰的前提，我就不能开始写作一出戏？

答：你当然可以开始。有许多方法可以帮你找到前提。下面就是一种。举例来说，如果你在你的克拉拉姨妈或约书亚叔叔身上注意到足够多的怪癖，你可能会觉得，他们身上有写作一出戏剧的出色素材，但你可能不会立即就开始思考并得出一个前提。他们是令人激动的角色，所以你研究他们的行为，观察他们走出的每一步。你认为克拉拉姨妈虽然是个虔诚的宗教信徒，但却爱管闲事，爱说长道短。她会插手每个人的私事。你或许知道，有几对夫妇的分开就是因为克拉拉姨妈的恶意干预。但你依然没有前提，也不明白：是什么让这个女人做出这些行为？为什么克拉拉姨妈会因为给无辜的人制造大量麻烦而获得极大的快乐？

因为她的性格很吸引你，所以你决定写一出关于她的戏，既然如此，你就试着尽可能多地发掘她的过去和当下。而从开始调查事实的那一刻起，无论你是否意识到，你实际上就已经走出了寻找前提的第一步。前提是我们做每一件事时背后的驱动力量。所以你会向你的父母和亲戚询问克拉拉姨妈过去的行为。你也许会震惊地发现，这个虔诚的信徒年轻时品行一点也称不上端正，反而放荡不羁。

克拉拉姨妈离间了一对夫妇的感情，后来还嫁给了这位丈夫，导致他的前妻自杀身亡。不过，正如这种事情在一般情况下的发展，死去女人的阴影萦绕着两人，最终男人失踪了。但她疯狂地爱着这个男人，竟认为这种遗弃是神力的显现。于是她成了虔诚的宗教信徒，下定决心将用余生来赎罪。她开始重塑她认识的每一个人，干预人们的生活，暗中监视躲在阴暗角落小声甜言蜜语的无辜情侣，劝诫他们不要有罪恶的想法和行为。简言之，她成了社区里人人厌烦的人物。

想写作这出戏的作者依然没有前提。但不管怎样，克拉拉姨妈生平的故事已经慢慢成形。其中依然有许多尚未解释清楚的地方，等他找到前提后可以回头弥补。现在要问的问题是：这个女人的结局将会怎样？她余生会继续干涉——实际上是在损害——别人的生活吗？当然不会。但是鉴于克拉拉姨妈依然在世，并且在自命的事业上依然劲头十足，作者就不得不为她定一个结局，不是现实结局，而是戏剧中的结局。

事实上，克拉拉姨妈可能会活到一百岁，最后死于一场事故，或者平静地死在床上。但那对戏剧有什么帮助吗？当然没有。事故属于外部因素，并非戏剧的内在要素。病死和平静死亡也一样。她的死——如果结局是死亡——必须源自她的行为。一个生活被她毁掉的男人或女人找她复仇，送她去见造物主。或者由于过分热心，她可能会越过一切界限，甚至违抗教会，最终被逐出教门。或者她可能发现自己陷入声名狼藉的境地，只有自杀才能解脱。

无论选择上述三种可能结局中的哪一种，前提都已提供：极端行为（无论是什么）导致毁灭。现在你对你的戏从头到尾都了解得很清楚了。以她的放荡不羁作为开场，她的放荡导致一个女人自杀，而她也失去了真正所爱的人。这一悲剧让她缓慢但却坚定地变成了一个宗教狂热分子。她的狂热毁掉了别人的生活，最后也取了她自己的性命。

不，你不是一定得以前提作为创作戏剧的开始。你的起点可以是一个角色、一个事件，甚至一个简单的想法。这个想法或事件逐渐发展，故事也慢慢展开。你还有时间，稍后可以从大量素材中寻找前提。重要的是你要找到它。

问：我们举个例子，我能使用“伟大的爱甚至无惧死亡”这一主题，而不受剽窃的指责吗？

答：你可以放心使用。尽管其内核与《罗密欧与朱丽叶》的相同，但戏是不同的。你从不曾见过，并且永远不会看见两棵完全一样的橡树。一棵树的形状，它的高度和气势，是由种子碰巧落地生根的位置和环境所决定的。没有两个剧作家会有相同的想法或写法。一万个剧作家尽可以选取相同的前提，从莎士比亚以来情况就是如此，但除前提以外，没有任何一出戏会与其他类似。你的知识、你对人类天性的理解、你的想象力会处理好这个问题的。

问：有没有可能写出一部拥有两个前提的戏？

答：有可能，不过那不会是一出好戏。你能在同一时间前往两个不同的方向吗？光是为了证实一个前提，剧作家的任务就已足够重，更不用说两个或三个。前提不止一个的戏势必会令人困惑。

菲利普·巴里（Philip Barry）所著的《费城故事》（*The Philadelphia Story*）就是一个案例。这出戏的第一个前提是：要维持一场成功的婚姻，双方都必须做出牺牲。第二个前提是：钱不是决定一个人性格的唯一因素。

萨姆森·拉菲尔森（Samson Raphaelson）所著的《云雀》（*Skylark*）是此类戏剧的另一个案例。其前提分别为：富有的女人需要一个生活支柱；一个男人如果爱他的妻子，就会愿意为她做出牺牲。

这两部戏不仅有两个前提，而且前提还无效，表达得也糟糕。

好的表演、出色的制作、聪明的对话，它们有时或许会带来成功，但只靠它们是永远无法创作出一部好戏的。

尽管那些已经制作过的戏，每一出背后都有一个想法，但不要以为每一部都有一个清晰的前提。举例来说，克利福德·奥德茨（Clifford Odets）所著的《夜间乐声》（*Night Music*）的前提是：年轻人必须勇敢面对世界。它是一个想法，但缺少有效的前提。

威廉·萨洛扬（William Saroyan）所著的《你一生的时间》（*The Time of Your Life*）有一个想法，但很混乱。其前提“生活精彩无比”杂乱无序，没有定形，就和没有前提一样。

问：很难判断一出戏的基本情感。以《罗密欧与朱丽叶》为例，如果两大家族不是世仇，那么这对恋人本可以幸福地生活在一起。在我看来，这出戏的基本情感似乎不是爱，而是恨。

答：恨削弱了两个年轻人对彼此的爱吗？没有，反而激励他们付出了更大的努力。每一个困境都更加深了他们的爱。他们愿意放弃名分，不惧家族的仇恨，而且在最后还为爱献出了他们的生命。最后被征服的是仇恨，而非他们的爱。爱情遭遇仇恨的试炼，最后大获全胜。爱不是从仇恨中长出的，尽管仇恨存在，爱依然茁壮成长。正如我们所见，《罗密欧与朱丽叶》的基本情感依然是爱。

问：我还是不知该如何判断一出戏的基本趋向或情感。

答：那让我们再来看另一个例子：易卜生的《群鬼》。这出戏的前提是：父辈之罪，亦会殃及子孙。我们来看看是否如此。阿尔文上尉婚前婚后生活都很放荡。他因出轨而感染梅毒死亡，留下的一个儿子也遗传了他的疾病。这个名叫奥斯瓦德的儿子生得愚笨，虽然有自己母亲的仁慈帮助，依然难逃死亡厄运。这出戏的其他议题，包括与女仆的婚外情，都基于上述前提产生。这出戏的前提显然涉及的是遗传。

莉莉安·赫尔曼（Lillian Hellman）从一个想法开始工作，这个想法出自威廉·拉夫海德（William Roughead）关于苏格兰过去审判的报告。1830年前后，一个印度小女孩成功搅乱了一所英国学校。莉莉安·赫尔曼的第一部成功作品《孩子们的时刻》（*The Children's Hour*）就以这一报道为基础。罗伯特·范戈尔德（Robert van Gelder）于1941年4月21日在《纽约时报》上发表了对她的访谈，内容如下：

"《守卫莱茵河》（*Watch on the Rhine*）的写作耗费了我大量的精力，"赫尔曼小姐说，"恐怕过程也不是太有趣。在写作《小狐狸》（*The Little Foxes*）时，我突然产生一个想法。在美国中西部有一个小镇，普普通通的那种，可能比欧洲普通小镇更偏僻，一对有头衔的欧洲夫妇在前往西海岸的途中短暂停留，于是走进了那座小镇。我感到非常兴奋，甚至想搁置《小狐狸》，转而创作这个故事。但是开始之后，我却无法前进。开局很顺利，但接着就卡壳了。

"后来我又有了另一个想法。如果是一些人生大部分时间都在欧洲忍饥挨饿的敏感之人，他们发现自己成了一些美国富人的座上宾，会做何反应？生活总是极其忙碌，没有时间睡觉时就吃安眠药，点了丰盛的晚餐但却一口不吃，他们对这样的生活会有什么看法？凡此等等。但那出戏还是进行不下去。我一直很挂念之前的角色，即那对名人夫妇，他们不停地在脑海反复出现。我经常一想就是一下午，可能还花费了许多个早晨，来追溯所有的足迹，如此才将两出戏合成一部《守卫莱茵河》。那对名人夫妇依然在其中，但只作为次要角色。那些美国人都很讨人喜欢，一切都变了，但这出新戏是从另外两部中生长出来的。”

剧作家可能会在一个故事中投入数周时间后，才发现他真的需要一个前提，因为那将为他的戏指明目的地。下面我们就来追溯一个想法，慢慢抵达一个前提。我们假设你想写的是一出关于爱的戏。

什么样的爱？你认为一定是一份伟大的爱，一份将战胜偏见、仇恨、逆境的爱，用钱买不来，也没有任何折扣可言。看到恋人们为彼此做出的牺牲，看到爱情取得成功的画面，观众会动容落泪。这就是这出戏的想法，而且还不算坏。但是你缺少前提，除非选出前提，否则你就无法写出好戏。

你的想法其实暗含着一个相当明显的前提：爱能战胜一切。但这句陈述模糊不清。它说得太多，因此也就等于什么都没说。所谓的“一切”是什么？你可能会回答是障碍，但我们还能继续发问：“什么障碍？”如果你说“爱能移山”，我们仍然有理由提问，那有什么用处？

你的前提必须明确指定这份爱有多么伟大，明确呈现其目的，以及它所能达到的程度。

就让我们继续走到底，展现一份伟大到足以战胜死亡的爱。那么我们的前提就很明晰：爱能战胜死亡吗？这里的答案是“能”。它指明了恋人们将要走的路。他们会为爱赴死。这是一个有效前提，所以当你问“爱将战胜什么”时，就可以直截了当地回答“死亡”。因此，你不仅知道你笔下的恋人愿意走多远，还能大致知道角色的类型，他们必须是能将这个前提引向合理结局的角色。

这个女孩会是愚蠢、感情冷淡、心机深重的类型吗？几乎不可能。这个男孩，或者男人，会是浅薄的浪荡子吗？除非他们的肤浅只持续到两人相遇。接着战斗就将开始，首先是反抗他们周围的生活琐碎，接着是反抗他们的家庭、宗教，以及其他所有联合起来针对他们的激励因素。随着故事的发展，他们的精神高度、力量、决心都将成长，最后甚至无惧死亡，而也正是在死亡中，他们合为一体。

如果你有了一个明晰的主题，那么故事梗概几乎会自行展开。你可以详细阐述它，提供微小的细节和个人色彩。

我们理所当然地认为，如果你选择上述前提，即“伟大的爱甚至不惧死亡”，就意味着你相信它。你应该相信它，因为你将要证明它。最后你必须证明，失去了所爱之人，生活将毫无意义。如果你并非发自真心地相信这一前提，那么无论多么辛苦的尝试，恐怕也难以达到像《玩偶之家》中的娜拉，或《罗密欧与朱丽叶》中的朱丽叶那样的情感强度。

莎士比亚、莫里哀、易卜生他们相信自己作品的前提吗？答案几乎是确定的。如果他们不信，那他们的才能一定非常强大，甚至到了能让他们感受到自己所描绘的情感的地步，让他们将主角的生活呈现得如此真实，最终说服观众，相信了他们的真诚。

然而，你不应当写作任何你不相信的事。前提应当是你自身坚信的东西，如此一来你才能全心全意地证明它。或许这个前提对我来说是荒谬的，对你却一定不能如此。

虽然你永远不能在戏剧对话中提及你的前提，但观众必须了解你想要传达的信息。无论是什么信息，你都必须证明。

我们已经探讨过，一个想法——通常是一部戏的雏形——随时可能造访你。我们也已探讨过，为什么一定要将它转化为前提。将想法转化为前提的过程并不难。你可以用任何方法开始写作你的戏——甚至随心所欲地——只要最后所有必要因素都能在应有的位置上。

可能会有这样的情况：你脑海中的故事已经完整，但依然没有前提。那么你能开始写作吗？最好不要，无论它在你看来已经多么完整。如果嫉妒导致了悲剧结局，那么你显然应该写一部关于嫉妒的戏。但你考虑过吗，这种嫉妒从何而来？是因为女人轻浮？男人品性卑劣？是家族的某个朋友迫使他注意这个女人？是她厌倦了丈夫？丈夫有情妇吗？她出卖自己是为了帮助生病的丈夫吗？只是误解吗？等等。

上述可能性的每一条都需要一个不同的前提。举例来说：已婚人士滥交导致嫉妒和谋杀。如果你选择这一前提，你就要知道，在这个案例中，是什么引发了嫉妒，而作为嫉妒导致的后果，滥交之人是杀人者，还是被杀害对象。前提将指明你必须选择的唯一道路。许多前提都涉及嫉妒，但在你的情况中，只能有一种驱动力推动你的戏剧走向不可避免的结局。滥交之人的行为不同于洁身自好的人，也不同于出卖自身维持丈夫生命的女人。虽然你可能已经在脑海中，甚至在纸上确定了故事，但未必就不需要一个清晰的前提。

四处搜寻前提是愚蠢的，因为正如我们已经指出的，前提应该是你坚信不疑的东西。你知道自己相信什么。审视它们。可能你对人类和他们的习性感兴趣。只要从这样的习性中挑选出一个，你就能得到好几个前提的材料。

记得那个难找的青鸟的寓言吗？一个人满世界地寻找幸福的青鸟，当他回到家中，才发现它一直就在家里。没必要折磨你的大脑，把自己弄得筋疲力尽去寻找前提，手头就已经有许多。任何拥有坚定信念的人都是前提的宝库。

假设你确实在思绪的漫游中找到一个前提。最好的情况下，它对你来说也不过是陌生的存在。它不由你产生，也不是你的一部分。而一个好的前提代表的就是作者本人。

我们理所当然地认为，你想写一出好戏，一出经久不衰的经典。但奇怪的是，所有戏剧，包括滑稽戏，都是在作者感到有重要东西想要表达时才写得更好。

犯罪题材的戏剧也是如此吗？我们来看一看。你有一个绝妙的想法，一个人实现了“完美的犯罪”。你解决了最微小的细节，最后确信它激动人心，将迷住所有观众。你把它讲给朋友听，他却觉得无聊至极。你感到震惊。怎么回事？也许你最好再听听其他人的意见。你照做了，得到的是礼貌的鼓励，但你内心感到他们并不喜欢。他们全都是白痴吗？你开始怀疑你的戏。于是你重新构思，这里改一点，那里改一点——然后再次找到你的朋友们。他们之前就已听过这该死的东西，所以这一次他们是真的厌烦了。有几个甚至真的这样告诉你。你的心沉了。你依然不知哪里出了错，但是你知道这出戏很坏。你痛恨它，试图将其抛在脑后。

还没看过你的戏，我就能告诉你出了什么问题：它缺少明晰的前提。如果没有明晰有效的前提，角色很有可能缺乏生气。他们怎么可能生动呢？举例来说，他们甚至不知道为什么要实施一次完美的犯罪。唯一的理由就是你的命令，结果他们所有的表演和对话都是人为编造的。没有角色相信他们的行为和言语。

你或许不相信，但一出戏里的角色都应该是真实的人。他们做事是出于自身的原因。如果一个人决定实施一次完美的犯罪，那他必须拥有一个这样做的根深蒂固的动机。

犯罪本身并非结局。即便是那些因为疯狂而犯罪的人也有因由。他们为什么陷入疯狂？是什么驱动了他们病态的残忍？他们的欲望？他们的仇恨？事件背后的原因才是我们感兴趣的。每天的报纸上充满了谋杀、纵火、强奸案的报道。看一段时间后，我们其实已经厌烦。如果不弄清人们为什么犯罪，我们为何还要去剧院观看？

一个年轻女孩谋杀了她的母亲。可怕。但为什么？是什么导致了谋杀？剧作家揭露的事实越多，戏的质量就越好。你揭露的环境，谋杀者的生理和心理状态，他的个人前提信息越多，戏就越成功。

世上存在的每一样事物都与其他事物紧密相连。任何主题都不能处理得仿佛发生在一个与世隔绝的环境中。

如果本书的某位读者接受了我们的推理，他就会放弃写作一部有关某人如何实施完美犯罪的戏剧，而会转向这个人为何这么做。

我们来理一遍构思一部犯罪戏剧所需要的步骤，看看不同元素是如何组合在一起的。

犯罪类别是什么？侵占、勒索、盗窃、谋杀？我们选择谋杀，然后来看罪犯。他为什么杀人？为了情欲、金钱、复仇、野心？为了纠正错误？谋杀的种类非常之多，所以我们必须立即回答这一问题。假设我们选择野心作为谋杀背后隐藏的动机，看看它会引导我们走向哪里。

谋杀者必须达到某个职位，但是有人挡道。他会尝试所有方法影响挡道的人，他愿意做任何事来赢取他的支持。或者这两人会成为朋友，避免了谋杀。但不行——预期的受害者必须非常固执，否则就不会有谋杀，也就没有戏剧。但是他为什么会固执？我们不知道，因为我们不知道前提。

我们可以在这里停顿片刻，看看如果依然没有主题，戏剧会如何展开。不过那么做是没有必要的。只需看看我们必须着手的工作，就能知道这个结构是多么脆弱。一个人想杀死阻挡他实现野心的另一个人，数百部戏剧背后隐藏的都是这个想法，但是它太过脆弱，不足以成为一个概要的基础。我们继续深挖已有的元素，找出一个有效前提。

谋杀者为了赢得目标将要杀人。他当然不是什么好人。杀人相对于实现野心来说是一个高昂的代价，得是一个残酷无情的人——对，我们的凶手残酷无情——除了个人目标，他对一切都视而不见。

他是个危险人物，对社会没有益处。假设他成功摆脱了罪行应受的惩罚呢？假设他得到了一个要承担责任的职位呢？想想他可能会造成怎样的伤害。为什么？他可能会继续无限度地无情下去，除了成功，心里没有任何其他事情！但是他可能做到吗？一个拥有无情野心的人能完全取得成功吗？不可能。无情就像仇恨，携带着自我毁灭的种子。好极了！这样我们就有了前提：无情的野心导致自身的毁灭。

现在我们知道，我们的凶手将实施一桩尽可能完美的谋杀，但是在最后他会被自己的野心毁灭。它将打开无限的可能性。

我们了解这位无情的凶手。当然，还有更多有待了解的内容。角色的理解不是这么简单的过程，我们将在“角色”一章中展现。但是，为我们的主要角色赋予出众特征的正是前提。

“无情的野心导致自身的毁灭”是莎士比亚的《麦克白》的前提，正如我们之前指出的那样。

有多少剧作家，就有多少种抵达前提的方法——不止如此，因为大多数剧作家都会采用不止一种方法。

我们来看另一个例子。

假设一位剧作家某天夜里在回家的路上，看见有群年轻人袭击一位路人。他无比愤怒。男孩们只有不到二十岁的样子，但却是狠心的罪犯。他对此印象非常深刻，决定写一部关于青少年犯罪的戏。但是他意识到，这个主题没有穷尽。他究竟应该处理哪个部分？他决定选择持枪抢劫。毕竟让他印象无比深刻的正是持枪抢劫，所以他相信它也会以同样的方式影响观众。

孩子们很愚蠢，剧作家这样思考。如果他们被捕，人生就完蛋了。他们将因为抢劫罪而被判刑，刑期从二十年到终身监禁不等。多么愚蠢！“我敢确信，”他继续思考，“那位受害者身上携带的现金非常少。他们赌上人生，却一无所获！”

是的，是的，对于戏剧来说，这是一个很好的想法，他开始着手处理。但是故事拒绝发展。毕竟，你不可能就一起持枪抢劫案写一部三幕剧。剧作家大怒，他感到困惑，明明是一个很棒的想法，但他却没有能力将其写成一出戏。

抢劫就是抢劫，并无新意。与众不同的角度可能只是罪犯的年轻。可这些年轻人为什么要抢劫？或许他们的父母不曾为他们考虑。或许他们的父亲是酒鬼，被自己的问题搞得焦头烂额？但是他们为什么会那样？他们为什么会开始喝酒，忽略他们的孩子？有许多这样的男孩——他们的父亲并不都是积习难改的酒徒，并不都对孩子毫无爱意。是这样，他们可能在孩子心中丧失了权威。他们可能非常贫穷，无法供养孩子。他们为什么不找工作？哦！对了，大萧条。没有工作，这些孩子们一直在街头生活。贫困、忽视、污垢，这就是他们所知的全部。这些事情是导致犯罪的有力驱动。

不仅仅是生活在这个贫民区的男孩。在全国有成千上万的男孩，贫穷缠身，转而将犯罪当作出路。贫穷推动他们，鼓励他们成为罪犯。就是那样！“贫穷助长犯罪！”我们有了前提，那个剧作家也有了他的前提。

他环顾四周，为他的戏寻找一个发生地点。他回忆自己的童年，回忆他曾看见或新闻剪报出现过的事件。总而言之，他想到了许多有可能助长犯罪的地点。他开始研究人物、房屋，以及贫困滋生的原因和影响。他开始调查城市对这些情况有过些什么影响。

接着他转向那群男孩。他们真的愚蠢吗？还是被忽略、疾病和饥饿逼迫他们如此？他决定聚焦一个角色——这个角色将帮他写出故事。他找到他：一个好孩子，约翰尼，十六岁，有个姐姐。父亲失踪了，留下两个孩子和一个患病的妻子，这位父亲因为找不到工作，开始厌恶生活，于是一走了之，他的妻子很快就离开人世。十八岁的姐姐坚称她能照顾弟弟。她爱他，没有他的生活简直难以想象，但她要工作。一家孤儿收容院本可以收留约翰尼，当然了，这样一来，“贫困助长犯罪”可能就会成为无意义的前提。所以姐姐在工厂上班之际，约翰尼就在街头徘徊。

约翰尼对所有事物都有自己的哲学。其他孩子都指望老师和家长的指引，他们被教导要顺从、诚实。约翰尼却根据自己的经验知道，那些都是废话。如果他遵从法律，那他就会经常挨饿。所以他有自己的前提：“如果你足够聪明，什么事都逃得掉。”而且他常常看到这种想法应验。他曾偷过东西，而且成功逃脱。但反对约翰尼的还有法律，它的前提是：“你逃不掉的”或“犯罪不值当”。

约翰尼还有自己的英雄。都是些逍遥法外的家伙。他敢肯定，他们比任何警察都聪明。比如当地男孩杰克·科莱，他就在这片街区长大，全国所有警察都在通缉他，但他却将他们耍得团团转。他是最好的榜样。

你应该了解约翰尼，弄清他的背景、教育水平、野心、崇拜的英雄、激励他的因素以及他的朋友们。这样，前提才能完全适用于他，甚至适用于几百万其他孩子。

如果你只看到约翰尼是个无赖，但却不知为何如此，那么你就需要找到另一个前提，或许是：缺乏强有力的警察部队会助长犯罪。当然，问题又来了，这个前提是否属实呢？无知的人可能会说是真的。但这样一来，你就不得不解释，为什么百万富翁的儿子不用像约翰尼一样出门偷面包。如果警察人数增多，贫穷和苦难就会相应减少吗？经验证明并非如此。那么“贫穷助长犯罪”作为前提就更加真实和实际。

而这正是西德尼·金斯利所著的《死路》一书的前提。

你必须决定怎样对待你的前提。你要控诉社会吗？你要呈现贫困，指出一条走出贫困的道路吗？金斯利决定只呈现贫困，让观众自行得出结论。如果你想在金斯利的表达上有所增添，那么就创造一个能扩大原本前提的次前提。如有必要，还可以再次扩大，这样它才能完全符合你的案例。如果在这个过程中，你发现你的前提站不住脚，因为你已经改变主意，想表达的东西已经变化，那么就构想一个新前提，抛弃旧有的。

“社会需要对贫困负责吗？”无论你站在哪一边，你都必须证明。当然，这出戏会不同于金斯利的。你可以构思任意数量的前提——贫困、爱、恨——挑选你最满意的一个。

抵达前提的方式有许多种，你可以选取任意一种。你可以由一个随即就会转化为前提的想法开始，或者你可以先建立一个情境，然后发现它拥有潜力，只需要正确的前提来赋予它意义，并提示结局。

情感能导出许多前提，但你必须先详细阐释，这样它们才能表达剧作家的想法。以嫉妒这种情感做个测试。嫉妒以自卑所产生的感觉为食。它同样不能作为前提，因为它不能为角色指定目标。因此，嫉妒导致毁灭——如果我们这样表述会好一些吗？不！尽管现在我们知道了它会导致什么行动。我们继续深入：嫉妒导致其自身毁灭。这样就有了目标。我们知道，而且剧作家也知道，戏剧会继续发展，直到嫉妒导致其自身毁灭。作者可以在此基础上按照自己的选择来构建，举例来说，他可能会将前提发展为：嫉妒不仅仅毁灭自身，还会毁灭其所爱的对象。

我们希望读者能分辨上述两种不同前提之间的区别。变化是无尽的，每变一次，戏的前提就会改变。但是你无论何时改变前提，都必须返回起点，在新的前提下重写梗概。如果你开场是这个前提，中途转变为另一个，戏就会受损害。没有人能以两个前提为基础来创作一出戏剧，或是在两座地基上修建一座房屋。

如何从一个前提生长出一出戏，莫里哀的《伪君子》（*Tartuffe*）给出了一个很好的范例。

《伪君子》的前提是：想坑害别人的人，终将被自己坑害。

戏剧一开场，佩内尔夫人正在责备她儿子年轻的第二任妻子艾耳密尔和孙子、孙女，因为他们没有对答尔丢夫表现出应有的敬意。她的儿子奥尔恭将答尔丢夫领进门，后者显然是个伪装成圣徒的流氓，他真正的目标是与奥尔恭的妻子发生非法婚外情，并侵吞奥尔恭的财产。他的虔诚俘获了奥尔恭的心，此刻的奥尔恭相信答尔丢夫，甚至把他当成救世主的化身。不过，让我们回到这出戏的一开始。

作者的目标是尽可能快地建立起前提的第一部分。

佩内尔夫人：（对孙子达米斯）若是答尔丢夫认为某事罪恶，你尽可以信赖，那确实是罪恶的。他希求带领你一路去往天堂，你便只管追随他。

达米斯：我才不和他一路走！

佩内尔夫人：那样说不仅愚蠢，还很邪恶。你的父亲爱他信他，你当然也应该照做。

达米斯：不管是父亲，还是其他任何人，都别指望劝说我爱他信他，我厌恶那个家伙，还有他所有的行径，要我说不讨厌，那是谎言。要是他再敢骑在我头上作威作福，我就把他的脑袋给拧下来。

桃丽娜（女仆）：真的，夫人，真叫人难以忍受，一个陌生人，来的时候身无分文、衣着破烂，竟能凭一己之力把所有事搅得一团乱，控制一大家子。

佩内尔夫人：我没问你的意见。（对其他人）如果他真能管住一大家子，那对这个家倒是好事。

［当奥尔恭将财产委托给他保管，之后实际会发生什么，此处是第一个暗示。］

桃丽娜：夫人，您或许认为他是圣人，但在我看来，他倒更像是个伪君子。

达米斯：我敢发誓，他就是。

佩内尔夫人：吞下你们恶毒的舌头吧，你们两个！我知道你们都不喜欢他——可为什么呢？因为他看见你们的缺陷，还有勇气告知你们。

桃丽娜：他干的还不止那些呢！他想阻止太太和所有朋友娱乐。他凭什么冲太太大吼大叫？不就是招待了一位普通访客吗？那有什么害处？要我看，全因为他嫉妒太太！

［是，他是嫉妒，我们往后就会发现。莫里哀正在小心地推动一切。］

艾耳密尔：桃丽娜，你这是胡说！

佩内尔夫人：比胡说还坏。想一想你在大胆暗示些什么吧，姑娘，你该为你自己感到羞耻！（对其他人）不赞成你过度爱好交友的，不只是亲爱的答尔丢夫一个人，整个街区的人都反对。

我的儿子一生中再没做过比领可敬的答尔丢夫进门更明智的事，因为如果有人能召唤迷途羔羊重回羊圈，那就是他。你要是聪明的话，就会注意到他的警告，你所有那些探访啊，狂欢啊，舞会啊，都是恶魔耍的精巧手段，就为了毁灭你的灵魂。

艾耳密尔：为什么，母亲？要知道我们在那些聚会上享受到的欢愉都很清白。

如果你再读一遍前提，就会发现，有人——在这出戏中就是答尔丢夫——将用他貌似圣洁的伪善主张，诱惑清白、轻信的人，即奥尔恭及其母亲。这样他往后就能侵吞奥尔恭的财产，将美丽的艾耳密尔收为情妇——如果他成功的话。

在这出戏的开场，我们就感受到，这个幸福家庭正面临可怕灾难的威胁。我们还没见过奥尔恭，只看到他的母亲替那个假圣人举起了棍棒。一个神志清醒的人，一个退役军官，内心竟如此信任另一个人，甚至给了他毁坏自己家庭的机会，这真实吗？如果他的确如此信任答尔丢夫，那作者已经明确地建立起了他的前提的第一部分。

接下来，我们又见证了答尔丢夫如何通过巧妙的手段，让猎物奥尔恭自己给自己挖好了陷阱。奥尔恭会掉进去吗？我们还未得知。但我们的兴趣已经被提起。让我们来看一看，奥尔恭对答尔丢夫的信任是否如他母亲想要我们相信的那样牢固。

奥尔恭外出三天刚刚回到家，见到了妻子的兄弟克莱昂特。

克莱昂特：听说你很快就会回来，于是就等着，希望见见。

奥尔恭：你真是好心。不过你必须原谅我，在我们谈话之前，我想先问桃丽娜一两个问题。（对桃丽娜）我不在期间，一切都安好吗？

桃丽娜：并非完全是，先生。太太前天发烧，头疼得厉害。

奥尔恭：是吗？答尔丢夫怎么样？

桃丽娜：啊？他好得不得了——健康得很。

奥尔恭：可怜的家伙！

桃丽娜：那天晚餐时，太太病得厉害，一口东西也没吃。

奥尔恭：啊——那答尔丢夫呢？

桃丽娜：他只吃了两只松鸡，半条碎羊腿肉。

奥尔恭：可怜的家伙！

桃丽娜：一整晚太太都睡不着觉，我们只能陪她坐到天亮。

奥尔恭：真是。那答尔丢夫呢？

桃丽娜：他吃完饭直接上床了，听声音判断，他美美地一觉睡到大天亮。

奥尔恭：可怜的家伙！

桃丽娜：最后我们说服太太放了点血，情况立刻有所缓解。

奥尔恭：很好！那答尔丢夫呢？

桃丽娜：他倒是勇敢地挺住了，第二天一早就喝了四杯红葡萄酒，算是替太太补上了。

奥尔恭：可怜的家伙！

桃丽娜：所以两个人现在都很好，先生，您如果允许，我现在就告退，通知太太您回来了。

奥尔恭：去吧，桃丽娜。

桃丽娜：（走到后面拱门）我一定会告诉太太，您听说她生病有多么的担忧。先生。（退场）

奥尔恭：（对克莱昂特）我差点以为，她的话有些无礼。

克莱昂特：如果她果真如此，我亲爱的奥尔恭，难道就没有什么原因吗？天哪！兄弟，你为什么会对这个答尔丢夫这样上心？你在他身上看到了什么，弄得你对其他人都漠不关心？

显然奥尔恭看不出答尔丢夫正在为他挖掘陷阱。莫里哀在这出戏的前三分之一就明确地建立了他的前提。

答尔丢夫设下一个陷阱，奥尔恭会陷进去吗？我们都不知道——我们也不应该知道——直至戏剧结局。

毋庸讳言，同样的原则也适用于长短篇小说、电影和电视剧。

我们以居伊·德·莫泊桑的短篇小说《钻石项链》（*The Diamond Necklace*）为例，试着找找其中的前提。

玛蒂尔达是个爱慕虚荣的年轻女人，她从一个富有的朋友手中借来一条钻石项链，戴着去参加舞会。她把项链弄丢了，因为担心遭到羞辱，她就和丈夫抵押了他们的财产，并借钱买了一条和弄丢的项链一模一样的。他们经过十年漫长的辛苦工作才还清欠款。但因为劳作，人变得又老又丑，形容粗鄙。接着他们却发现，原本丢失的那条项链竟然是假的。

这个不朽的故事的前提是什么？我们认为它源于女主角的白日梦。喜欢做白日梦的人不一定是坏人。白日梦一般是对现实的一种逃避——白日梦者没有勇气面对那样的现实。白日梦是行动的替代品。伟大的思想家爱做白日梦，但是他们将美梦转化成了现实。比如，尼古拉·特斯拉（Nikola Tesla）是有史以来最伟大的电学天才。他是个伟大的梦想家，也是个伟大的实践者。

玛蒂尔达脾气温和，但沉迷幻想。她的幻想除了悲剧，什么也带不来。

我们必须审视她的性格。她生活在一个幻想出来的奢华的美丽城堡，她是城堡的女王。于是她自然自尊心很强，无法向朋友承认她没有能力承受丢失的项链的价格，与其说出来让自己受辱，死倒是更合她的心意。尽管她和丈夫余生都只能辛苦工作来偿还欠款，她还是买了一条新项链。因为她的虚荣心和错误的自尊心，她成了一个苦工；她的内在性格正是她爱做白日梦所造成的结果。丈夫因为爱她，与她一同工作。所以这个故事的前提就是：再怎么逃避现实，也终将迎来清算的一天。

我们来寻找阿德里亚·洛克·兰利（Adria Locke Langley）的小说《狮子上街》（*A Lion Is in the Streets*）的前提。

汉克·马丁年幼时就决定成为大人物。他兜售胸针、丝带、化妆品，想赢得他人的好感，以期日后利用他们。他也确实利用上了他们，而且手段高超，他当上了州长。但他对人民横征暴敛，最终民众奋起反抗。他最终横死。

这篇小说的前提显然是：无情的野心导致自身毁灭。

现在来看根据艾伯特·莫尔茨（Albert Maltz）的小说改编的电影《海军的骄傲》（*Pride of the Marines*）。

电影讲述的是阿尔·施密德的故事，他是一名在战争中失明的海军伤员。在康复医院，他们无法说服他回家去见未婚妻。他感觉自己现在对她来说一无用处。后来人们用计将他骗回家；未婚妻说服他，她依然想和他结婚，而且尽管失明，他依然能保住工作。于是他恢复工作，他们计划结婚。尽管医生已放弃希望，认为他不可能再恢复视力，但他确实开始能看见一点东西了。

前提：有牺牲精神的爱能战胜绝望。

不过在这部原本很有希望的电影中，遗憾的是，阿尔·施密德和其他角色直至电影结束都不知道他们为何战斗，也不知道阿尔为什么失明。这些信息原本可以相当程度上深化这个故事。

格维萨林·格雷厄姆（Gwethalynn Graham）的小说《地与天》（*Earth and High Heaven*）讲述了一个加拿大富家千金爱上一个犹太律师的故事。但因为这个年轻人的宗教信仰，她的父亲拒绝接受他，动用一切力量来拆散这对爱侣。父女俩原本感情深厚，但现在女孩不得不在父亲和恋人之间做出选择。她决定嫁给心上人，因此也便断绝了与家族的关系。

前提：偏狭导致孤绝。

这里的案例并非全部都具有很高的文学价值，但它们全都有一个清晰可辨的前提，而这对一切好作品都是必不可少的。没有它，就不可能了解你的角色。一个前提必须包含角色、冲突和结论。没有明晰的前提，就不可能了解这些。

还有一件事应当记住。任何前提都不必是普世真理。贫困并非总会导致犯罪，但如果你选择了这个前提，在你的作品中，贫困就会导致犯罪。同样的原则掌管所有的前提。

前提是一出戏的概念和起点。前提是一粒种子，它能长成什么植物，已经注定了。仅此而已，不多不少。前提不该像疼痛的大拇指那般突出，因为那样会将角色变成木偶，冲突力量变成机械化的设定。在一个构建完善的戏剧或故事中，是不可能区分前提与故事或角色之间的界线的。

伟大的法国雕塑家罗丹刚刚完成一座奥诺雷·德·巴尔扎克的雕像。雕像穿着一件带有宽松长袖的长袍，双手叠在身前。

罗丹退后几步，满足地看着他的作品，虽筋疲力尽但充满成功的喜悦。这是一件杰作!

像任何艺术家一样，他也需要同人分享他的喜悦。虽然才凌晨四点，他却匆忙叫醒一个学生。

大师怀着愈发强烈的兴奋感冲上前，观察学生的反应。

学生的目光慢慢聚焦在那双手上。

“棒极了！”他大喊，“这是怎样的一双手啊！……老师，我从未见过雕刻得这样出色的手！”

罗丹的脸色沉了下来。片刻之后，他再度冲出工作室。没过多久，他又带了另一名学生回来。

罗丹渴切地看着，这个学生的反应几乎和刚才那个一模一样，目光集中在雕像的双手，然后停在那里。

“老师，”学生恭敬地说，“只有神才能创造出这样的双手。它们栩栩如生！”

显然罗丹期待的是其他的反应，他再次走出工作室，这一次几近疯狂。返回时，他又拖回一个不明就里的学生。

“那双手……那双手……”新来的学生惊呼道，恭敬的语气和其他人一模一样，“哪怕您从未创作过其他作品，老师，光是这双手就足以让您不朽！”

罗丹的心里一定有某种东西崩溃了，他不快地大叫一声，冲到工作室的一个墙角，抓起一把骇人的斧子。他朝雕像走去，显然是想将其砸成碎片。

学生们吓坏了，都朝他扑上去，但是他却不顾一切，以超人的力量将他们甩开。他冲到雕像前面，瞄准目标将那双漂亮的手砍了下来。

接着他转身看着惊呆的学生们，眼中迸发出光芒。

“愚蠢！”他大喊道，“我不得不毁掉这双手，因为它们有了自己的生命，和作品的其他部分不相称。记住这一点，务必牢牢记住：任何部分的作用都不能凌驾于整体之上！”

所以巴黎的巴尔扎克雕像没有手。袍子上宽松的长袖看似遮盖了双手，但实际上是罗丹将它们砍掉了，因为它们似乎比整个雕像更耀眼。

不管是前提，还是戏剧的其他任何部分，都不能拥有独立的生命。一切都必须和谐地融为一体。

THE ART OF
DRAMATIC WRITING

Chapter 2

角色

1. 骨架

在前面一章中，我们展示了在写作一出好戏时，将前提作为第一步的必要性。接下来的章节我们将探讨角色的重要意义。我们将剖析角色，试着找出是哪些要素构成了所谓的“人”。角色是我们不得不处理的基础性材料，所以我们必须尽可能全面地了解角色。

亨利克·易卜生在谈论他的创作方法时，曾经说过：

> 我在写作时必须是孤身一人；如果我的一部戏里有八个角色要处理，那我就等于是拥有整个社会；他们让我忙个不停；我必须学习了解他们。而熟悉他们的过程缓慢又痛苦。我制定了一个规矩，戏里的三个角色要差别迥然。我指的是角色性格，而非处理方式。一开始安下心来处理素材时，我就感觉到，就像是必须在一趟火车旅行中了解我的角色；我们第一次相见，之后又这些那些地聊了很多。当我动笔时，已经将一切都看得更加清晰，我了解这些角色，仿佛曾在矿泉疗养地与他们一起待了一个月。我已经领会他们性格中最突出的特点，了解了他们的小小癖好。

易卜生看到了什么？他说“我已经领会他们性格中最突出的特点，了解了他们的小小癖好”是什么意思？让我们来试着探索一下性格中最突出的特点，不是一个人独有，而是存在于所有角色中的共性。

每个物体都有三个维度：深度、高度、宽度。人类却还有额外的三个维度：生理、社会、心理。不了解这三个纬度，我们就无法评价一个人。

你在研究一个人时，只了解他是粗鲁还是有礼、虔诚还是不信神、品行端正还是堕落，并不足够。你必须知道原因。我们想知道一个人为什么是他所表现出的样子，为什么他的个性一直变化，以及为什么无论他希望与否，他的个性都必须变化。

按照由简到繁的顺序，第一维度是生理。驼背的人看世界的方式是否与体形完美的人完全相反，争论这一点是没有意义的。因为不管瘸盲聋哑、高矮美丑，每一个人看待事物的方式都与其他人不同。病人视健康为至善，健康的人轻视健康的重要性，也许根本就不在乎。

我们的生理特点肯定会为生活观增添色彩。它对我们的影响是无止境的，促使我们变得宽容或轻蔑、谦卑或自大。它影响我们的心理发展，是自卑感和优越感的基础。人类的三个维度中，它是最显眼的一个。

社会是有待研究的第二维度。如果你出生在地下室，你的游乐场只是肮脏的城市街道，那么与出生在豪宅，在漂亮无菌的环境中玩耍的男孩相比，你的反应一定不同。

不过我们并不能准确分析出你和他的区别，或者你与住在同一幢公寓大楼隔壁家的小男孩的区别，除非我们对你们两人都有更多了解。你的父母是谁？他们身体健康吗？他们有什么赚钱能力？你有哪些朋友？你对他们有怎样的影响？他们又如何影响你？你喜欢穿什么类型的衣服？你读什么书？你会去教堂吗？你吃什么，想什么，喜欢什么，不喜欢什么？从社会学意义上来说，你是谁？

第三个维度，心理，是前两个的产物。它们的联合作用让人有了志向、挫败感、脾气、态度、情结。从而，心理将三个维度统合起来。

如果我们想理解任何个体的行为，就必须审视迫使他做出那些行为的动机。我们先来看他的生理构成。

他患有疾病吗？他或许患有慢性疾病，他本人毫不知情，但作者必须知道，因为只有这样，他才能理解角色。这个疾病影响了角色对于事物的态度。我们在生病期间、康复时期和完全健康的情况下，行为肯定是不同的。

角色是否长着招风耳、鼓眼泡、毛发浓密的手臂？所有这些特点都有可能影响他，让他形成一种人生观，进而影响他的每一个行为。

他讨厌谈论鹰钩鼻、大嘴巴、厚嘴唇、大脚吗？或许原因就在于，他有上述缺陷中的某一种。面对这样的生理缺陷，有人会无奈地顺从，有人会自嘲，有人会充满愤恨。但有一件事可以确定，没有人能逃脱此类缺陷的影响。我们的这个角色对自己有不满的感觉吗？这将影响他的人生观，激发他与他人的冲突，或者让他变得呆滞和顺从——总之会影响他。

生理维度很重要，但它只是全局的一个部分。我们一定不能忘记，为这幅生理肖像增添背景。这两者互相补充、联合，生出第三维度，即心理状态。

对公众而言，性变态者就是性变态者。但对心理学家来说，他是背景、生理、遗传和教育的产物。

如果我们明白，这三个维度能为人类行为的每一个阶段给出原因，那么我们写作任何人物，追溯他动机的源头，都会变得更容易。

分析任意一部经受住时间考验的艺术作品，你都会发现，它之所以能流传下来，而且将继续存在，都是因为它拥有三个维度。三个维度缺少一个，即便情节激动人心，即便你可能发财致富，但你的戏在文学上依然不能算成功。

阅读日报上的剧评时，你会时不时遇到某些术语：乏味，缺乏说服力，定型角色（就是说写得很糟），熟悉的情景，无聊。它们全部都指向一个缺陷——缺少三维立体的角色。

当你的戏被批评为“似曾相识”时，千万不要以为你必须搜寻异想天开的情境。一旦你的角色变得完满，也就是拥有了三个维度，你就会发现，他们不仅能让剧场兴奋，同时也是新奇的。

文学史上有许多拥有三个维度的角色——比如哈姆雷特。我们不仅知道他的年龄、外貌、健康状况，还能轻松推测出他的习性。他生活的背景和社会，为这出戏赋予了动力。我们知道当时的政治状况，他父母之间的关系，过去发生过的事情，以及这些对他产生的影响。我们知道他的个人前提和动机。我们知道他的心理，能清楚看到它是如何从他的生理和社会特征产生的。简言之，我们对哈姆雷特的了解，恐怕远超过我们对自己的认知。

莎士比亚的伟大戏剧都建立在角色的基础上，麦克白、李尔王、奥赛罗和其余诸多角色都是拥有三个维度的卓越代表。

我们在这里无意于对著名戏剧进行评论分析。只是想说明，每个作家都在创造人物，或者说试图创造人物。他如何取得成功，以及其中的原因，我们将在后续章节分析。

欧里庇得斯的《美狄亚》（*Medea*）是角色如何生出戏剧的经典例子。作者无须爱神阿佛洛狄忒来让美狄亚爱上伊阿宋。在那个时代，展示诸神的干预是一种传统，但角色的行为即使没有神的干预也合乎逻辑。美狄亚，或说任何女人，都会爱上对她们有吸引力的男人，有时甚至会做出让人难以置信的牺牲。美狄亚为了爱情杀死了自己的兄弟。不久前在纽约，一个女人将她的两个孩子哄骗到森林，割断他们的喉咙，然后泼上汽油焚尸——为了爱情。这个案例中并不存在超自然现象的痕迹，不过是古老的交配本能在肆意妄为。如果我们了解这个现代美狄亚的背景和心理构成，那么她那可怕的行径或许也就可以理解。

一个具有三个维度的角色骨架应当是什么模样？下面是一个指南，一个渐进的大纲。

生理

1. 性别
2. 年龄
3. 身高和体重
4. 头发、眼睛和皮肤的颜色
5. 姿态
6. 外表：好看，超重或是过轻，干净，整洁，讨人喜欢，不整洁；

头、脸、四肢的形状

7. 缺陷：畸形，异常，胎记，疾病

8. 遗传特征

社会

1. 阶层：底层，中层，上层

2. 职业：工作类型，工作时间，收入，工作环境，是否工会成员，对就职机构的态度，对工作的适应程度

3. 教育：学历，学校，成绩，最爱和最差的科目，天资

4. 家庭生活：父母是否在世，父母的挣钱能力，是否孤儿，父母分居或离婚，父母习性，父母的心智发展，父母的不良习惯，是否不受重视；角色的婚姻状况

5. 宗教

6. 民族，国籍

7. 社交地位：在朋友、俱乐部、运动中是否为领军人物

8. 政治立场

9. 娱乐，爱好：阅读的书籍、报纸、杂志

心理

1. 性生活，道德标准

2. 个人前提，志向

3. 挫折，重大失望

4. 脾气：暴躁，随和，悲观主义，乐观主义

5. 对生活的态度：沉迷，压抑，迷信，恐惧症

6. 性格：外向，内向，中间性格

7. 能力：语言，天赋

8. 素质：想象力，判断力，品位，平衡能力

9. 智商

这些是一个角色的骨架，作者必须对此有全面的了解，必须在此基础上构建作品。

课堂讨论

问：我们该怎样将这三个维度融合为一个整体？

答：以西德尼·金斯利的《死路》中的孩子们为例。只有一个有生理缺陷，其余都正常。生理缺陷并未产生明显严重的后果。在他们的生活中，环境是决定性因素。英雄崇拜，缺乏教育、衣服和监护，最重要的是，一直存在的贫困和饥饿将影响他们的世界观，随后影响他们对社会的态度和行为。三个维度联合作用，创造了一个独特的角色。

问：同样的环境会让每个孩子产生相同的反应吗？还是会给他们造成不同影响，因为他们本就不同？

答：没有两个人会完全相同，所以两个个体不可能给出完全一样的反应。一个男孩毫无保留地宣称，他把自己的少年犯罪当作辉煌匪徒职业生涯的准备；而另一个犯罪活动的参与者则是出于忠诚，或恐惧，或是想要打造勇敢的名声。还有一个则意识到了他的做法的危险性，但没有其他脱贫的方法。个体之间存在的微小生理差别，以及他们不同的心理发展，都将影响他们面对相同社会环境时的反应。科学会告诉你，从未有人发现两片完全一样的雪花。空气最轻微的干扰、风的方向、雪花降落的位置，都会改变它们的形状。因此，雪花的形状无穷无尽。同样的法则也支配着我们所有人。一个人的父亲总是和善可亲，或者只是偶尔表露和善，或者很少和善，甚至从不和善，这将深刻地影响一个人的成长。如果一个人最快乐和满足的时刻，就

是父亲和善之时，那么这样的时刻可能会在毫无觉察之间就一晃而过。每一步行动都取决于特定的时间和当时的环境。

问：有一些人类行为似乎无法归入这三个类别。我注意过自己沮丧或激动的时候，好像没有驱动力。我善于观察，曾试过追踪这些神秘烦扰的源头，但没成功。说实话，有时候这样的情绪发生在我并没有经济压力或精神不安的时候。你们笑什么？

答：你让我想起我的一个朋友——一个作家——他给我讲了一个有关他自己的奇怪故事。事情发生在他三十岁那年。他很健康，因为作品赢得认可，赚到的钱多得不知该怎么花，他结婚了，很爱妻子和两个孩子。有一天，他感到非常吃惊，他意识到他根本不在乎他的家庭、职业、生活的前景。他感到无聊透顶，日光之下没有任何事能引起他的兴趣；他期待朋友们能说些什么，做些什么。他无法忍受日复一日、周复一周迎来的都是可怕的陈词滥调；面对同样的女人、同样的食物、同一批朋友，报纸上天天都刊登同样的谋杀故事。这些都快把他逼疯了。这和你的情况一样神秘。或许他已不再爱他的妻子？他想过那一点，并且还极度渴望有新的体验。他试过，但没成功。他在爱情中也没发现任何新鲜之处。他真情实意地厌倦了生活。他停止写作，不再见朋友，最后觉得不如去死。这种念头并非是在绝望时刻产生。他是在很镇静的情况下推导出来的，心跳一拍都没有遗漏。他沉思道，地球在他出生前就已存在了几十亿年，在他死后仍将继续存在。如果他比指定的时间早一点离开，会产生什么影响？

于是他将家人送去一个朋友家，坐下来写最后一封信，向妻子解释他的行为。那封信写起来并不容易。听起来并没有说服力，他在其中付出的努力是在创作戏剧时从未有过的。突然间，他感到腹部剧烈地绞痛。那是一种尖利的刺痛，持久、难耐。他发现自己处于一种尴尬境地。他想杀死自己，但抱着腹部剧痛去死，太过愚蠢。此外，他还必须写完那封信。

他认为理智的做法是，先吃一颗泻药缓解疼痛。他吃了药。之后他返回书桌准备写完最后一封信，但发现比任何时候都更难写。之前整理的理由听起来简直不可思议，甚至显得愚蠢。他开始注意到，书桌上有明亮的阳光在嬉戏，街对面的房屋上光影变幻莫测。树木从未像现在这么葱绿，令人耳目一新；生活从未像现在这样令人满意。他想要看、闻、感觉、走路……

问：你是想说，他完全放弃了死的想法吗？

答：正是。他发现自己丢弃了一个沉重的身体，增添了百万条活着的理由。他真的成了一个全新的人。

问：生理状况真的能影响思想，甚至到生死攸关的程度吗？

答：去问你的家庭医生吧！

问：在我看来，并非每一种心理或身体的反应都源于生理或经济原因。我知道案例——

答：我们也知道案例。我们假设X爱上了一个性感女孩。他的感情得不到回应，于是感到受挫，开始沮丧，最后得了重病。但是怎么会这样呢？根据许多人的看法，爱是超凡脱俗的，不受经济或纯粹物质主义的限制。需要我们研究一下吗？爱，和所有情感一样，都产生于大脑。不管人们怎样看，大脑都是由组织、细胞、血管组合而成的[1]，是一个身体器官。最轻微的生理紊乱也会最先传到大脑，然后大脑会立即做出反应。严重的沮丧会对大脑——生理结构的大脑——产生影响，然后它将信息传达给身体。记住，爱无论多么超凡脱俗，都会影响到生理机能，比如消化和睡眠。

问：如果假设感情与生理完全无关呢？假设其中不存在任何类似欲望的因素呢？

答：所有情感都会对生理产生影响。我们以应该是所有感情中最高尚的母爱为例。具体设定为一位不存在经济困难的母亲。她有许多钱，身体健康、生活幸福。她的女儿爱上了一个年轻人，但她认为这个年轻人不仅没有

1　作者关于科学的一些表述有不严谨之处，为保持原作风貌，出版时未做改动，下不另注。——编者

优势，反而是个累赘。他在任何方面都没有危险，只是在这位母亲看来不合适。但是女儿与他私奔了。

母亲的第一反应是震惊，接着是极度失望，然后是羞耻，自怜。这些情感联合作用，可能导致一次歇斯底里的爆发。此类爆发的频率和种类会增加，削弱身体的抵抗力，最后会引发实际的疾病，甚至导致病残。

问：所有心理反应都是你所说的三个维度影响的结果吗？

答：我们来看一看。这位母亲为什么这样拼命反对女儿选择的丈夫？因为他的外表？不过当女婿不是美男了时，一般来说母亲都会隐藏她的失望。女婿的外表应该不会引起母亲强烈反应，除非他实在丑得像怪兽。但无论如何，母亲对女婿外表的不满也可能受到她自身背景的制约，比如她的父亲兄弟、她最爱的影星的长相。

另一个引发失望的原因——可能性也更大——是这个年轻人的经济状况。如果他不能很好地供养她的女儿，或根本无力供养，母亲就会为女儿和自己感到恐惧。即便她有能力负担，可让女儿不至于陷入贫穷，但却无法阻止朋友们嘲笑这桩不般配的婚事。她可能不得不帮这个年轻人张罗生意——结果却发现他是个糟糕的商人，也许会赔掉她所有的积蓄。或者也有可能这个年轻人很英俊，经济状况稳定，但却出身他族？这位母亲会用尽所有办法来阻止他。她内心涌现出许多过往的记忆：被社会排斥，虚构的种族差异，完全没有根据的迷信和沙文主义所发出的警告。

你可以思考你所支持的任何理由，例如这位年轻人的身体状况、他的曾祖父的出生地，但最终你都会发现，这位母亲反对的任何因素都有其生理和社会依据。你尽可以罗列，但最后都会回到这三个维度上来。

问：三个维度的原则会不会限制作者的素材范围？

答：恰好相反。它打开了人们梦想不到的角度，并且开辟了一个可供探索和发现的全新世界。

问：在角色的骨架简介中，你提到身高、年龄、肤色。我们的戏中必须包括这些吗?

答：你必须了解所有这些细节，不过并不需要提及。要通过角色的行为，而非任何有关角色的说明性材料传达出来。身高一米八和一米四的两个人，态度一定相去甚远。脸上有麻子的女人和一个以外貌可爱而为周围人所知的女孩，反应也不会一样。你必须了解角色的每一个细节，这样才能知道，他在一个给定情境中会有怎样的举动。

你的戏中所发生的任何一件事，都必须由你选来证明前提的角色直接进行，而且角色必须有足够的说服力，无须外力就能证明前提。

2．环境

一位朋友邀请你参加派对，片刻犹豫后你回答："好，我去。"你的回应表达很谦逊，但实际却是一番复杂思考的结果。

你接受邀约的原因可能是寂寞，是想避免夜间的无聊，发泄多余的精力，由于沮丧。你可能觉得，混迹人群会帮助你忘掉某个麻烦，或者带来新的希望，甚或灵感。然而事实却是，即便是说"是"或"不"这类简单的小事，也是我们对周围的虚幻或真实的、心理或生理的、经济或社会的条件进行审慎的检阅、评估、判断之后的产物。

语言有着复杂的结构。我们虽在流利地使用，但并未意识到它们也是由多种要素复合构成的。我们以"幸福"一词为例，试着探索是哪些元素构成了完全的幸福。

一个人拥有一切，唯独没有健康，他是"幸福"的吗？显然不是，因为我们说的是彻底的幸福，没有保留的幸福。所以健康一定要被列为"幸福"的必要元素。

一个人除了健康一无所有，他是"幸福"的吗？很难说。他可能会觉得喜悦、健康、自由，但不会觉得幸福。记住我们说的是最纯粹形式的幸福。当你在收到一份渴望已久的礼物，惊呼"天啊，我何其幸福"时，内心体会的并不是幸福。是喜悦、满足、惊喜，但不是幸福。

这样一来，我们说除了健康之外，人还需要一份能让自己过上舒适生活的工作，就并不过分了。我们还理所应当地认为，这个人在工作时不会遭受虐待，因为那样一来就断绝了他幸福的可能性。到这里，幸福的原料就包括健康和一个合适的职位。

拥有了上述两者，但却缺少温暖的人类情感，人会幸福吗？这一点需要稍加讨论。人需要能为自己所爱，同时也爱着自己的对象。所以让我们把爱也列为需求要素之一。

如果你的职位虽令你满意，但却没有晋升的机会，你会幸福吗？如果未来没有发展和提升的希望，好工作、健康和爱能让你觉得满足吗？我们认为答案是否定的。或许你的职位永远不会改变，但你却能因为怀抱改变的希望而感受到幸福。那么就让我们把希望也列入要素清单。

现在我们的秘诀如下：健康、合适的职位、爱和希望等于幸福。还可以进一步细分，但这四种主要成分就足以证明，一个词语是许多要素的复合产物。当然，“幸福”一词的含义，根据使用地点、氛围、环境的不同会发生数不清的变化。

原生质体是最简单的生命之一，但它也包含着碳、氧、氢、氮、硫、磷、氯、钾、钠、钙、镁、铁这些元素。换句话说就是，简单原生质与复杂人类的构成元素是一样的。

我们称原生质体“简单”，是与人类相比较而言的。但与无生命体相比，原生质体却显得复杂。它在复杂程度表上，占据着高低两个位置。这矛盾吗？在自然界这其实再平常不过。矛盾和张力的原则让运动成为可能，而生命从本质来说，就是运动。

如果原生质体不发生运动，那么在我们所知的时间的开端，会发生什么？什么也不会发生。它可能不会存在，生命也便没有可能。通过运动，才进化出更高级形式的生命，物种形式的决定因素是地点、气候、食物类型、食物丰足程度、光线充足与否。

给予一个人生命所需的全部要素，但对其中的一个加以改变——比如热量或光——你就将完全改变他的生活。如果你对这一点存在怀疑，不妨亲自试验。让我们假设你是幸福的，你拥有所有四种必需要素。将你的眼睛用绷带蒙蔽二十四小时。关闭所有光源。你依然健康，依然有工作，你爱的人依然爱你，依然拥有希望。而且，你知道二十四小时过后，你将解开绷带。你并不是真正失明，只是出于自己的意愿，隔绝了光源。但这项体验却将改变你的整个态度。

如果放弃一天的听力，或者暂时停止使用某条肢体，你会得出同样的结论。只吃你所喜欢的任意一种食物，其余一切都不吃，连续数月，甚至只持续两周，你认为自己会有怎样的反应？你会一辈子都讨厌那种食物。

如果你被迫睡在一个蚊蝇滋生、臭气扑鼻的房间，睡在肮脏的地上，只有几块破布遮身，或者只有一张床垫，你的生活会发生巨大的变化吗？毫无疑问。在肮脏的环境中哪怕只住上一天，你对清洁和舒适的渴望也会加倍。

就像原始的单细胞生物迫于环境压力，会改变它们的形状、颜色和物种，人类似乎也会对环境做出同样的反应。

我们之所以不厌其烦地强调这一点，是因为理解角色变化的原则有着至关重要的作用。角色永远在变化。在秩序井然的生活中，即使是最微小的骚动，都能扰乱他的平静，引发一场精神上的剧变，正如石块掠过水面，激起的涟漪一直延伸到池塘远处。

正如我们已经证明的那样，如果每个人都受到他所处环境、健康和经济背景的影响，那么显而易见的是，既然万事万物都处于永恒的变化之中（环境、健康和经济背景自然也是其中的部分），那么这个人也会变。事实上，他正是这一永恒运动的中心。

不要忘了一条基础性的真理：万事皆可变，唯变化永恒。

我们以一位成功的商人为例——一位纺织业商人。他很幸福。生意处于上升阶段，妻子和三个孩子也都心满意足。这是一个罕见的例子，事实上几乎不可能为真，但它能证明我们的观点。就他和家人而言，一切都让人满意。接着某地的一位大实业家发起了一项旨在削减工资、破坏工会的运动。对于我们案例中的主人公来说，这种做法似乎很明智。他认为近来工人变得太过盛气凌人。如果事情继续向工人们所期望的方向发展，那他们很有可能会接管产业，摧毁国家。因为我们的这位商人拥有一定的产业，所以他便觉得自己和家人形势危险。

不安的感觉缓慢但却顽固地占据了他的内心。他感到极大的困扰。他开始越来越多地了解这一严重问题。他可能明白，也可能一无所知——他的恐惧是由一些富有的实业家引起的，他们想要削减工资，并且正斥巨资在全国制造恐慌。我们的商人被这张宣传的大网所俘获。他想要尽自己的一份力，拯救国家于毁灭关头。他削减工人工资，但却没意识到这种做法不仅激怒了雇员，还成了一场最后证明必将自食苦果的运动的帮凶，甚至还可能毁了他自己的营生。他的行为导致购买力下降，随之而来的是，他的生意可能成为首批受害对象。

即便我们的商人了解所有缘由，不削减工资，也仍可能受害，因为他会被其他雇主削减工资所引发的回应影响。无论他是否想被改变，变化的形势也会改变他，而且它们会通过他的家人对他产生影响。他无法再支付与过去同样的薪水给工人，因为资金来源已经萎缩。这不仅会引发家庭成员之间的争吵，最终甚至还可能导致决裂。

欧洲或中国发生的战争，旧金山的罢工，希特勒对民主国家的袭击，尽管我们不曾身临其境，也一定会影响我们。人类的每一桩恶行，最后都一定会遭到报应。这或许令人感到可悲，但我们会发现，即便看似毫无关联的事物，实际上都密切相连，而且会对我们产生影响。

没有人能逃脱——无论是我们的纺织业商人，还是其余任何一个人。

银行和政府也和我们其余人一样，要被迫改变。在1929年大萧条时期，我们就见识过这一境况，损失的金钱无法计算。第一次世界大战过后，政府一个接一个地垮台，新的政府或制度取而代之。你的钱，你的投资，一夜之间便被一扫而空，你的安全感也随之消失。作为个体，你和世界上其余的人一样，都受到时局的威胁。

所以，角色就是他的生理构成与环境对他施加的影响的总和。以花朵为例，在朝阳、正午骄阳和夕阳下，它们的生长是非常不同的。

我们的心灵对外界影响所产生的反应，并不小于身体。早期的记忆是如此根深蒂固，我们经常会意识不到它们。我们可以下定决心，摆脱过去的影响，逃离自身的本能，但依然会被它们支配。无论我们多么努力地想要做到公正，无意识的记忆都会干扰我们的判断。

伍德拉夫（Woodruff）在《动物生物学》（*Animal Biology*）一书中称：

> 不把原生质体与周遭环境相联系，就不可能认识它们，无论它们是什么，环境及其自身活动的变化，都会直接或间接地在它们的外表上反映出来。

看看雨中撑彩色雨伞行走的女人，你会注意到，她们的脸庞会映出手中雨伞的颜色。童年时代的记忆、印象、经历，都会成为我们自身不可抹除的组成部分，将我们的思想映照得更为多彩。我们所能看到的一切，都来自这种映照过程。我们或许会反对这一着色过程，会有意识地反抗它，甚至抗拒我们的本能偏好，但它依然会映照出我们所代表的一切。

生活是变化的。最微小的干扰也会改变全局的模式。环境在变，人也随之改变。如果一个小伙子在合适的情况下遇见一个女孩，他可能会因为两人对文学、艺术或活动的共同爱好而被女孩吸引。共同兴趣可能会加深，直至他们感觉到喜爱与共鸣。共鸣逐渐增加，不等两人发现，就发展为比共鸣或喜爱更深刻的爱慕。如果没有事情打断这种和谐，它会变成爱恋。但爱恋还不是爱情，但是当它发展到热爱，然后到狂热或崇拜的阶段，就已经是爱情了。爱情是最后的阶段，可以通过牺牲得到检验。为了所爱之人，真爱能承受任何苦难。

如果一切都刚刚好，两人之间的感情便会沿着这个轨迹发展；如果没有东西打断两人刚刚萌发的爱情，他们可能会结婚，从此幸福地生活在一起。但是假设当这对年轻人发展到爱慕阶段时，一个恶意造谣者告诉小伙子，女孩在与他结识之前曾有过一段私情。如果小伙子之前有过不好的经历，那他可能会避开女孩，从爱慕变为冷静，从冷静转为怨恨，从怨恨变成憎恶。如果女孩态度轻蔑，并不为过去的事感到抱歉，憎恶便会发展为苦涩，苦涩又生出嫌恶。另一方面，如果小伙子的母亲也曾有过女孩一样的经历，之后却成为好妻子好母亲，那么小伙子的爱慕发展为爱情的速度可能会比其他情况下快得多。

这个简单的爱情故事可能有无数种变体。钱多钱少都会影响它的进程。工作稳定与否也一样。健康或疾病状况可能会加速或减缓爱情的消耗速度。任意一方家庭的财政和社会地位都有可能影响求婚的结果。遗传因素也可能制造麻烦。

每一个人都处于持续的波动和变化状态中。大自然中没有静止不变的事物，人类尤其不可能。

正如我们之前指出的那样，角色是他的生理构成与特定时刻的环境对他施加的影响的总和。

3．辩证的方式

何谓辩证法？这个词源自古希腊人，意思是对话或交谈。当时的雅典公民认为对话是一项至高无上的艺术——探索真理的艺术，他们会与彼此展开辩论，寻找最好的辩论家或演讲者。在所有希腊人中，苏格拉底是最完美的代表。我们可以在柏拉图的《对话录》中读到他的一些言论，仔细研究，我们或许能发现他的艺术奥秘。苏格拉底探索真理的过程如下：先陈述一个观点，找到它的矛盾点，根据这一矛盾点做出更正，寻找新的矛盾点。这一过程无限延续。

让我们来进一步审视这种方法。对话的发展有三个步骤作保障。首先，陈述观点，称为“正题”（thesis）。接着找到这一观点的反驳，称为“反题”，即原本观点的对立面。这时，要解决反对，就必须更正原本的观点，于是就有了第三个观点，因为是原本观点及其反题组合而成的，所以称为“合题”。

这三个步骤——正题、反题、合题——是一切运动的法则。一切运动着的事物都在不断地否定自身。在运动的过程中，所有事物都在朝它们的对立面变化。当下变为过去，未来变成当下。不存在不运动的事物。

永恒变化是所有存在的本质。每一样事物在时间的长河中都会变成它的对立面。每一样事物在自身内部都蕴含着它的对立面。变化是一种驱使事物运动的力量，它让事物变成其原本不是的东西。过去变成当下，同时还决定着未来。新生命诞生于旧生命，而且是旧生命与摧毁它的对立面的结合。这种对立使得改变永久持续。

人类就像矛盾所组成的迷宫。计划这件事，却做了那件事；明明是爱，他却认为自己是恨。被压迫、侮辱和打败的人，依然声称对那些压迫、侮辱和打击他的人表示同情和理解。

我们该怎样解释这些矛盾？

被你当作朋友的人为什么会背叛你？为什么儿子反对父亲，女儿反对母亲？

因为母亲坚持要他打扫他们住的那间肮脏的两卧公寓，男孩离家出走。他痛恨打扫。但是他却心满意足地在一幢大宅干起助理清洁工的工作——主要职责就是清扫走廊和街道。为什么？

一个十二岁的女孩嫁给一个五十岁的男人——而且发自内心地感到幸福。一个贼变成了荣誉公民，一位知名绅士成了贼。一个虔信宗教的体面家庭的女儿闯入地下世界沦为妓女。为什么？

表面看来，这些例子就像难解之谜，要用所谓的“人生奥秘”来概括。但它们是可以用辩证法来解释的。任务十分艰巨，但并非不可能，只要我们记住，没有矛盾，便没有运动，没有生命。没有矛盾，便没有宇宙。星星、月亮、地球都不会存在——我们也不会存在。黑格尔说过：

> 矛盾是一切运动和生命力的根源；事物只因为自身具有了矛盾，它才会运动，才获得动力和活力。

阿多拉茨基（Adoratsky）在他的《辩证法》（*Dialectics*）一书中写道：

> 辩证的法则是普遍存在的：无论是在宇宙空间里，运动发展形成恒星系统的巨大发光星云中，在分子和原子的内部结构中，还是在电子和质子的运动中，都能找到它。

生活在公元前五世纪的芝诺（Zeno）是辩证法之父。阿多拉茨基引述芝诺的论述如下：

一支箭在飞行途中，一定会经过一些特定的点，占据一些特定的位置。如果此话属实，那么在任何一个特定的时刻，它都位于一个特定的点，处于静止状态，也就是说，它是静止不动的；因此，它根本没有运动。所以我们便明白，不借助矛盾的陈述，我们就无法表述运动。箭位于一个特定的位置，但在同一时刻，它又不在那一位置。只有同时表达出这两种矛盾的论断，我们才能描述运动。

让我们就此打住，将一个人冻结起来。我们来彻底分析一下，那位离开虔信宗教的家庭成为妓女的女孩。只说某些力量导致她的堕落还不足够。当然有外力影响，但是什么外力？是某些超自然的指引感动了她？她真的认为卖淫这份工作有吸引力吗？几乎不可能。她读过这类事，也从父母、教会牧师口中听到过，说卖淫是社会上最糟糕的事之一，其中充满不确定性、疾病和恐惧。她知道娼妓为律法所不容，会受皮条客剥削，会被顾客和主人利用，导致她们最终孤独惨死。

一个有教养的正常女孩几乎不可能会想到去做妓女。然而这个女孩确实成了妓女——还有其他一些也一样。

要想理解这个女孩行为的辩证原因，我们必须彻底了解她。只有这样我们才能认识到她内在和外在的矛盾，有这些矛盾，才有运动，才有生活。

我们给这个女孩取名叫艾琳，下面是艾琳这一角色的骨架：

生理

性别：女性

年龄：十九

身高：一米五八

体重：不详

头发颜色：深棕色

眼睛颜色：棕色

皮肤：白皙

身姿：挺拔

外貌：迷人

整洁程度：非常

健康状况：十五岁时做过阑尾手术。容易着凉，全家人都近乎病态地担心她感染肺结核。她表面看来并不在意，实际却认为自己可能早死，于是希望在有能力时尽情享受人生。

胎记：无

畸形：除过敏症外，无

遗传：和母亲一样，体弱

社会

阶级：中产阶级。家庭生活舒适。父亲有一家杂货店，但近年来的竞争让他过得很痛苦。他担心会被年轻人排挤出市场。这种担心最终成为现实，但他决不会让家庭遭到牵连。

职业：无。艾琳本该在家里帮忙，不过她喜欢阅读，于是重担就落在十七岁的妹妹西尔维娅身上。

教育：高中。高二那年她想辍学，但在父母的坚持和直言威胁下，她好歹完成了学业。她从来就不喜欢上学和学习。她完全不能理解数学和地理，但喜欢历史。那些有关英勇、爱情、背叛的故事让她着迷。她大量阅读历史作品，但并没当真。日期和名字不重要，她只在乎有趣。她的记忆力不好，学习态度懒散，经常与老师起争执。她整洁的外表与字迹潦草、还有拼写错误的作文并不相称。毕业那天是她一生中最快乐的一天。

家庭生活：父母健在。母亲大约四十八岁，父亲五十二岁。两人结婚很晚。母亲婚前生活相当动荡。曾有过一段持续两年半的恋情，最后男人同另一个女人私奔。她试过自杀，却在打开煤气后被兄弟发现。精神崩溃后，她被送到姨妈家康复。她在那里住了三年，恢复健康后遇到了现在的丈夫。两人订了婚，不过她并不爱他。对男性的蔑视使得她对嫁给怎样的丈夫漠不关心。而另一方面，相貌平平的他却很自豪，一个这样漂亮的女孩竟然肯嫁给他。她从未告诉他之前的恋情，但也不担心他发现。他也一直未发现，因为他对她的过去不感兴趣。他爱她，尽管她一开始作为妻子非常糟糕。

艾琳出生后，她彻底改变了。她对家庭、孩子，甚至对文夫都产生了兴趣。不过她的胆囊却困扰了她多年，不做手术了可能痊愈。她开始变得暴躁易怒，不再像曾经那样阅读——连报纸也不读了。她只念过小学，梦想着艾琳能考上大学。但是女儿厌恶学习，掐灭了她的这个雄心。

可悲的是，她的成长岁月不受重视，而且她也把早年的失足经历归因为父母的忽视。其结果就是，艾琳每走一步，她都密切监管。这就导致母女之间经常发生口角。艾琳痛恨被监管，母亲却坚称这不仅仅是她的特权，还是她的神圣职责。

艾琳的父亲是苏格兰后裔，生性节俭，但他会竭尽全力满足家人的需求。他很宠爱艾琳，担心她的健康，经常在她与母亲口角时站在她这一边。不过他也知道，妻子的出发点是好的，也同意应该好好照管艾琳。父母过世后，他继承了父亲的商店，成了独资经营者。他也只念到小学，阅读当地报纸《邮差报》。他的父母都是共和党人，所以他也是一名共和党人。但如果被提问，他给不出任何信仰的理由。他坚定地信仰上帝和国家。他是一个简单的人，品味单纯。每年他都会向教会捐款，颇受当地人尊敬。

智商：低于一般水平。

宗教：长老会。不过说到宗教，艾琳其实是个不可知论者。她太过沉湎于自身。

社团：她加入了一个歌唱俱乐部，是“月光奏鸣曲社交俱乐部”成员，年轻人聚集在那里跳舞和玩游戏。有时游戏会变成直接的调情爱抚。艾琳因其魅力很受仰慕。她舞跳得很好——别无他长。在俱乐部中受到的称赞让她想要前往纽约成为舞者。当然了，当艾琳向母亲提起这个想法时，歇斯底里的一幕爆发了。母亲想要压制艾琳的志向，因为她害怕城市无拘无束的生活可能腐蚀艾琳的道德观念，往轻了说，也可能影响艾琳本就脆弱的健康状况。艾琳没敢再提这事。

艾琳在女孩中并不很受欢迎，不过因为生性较乐观，她对恶意的谣言并不太在乎。

政治立场：无。艾琳从来不清楚共和党与民主党的区别，也不知道还有其他党派。

爱好：看电影，跳舞。她爱极了跳舞。还偷偷抽烟。

阅读兴趣：庸俗杂志，爱情故事，绯闻和电影新闻。

心理

性生活：她与俱乐部成员吉米有过一段恋情。她害怕自己会遭遇悲惨的命运，其实并无根据。现在她已经不再和吉米交往，因为在她以为自己怀孕时，他却断然拒绝与她结婚。对于他的拒绝，她并不特别失望，因为她最热心的计划是去纽约进入歌舞团。在仰慕她的公众面前跳舞是她的最高梦想。

道德：“如果你能照顾好自己，任何性关系都不为错。”

志向：去纽约跳舞。有一年多的时间，她一直在存钱。如果其余计划都失败，她还可以离家出走。她很高兴吉米拒绝娶她。她无法想象自己成为一名家庭主妇，主要工作就是育儿。她觉得死在普兰斯维尔很可怕，生活在这里很难说有什么意义。她出生在这座镇子，了解这里的一砖一瓦。她感觉即便当不成舞者，只要能离开普兰斯维尔，她也会高兴。

挫折：她没学过跳舞。镇上没有舞蹈教室，去其他镇上练舞的开支父亲无力承受。她戴上一个悲剧光环，她让家里知道，她为了他们牺牲了自己的生活。

性格：急性子。最轻微的刺激都会让她勃然大怒。她报复心重，爱吹嘘。但是母亲生病时，她的奉献却令镇上的人惊讶。她坚持守候一旁，直至母亲完全康复。十四岁时，艾琳养的金丝雀死了，她难过了好几周。

态度：激进。

情结：优越感。

迷信：数字十三。如果周五发生不愉快的事，那么这周内还有不快的事要发生。

想象力：丰富。

这个例子中的“正题”是，父母想让艾琳嫁一个尽可能好的人家。

“反题”是艾琳根本不想嫁人，而是不计代价地想要成为一名舞者。

“合题”是解决方法：艾琳离家出走，发现自己沦落街头。

梗概

艾琳近来没去歌唱俱乐部，而是一直在和一个小伙子约会。一个女孩在街上遇到艾琳的母亲，闲聊问起艾琳为什么退出社团。母亲难以掩饰她的震惊，只能解释艾琳最近身体不太好。回到家，她进行了一次可怕的讯问。母亲怀疑艾琳已经不是处女，于是就想尽可能快地将她嫁给父亲商店的一位职员。艾琳意识到母亲下定了决心，于是便决定离家出走，实现她的理想。她无法在剧场找到工作，也没有挣钱维生的专长，很快便在紧迫的现实面前屈服，沦为妓女。

有成千上万的女孩离家出走。自然，她们并非全都成了妓女——因为她们相互之间以及与艾琳在生理、心理和社会构成上各不相同。一个出身受人尊敬的女孩如何成为妓女，我们的概要只是其中的一个版本罢了。

假设出生在这个家庭中的是个驼背，那么永远也不可能制造出艾琳这般的冲突。一个畸形的人在紧要关头，会做别的事。我们的角色想成为舞者，因此必须拥有一个好身材。艾琳不懂容忍。谦逊或懂得感恩的人拥有了艾琳的生活会感到高兴，永远也不会想要离家出走；所以，艾琳必须是不懂容忍的。艾琳是肤浅的。别的女孩可能聪明好学，懂得体谅，有同情心——她会忽略母亲显而易见的缺点，帮助母亲，巧妙地加以纠正。她不一定会离家出走。

艾琳是自负的。她收获了太多的赞美，对自己歌舞水平的认知超出了实际情况。她不害怕离家出走，因为她相信纽约正张开双臂等待她。艾琳必须是自负的。

艾琳已经完全发育成熟。她有爱慕者和追求者。她有过性经验，结果也不算坏。因此，走投无路时，她成为妓女就不会显得不自然。这是一个比自杀要容易的走出困境的方法。她为什么不回家？她在过去岁月的吹嘘，对于家中事情的不宽容态度，断绝了这条路。所以她必须不懂容忍，必须自负。

但是为什么她会变成妓女？因为你的前提限制了你，你要找一个这样的女孩，在没有其他生存方法时，会变成妓女的女孩。艾琳就是这样的女孩。

当然，艾琳可能会找一份服务员或售货员的工作，干上一阵子，接着又因为内心格格不入的感觉丢掉。这甚至可以由作为编剧的你决定，你可以让她尝试每一种不至于沦落到卖淫的方法。但是她必须失败：不是因为剧作家的希望，而是因为她的构成就是那样，无论如何她都无法对呈现在眼前的机会善加利用。

如果她确实成功避免了厄运，那么剧作家必须找到另外一个女孩，一个条件能满足原本前提的女孩。记住这个女孩有她自己的标准，你不能用你的标准来评判她。如果她有你这样的省察头脑，那她永远不可能陷入这类困境。但是她自负、肤浅、爱夸耀。她羞于承认失败。她出身小镇，那里的人们对她身上发生的事情一清二楚。她将无法面对她的朋友，无法容忍他们背地里的冷嘲热讽。

作为编剧，你的任务就是耗尽其他所有可能性，然后以合理的方式来呈现：她如何走上这样一条路，陷入她避之不及的命运。该如何证明她已别无他选，这取决于你。但是，无论出于任何原因，只要我们感觉到，卖淫不是艾琳的唯一出路，那么作为一名编剧，你就失败了。

因为所有的冲突都源自角色的生理和环境背景，这种方式是辩证的。是固有的矛盾让她走上了现在的道路。

当然，剧作家可以从一个情节或一个想法开始。但是之后他必须构想出一个能将情节和想法具象化的前提。这样一来，情节或想法就不会独立在剧作整体之外，而是成为它的组成部分。

前《纽约时报》影评人弗兰克·S. 纽金特（Frank S. Nugent）曾经用极为震惊的口吻，为一部名为《天生一对》（*Made for Each Other*）的电影写下这样的评论："事实上，《天生一对》的故事，碰巧是这样一个故事，说的是每一对年轻的情侣，以这样或那样的方式，曾经或将来会有的模样。斯沃林先生并未讲什么新鲜事，没有表明支持或反对，对人类命运的黑暗历程，也没有提供任何启示。他只是找来一对讨人喜欢的年轻情侣，或者说让他们找到了彼此，并允许他们自由发挥天性。对于剧作家来说，这是一个不同寻常的过程。按照惯例，他们会将天性抛到一边，编造些最可恨的事情让角色去做。普通人的行为竟然如此有趣，真是令人惊叹。"

是的，令人惊叹。要是剧作家和制作人能允许角色自行探索自己的命运，该有多好！

4. 角色发展

有关人类的天性，人们唯一所知的就是，它是变化的。变化是我们所能断定的它的一个特性。失败的制度都建立在认为人类天性永恒的基础上，不相信它会成长和发展。

——奥斯卡·王尔德《社会主义下人的灵魂》

无论你正在写作的是什么体裁，你都必须完全了解你的角色。你必须了解的不只是他们今天的样子，还应包括他明天以及从今往后许多年的样子。

自然界的一切都在变化中——人类也不例外。十年前的勇士现在可能成了懦夫，原因多种多样，随便列举几个，比如年龄、体力衰退、经济状况的变化。

你可能会觉得，你认识的一些人从不曾改变，也永不会改变。但这种人从来就不存在。一个人的宗教信仰和政治观念表面看来可能多年不变，但近距离审查就会发现，他的信念已经加深，或者变得肤浅。它们历经许多阶段、多次冲突，只要这个人活着，这种变化就仍将持续。所以归根结底，这个人还是变了。

就连石头也会变，尽管其分解难以觉察。地球经历着虽缓慢但持久不断的变形；太阳、太阳系、宇宙都一样。各种国家建立，经过青春期，走过成人岁月，变老，然后或是因为暴力，或是由于逐渐的解体而死去。

那么凭什么人就能成为自然界唯一永恒不变的？荒谬！

只存在一个领域，其中的角色违抗自然法则，保持不变——那就是糟糕的作品中。也正是角色固定不变的本性使得这样的作品失败。在长短篇小说和戏剧中，如果角色从头到尾状态都一模一样，那么，小说和戏剧就是失败的。

角色在冲突中得到展现；冲突始于决定，做决定是因为你戏剧的前提。角色的决定必定会引发对手做出另一个决定。正是这些互为因果的决定推动着戏剧走到最终目标，前提得到证明。

经历过一系列影响到生活方式的冲突后，没有人还能维持原样。他不可避免地要变化，改变他对生活的态度。

就连尸体也处于分解的变化过程中。一个人与你争论，试图证明他的不变性，但他其实正在改变，他在变老。

所以我们可以安全地说，任何文学作品中的任何角色，如果不发生根本改变，那就是描绘得不成功的角色。我们可以更进一步说，如果一个角色不能发生改变，那么他所处的任何环境都是不真实的环境。

《玩偶之家》中的娜拉一开始是海尔茂的“冒失鬼”和“小鸟儿”，戏剧的结尾变成了一个成熟的女人。她一开始像个孩子，但可怕的觉醒推着她迅速成熟。一开始她迷惑不解，接着感到震惊，然后想要自杀，最终奋起反抗。

阿契尔说过：从“发展”一词的普通意义来说，所有现代戏剧中，或许没有一个角色的“发展”能像易卜生的娜拉那样惊世骇俗。

打开任意一部真正伟大的戏剧作品，你都将发现同样的观点得到了证实。莫里哀的《伪君子》，莎士比亚的《威尼斯商人》和《哈姆雷特》，欧里庇得斯的《美狄亚》，全都建立在角色在冲突的冲击下不断变化发展的基础上。

《奥赛罗》起于爱，终于嫉妒、谋杀和自裁。

《熊》起于仇恨，终于爱。

《海达·高布乐》（*Hedda Gabler*）起于自负，终于自裁。

《麦克白》起于野心，终于谋杀。

《樱桃园》起于不负责任，终于财产的丧失。

《远足》（*Excursion*）起于渴望实现梦想，终于认清现实。

《哈姆雷特》起于怀疑，终于谋杀。

《推销员之死》（*Death of a Salesman*）起于幻想，终于真相。

《死路》起于贫困，终于犯罪。

《银绳》（*The Silver Cord*）起于控制，终于分解。

《克雷格之妻》（*Craig's Wife*）起于过分谨慎，终于孤独。

《等待老左》（*Waiting for Lefty*）起于不确定性，终于信服。

《热铁皮屋顶上的猫》（*Cat on a Hot Tin Roof*）起于绝望，终于希望。

《送冰的人来了》（*The Iceman Cometh*）起于满怀希望，终于彻底绝望。

《生涯》（*Career*）起于无望，终于成功胜利。

《阳光下的葡萄干》（*Raisin in the Sun*）起于绝望，终于理解和新的价值观。

角色持续地从一种心理状态走向另一种；他们被迫改变、成长、发展。因为剧作家前提清晰，角色的功能就是去证明。

一个人犯了错，往往还会犯另一个错。第二个错一般都由第一个引发，第三个由第二个引发。《伪君子》中的奥尔恭犯了一个严重的错误，将答尔丢夫带回了家，相信了他的圣洁。第二个错就是将一个小盒子委托给答尔丢夫保管，其中的文件“如果曝光，或许会叫我的朋友倾家荡产，如果他被捕，还会叫他掉脑袋”。

奥尔恭此前对答尔丢夫只是信任，但现在将这个盒子交给他保管，就是在害人。奥尔恭对答尔丢夫从信任到钦佩的发展是显而易见的，每行文字中程度都在加深。

答尔丢夫：藏得很严实。（指盒子）您大可像我一样放宽心。

奥尔恭：我最好的朋友！您的所作所为我实在无以为报。这也让我们比以往更亲密。

答尔丢夫：确实无以为报。

奥尔恭：我刚刚想到，如果顺利的话，有一件事我可以作为报答。

答尔丢夫：您说得不明不白的，兄弟。我恳请您解释清楚。

奥尔恭：前一阵子您说过，应该给我的女儿找个丈夫，以免她误入歧途。

答尔丢夫：我是说过。不过，像瓦莱尔那样粗俗的人真是令我难以想象——

奥尔恭：我也是。不过我最近突然想到，要想带领她避开人生的陷阱，再没有比您更安全和温柔的向导了，我亲爱的朋友。

答尔丢夫：（着实吓了一大跳）我吗，兄弟？不，不是的。

奥尔恭：怎么？您拒绝做我的女婿？

答尔丢夫：这是我从不曾奢望过的荣耀。可是——可是——我有理由相信，玛丽亚娜小姐对我没有好感。

奥尔恭：只要您对她有好感，那便无关紧要了。

答尔丢夫：老天有眼啊！兄弟，不会听凭美人凋零。

奥尔恭：是的，兄弟，是的——但您会因为那个原因就拒绝一个不无姿色的新娘吗？

答尔丢夫：（不确定与玛丽亚娜小姐结婚是否有助于他对艾耳密尔的计划）我不能那么说。许多圣人娶了清秀的女子，也并未犯下罪孽。不过——对您实话实说吧——我担心与您的女儿结婚会惹得奥尔恭夫人不高兴。

奥尔恭：她就算不高兴又能怎么样？她只是继母，无须得到她的赞同。我还要补充一点，玛丽亚娜会为她的丈夫带去丰厚的嫁妆，不过我知道您并不在意那些。

答尔丢夫：怎么会这样？

奥尔恭：不过如果您拒绝她，我会非常失望，我希望您能考虑这一点。

答尔丢夫：考虑到那一点，兄弟——

奥尔恭：不仅是那样，我还觉得，您认为我们高攀不上您。

答尔丢夫：高攀不起的是我。（他决定冒一次险）但是，与其让您这般误解我，我还是——嗯，我还是克服顾虑的好。

奥尔恭：那您就是同意做我的女婿了？

答尔丢夫：既然这是您的希望，我有什么资格说不？

奥尔恭：您再一次让我成了一个快乐的人。（他摇铃）我差人去叫我的女儿，告诉她我已经为她安排好婚事。

答尔丢夫：（走向右边他的房门）与此同时我想恳请您允许我告退。（走到门口）如果能让我再发表一下我的建议，就再好不过了。在告诉她这件事时，请少提我贫乏的优点，多强调您作为父亲的期许。（进门）

奥尔恭：（自言自语）多么谦逊！

奥尔恭犯的第三个错是，试图强迫女儿嫁给这个无赖。他的第四个错是立下契据将整个庄园交给答尔丢夫管理。他发自内心地相信，答尔丢夫会挽救他的财产，使其不至于被家人挥霍一空。这是他犯下的最严重的错误。他已经盖章确定了自己的厄运。但是这一荒唐行径不过是他犯的第一个错的自然结果。是的，奥尔恭从盲目相信到幻灭的过程是清晰可见的。作者通过角色一步步发展实现了这一目标。

当你播下一粒种子，表面看来，种子休眠了一段时间，实际上，水分立即就对它发起了攻击，软化了它的外壳，这样一来，种子内部以及它从土壤中吸取的化学物质，才有可能让它发芽。

压在上方的土壤很难冲破，但正是土壤的这种障碍和抵抗，迫使新芽为战斗积蓄力量。种子从哪里取得额外的力量？它没有徒劳无功地反抗上层土壤，而是伸展出纤细的根须，收集更多营养。因此新芽最后才能穿透坚实的土壤，胜利见到太阳。

根据科学，一棵蓟草要支撑不到一米高的茎，需要有超过三千米长的根须。你可以猜测一下，为了支撑一个角色，剧作家必须发掘多少素材。

我们来打个比方，把一个人比作土壤，在他的脑海中播下冲突的种子。就说志向吧！尽管他可能想要压制，但种子仍在他心中长大。内外压力越来越大，最终这粒冲突的种子有了足够强大的力量，突破了他顽固的头脑。他已经做出决定，现在到了行动的时候。

人内心和周围的矛盾创造了一个决定和一个冲突。反过来，这些又会强迫他做出新的决定，产生新的冲突。

人要做出一个决定，需要有多种压力的作用，不过其中最主要的三类便是生理、社会和心理。根据这三类压力，你可以得出无数种排列组合。

如果你种下一颗橡子，你当然期待长出一棵橡树苗，最终长成一棵橡树。人类的性格也一样。每种特定的性格都会沿着自己的轨迹发展，最后长出果实。只有糟糕的作品才会无视个性，让角色无缘无故地变化。种下一颗橡子，我们自然会期待长出一棵橡树，如果最后长出的是苹果树，我们无论如何都会感到震惊。

剧作家呈现的每一个角色，都必须拥有预示其未来发展的种子。在剧作结尾变成罪犯的男孩，必须拥有犯罪的种子，或者说可能性。

《玩偶之家》中的娜拉虽然可爱、温驯、顺从，但她内心却有着独立、反叛和固执的精神——这些都标志着可能的成长。

我们来仔细审视她的性格。我们知道在这出戏的结尾，她不仅仅是要离开丈夫，还要抛下孩子。在1879年，这种事简直闻所未闻。她几乎没有先例可循，即便有也极少。戏剧开场时，她身上一定存在着某种东西，这种东西在结局时发展成为独立精神。我们来看看这种东西究竟是什么。

戏剧开场时，娜拉哼着曲子进场。一个挑夫拿着圣诞树和篮子跟在后面。

挑夫：六便士。

娜拉：这是一先令，不用找了。

虽然一直在攒钱偿还秘密债务，但她依然很慷慨。与此同时，她正在吃蛋白杏仁饼，她本不该吃的，对她不好，而且她已经答应海尔茂不再吃甜食。所以她张口的第一句话就向我们展示了，她并不看重钱；而她所做的第一件事则表明，她正在食言。她像个孩子。

海尔茂出场：

海尔茂：我的小败家子又在浪费钱吗？

娜拉：是的，不过托伐，我们现在可以稍稍放宽点手脚了，不是吗？

海尔茂告诫她，还有一个季度他才能拿到薪水。娜拉像个不耐烦的孩子般大叫起来："呸！在那之前我们可以借钱嘛！"

海尔茂：娜拉！假设今天我借来五十磅，你在圣诞节这周就花了个精光，然后在除夕的那天一块石板瓦落在我头上把我给砸死了……

他对娜拉的轻率感到震惊。他痛恨这个"借"字。这正是海尔茂的典型做派。如果有欠款未还，他即便在坟墓中，良心也不得安宁。他顽固地坚守规矩。你能想象，如果他发现娜拉伪造过签名，会有怎样的反应吗？

娜拉：要是真出了那种事，我应该无暇顾及欠钱不欠钱了。

海尔茂：……一个家庭要是靠借钱和欠款支持，生活是不会自由和美满的。

娜拉在金钱事务上一直很无知，她的反应很专横。海尔茂很宽容，但还不至于放弃教诲的机会。这个问题让娜拉非常气馁。看起来海尔茂永远也不会理解她。

两个角色都已经刻画得非常鲜明。他们针锋相对——已经开始产生冲突。虽然还没有激怒彼此，但这一天不可避免地会到来。海尔茂确实爱她，于是开始将责任转嫁到她父亲身上。

海尔茂：你是个古怪的小东西，很像你父亲。你总能找到新方法，从我手里哄钱，而钱一到了你手中，简直就像化了一样……不过，人们必须接受你的本来面目。它已经融入你的血液，你这些东西确实是继承下来的，娜拉。

易卜生以大师级的笔触，勾勒出娜拉的背景。他对娜拉家世的了解，比她本人还要多。不过娜拉爱她的父亲，于是毫不迟疑地回应：“啊，我多希望自己能多继承些爸爸的优点。”这之后，她在蛋白杏仁饼的事情上厚脸皮撒了谎，像小孩一样，认为长辈立下的禁令实际并无意义。这个谎无伤大雅，但却展示了构成娜拉的本性。

娜拉：我不会违背你的愿望。

海尔茂：是，这话我敢确定；而且，你还对我发过誓。

生活和生意将海尔茂培养成了一个相信诺言神圣的人。这时，一件无关紧要的小事再度证明海尔茂缺乏想象力，他完全没能意识到，娜拉完全不是她表面看上去的样子。他未察觉自己家里发生了什么。娜拉把从他手里哄来的每一分钱都还给了债主，偿还她欠下的债务。在戏剧的开场，娜拉过着双重生活，甚至在这之前就开始伪造签名了。她一直保守着自己的秘密，沉着地认为，自己的行为是拯救海尔茂生活的壮烈牺牲。

娜拉：（对学生时代的朋友林丹夫人说）可是这绝对不能让他知道。我的天哪！你难道不明白吗？绝对不能让他知晓，他正身处怎样危险的境地。医生私下找到我，说他的病很危险，唯一能救他的办法，就是到南方去生活……我甚至暗示过，他应该借钱。可那话差点把他激怒，老天啊！他说我欠考虑，而他作为丈夫的职责就是阻止我突发奇想地花钱……非常好，我想着，我必须救你——就那样我想到了摆脱困境的办法。

易卜生用了不少时间来展开主要冲突。他投入非常宝贵的时间，来展现娜拉向林丹夫人坦白她为海尔茂所做之事的场景。林丹夫人和柯洛克斯泰恰好在这个时刻造访，显得过于巧合。不过我们在这里不是要讨论易卜生的不足之处。我们是在追溯娜拉个性发展的完整性。让我们来看一看，从娜拉身上还能学到别的什么东西。

林丹夫人：你是说你从未向他提及此事？［指伪造签名］

娜拉：（半带着微笑，若有所思地）是的，或许许多年后，有一天，当我容颜衰老，不再像现在这样好看时，我会告诉他。［这里有趣地呈现了娜拉的动机。她希望自己的行为能换来感激］不要嘲笑我。我是说，当然了，当托伐对我不再像现在这般忠诚，当他厌倦了我的舞姿、装扮和诵读时，手里保留些东西或许是好事。

这里有趣地呈现了娜拉的动机。她希望自己的行为能换来感激。现在我们可以推断，当海尔茂谴责娜拉是个糟糕的妻子和母亲，而非赞美她时，她该是多么震惊。于是，这就将成为她人生的转折点。她的童真将悲惨死去，她在震惊中第一次发现，世界充满敌意。她做了力所能及的每一件事来保住海尔茂的性命，并且让他过得幸福，而当她最需要他的时候，他却背叛了她。娜拉拥有了朝着某个方向发展的全部必要因素。海尔茂也在根据易卜生赋予他的个性行事。得知伪造签名之事后，他大发雷霆。

海尔茂：多么可怕的觉醒！整整八年——她就是我的喜悦和骄傲——结果竟然是个伪君子，是个骗子——比那还糟——还糟——她是个罪犯！这一切都丑陋至极！我感到羞愧！羞愧！我早该怀疑会发生这类事。我早该预料到了，都是你父亲遗传下来的恶习——你别说话！

“娜拉一言不发，紧紧地盯着他。他在她面前站定。”这些是易卜生的舞台提示。娜拉恐惧地看着海尔茂，她看到的是个陌生人，一个忘了她的动机，只顾他自己的人。

显然娜拉的社会背景对易卜生刻画她的心灵起到了帮助作用。她的心理构成也发挥了作用——她知道自己漂亮，提起过好几次。她知道自己有许多仰慕者，但是他们对她毫无意义，直至她决定离家出走的那一刻。

海尔茂：你父亲的恶习在你身上都显形了。不信宗教，没有责任感。

娜拉个性中的所有这些特点，在戏剧的开场就能分辨得出。发生的每件事都是她自己带来的。她的个性中存在这些东西，它们势必会引导她的行动。娜拉的发展是积极的。我们看到她的不负责任变成了焦虑，焦虑变成害怕，害怕变成绝望。高潮时刻先是让她感到麻木，接着她慢慢理解了自己所处的位置。她做出了最后的不可挽回的决定，一个如花朵盛开那般合乎情理的决定，一个由稳步且持续的进化所带来的决定。发展就是进化，高潮就是革命。

我们再来探查另一个角色——罗密欧体内所生长的可能性的种子。我们想知道，他是否拥有那些会将他引向不可避免的结局的个性特征。

爱恋罗莎琳的罗密欧在街上茫然转悠之际，遇见了亲戚班伏里奥，后者向他搭话。

班伏里奥：早上好，表亲。

罗密欧：还是早上吗？

班伏里奥：刚刚敲过九点钟。

罗密欧：唉！悲伤的时刻总是显得漫长。那个匆忙走过的人，是我父亲吗？

班伏里奥：是的。是什么样的悲伤拉长了罗密欧的时间？

罗密欧：因为缺少能将时间缩短的东西。

班伏里奥：你坠入爱河了？

罗密欧：跌出来了。

班伏里奥：跌出了恋爱的大门？

罗密欧：我坠入了爱河，却得不到她的心。

［罗密欧苦涩地抱怨，他心爱的人“未被丘比特之箭射中”。］

她太美，太聪明，
只不该剥夺她自身的幸福，叫我绝望灰心。
她已发誓放弃爱情，
那誓言让我活着也如同死去一般。

［班伏里奥建议他“多看其他美人”，罗密欧却并不觉得安慰。］

因故失明的人，

无法忘记失去视力之前见过的珍宝。

再见了，你无法教会我遗忘。[1]

但之后，通过一个奇怪的巧合，他得知心爱的罗莎琳将前往家族死敌凯普莱特宅做客，那家人要举行宴会。他决定冒死前去，哪怕只偷偷看一眼他的爱人。但到了那里，他却被另一位迷人的女士所吸引，根本无暇顾及罗莎琳，于是他屏息凝神地问了一名仆人：

罗密欧：挽着那位骑士手的小姐是谁？

仆人：我不知道，先生。

罗密欧：啊！火炬远不及她的明亮；

她皎然悬在暮天的颊上，

像黑奴耳边璀璨的珠环；

她是天上明珠降落人间！

瞧她随着女伴进退周旋，

像鸦群中一头白鸽蹁跹。

我要等舞阑后追随左右，

握一握她那纤纤的素手。

我从前的恋爱是假非真，

今晚才遇见绝世的佳人。

因为这个决定，他死亡的命运就已铸就。

罗密欧生性傲慢、冲动。发现真爱是凯普莱特之女后，他毫不犹豫地冲向了那座仇恨的城堡，那里面的人对他以及他的家人一直怀着杀戮之

1 《罗密欧与朱丽叶》选段译文均参考朱生豪经典译本。——译者注

心。他没有耐心，无法容忍任何反抗。对美丽的朱丽叶的爱让他变得更容易激动。但为了爱情，他甚至愿意卑躬屈膝。为了心爱的朱丽叶，任何代价都不嫌大。

如果考虑到他冒死以赴的英勇事迹——冒着生命危险只为看一眼罗莎琳——那我们就能推测出，为了一生真爱朱丽叶，他可能做出什么样的举动。

其他类型的人在面临如此危险情境时，不可能毫不畏缩。从戏剧的一开始，发展的可能性就根植在他的性格之中。

威廉·马金（Willam Maginn）在《莎士比亚论》（*Shakespeare Papers*）中称，罗密欧贯穿一生的厄运是因为他“倒霉”，即便他有其他热情或追求，也有可能像他的爱情一样倒霉。这种说法很有意思，值得指出。

但马金先生忘了，罗密欧和其他所有人一样，行为都是由性格支配的。是的，罗密欧的败落是注定的，但这并不是因为他“倒霉”。他那难以控制的冲动脾气驱使着他做出其他人轻易就能避免的事。

他的脾气、他的背景——简言之，他的性格就是保证发展、证明作者前提的种子。

我们希望读者记住一件重要的事，是塑造罗密欧的那类材料使得他成为他表现出的样子（冲动等等），并迫使他做出后来的行为（杀人并自杀）。这种性格从第一句台词就表现得很明显。

还有一个发展的好例子是尤金·奥尼尔的《悲悼》（*Mourning Becomes Electra*）。拉维尼娅是准将埃兹拉·马农和克丽丝汀的女儿。在剧作的一开始，当一个爱慕她的年轻人向她暗中示爱时，她说道：

（生硬、唐突地）我对爱情一无所知。我也不想有任何了解。（强烈地）我痛恨爱情！

拉维尼娅是关键角色，她在整出戏中都贯彻了她的声明。母亲的婚外情让她变成了后来的样子——无情、报复心重。

我们无意于阻止任何人写作虚假的人物，或者模仿不知疲倦的威廉·萨洛扬（Willam Saroyan），写些蹩脚韵律，歌颂生活之美。这类作品中的任何一部都可能打动人，甚至看上去很美。我们也无意于将格特鲁德·斯坦因逐出无病呻吟的文学圈，原因很简单，我们非常喜欢她的奇特行为和风格（我们坦白，虽然经常不知道她在说什么）。蓬勃的新生命正是发端于腐朽。这些不成形状的东西属于生活的一部分。没有失调，和谐永远也不可能达到。但是有一些剧作家显然在书写角色，想要将其打造成一座构建合理的大厦，当结果却写出虚假或萨洛扬式的东西时，他们坚持要我们将其视为戏剧。我们做不到，无论多么努力地尝试都做不到，正如我们无法将儿童的心智与爱因斯坦相提并论一样。

罗伯特·E. 舍伍德（Robert E. Sherwood）的《白痴的乐趣》（*Idiot's Delight*）就是这样的作品。虽然它赢得了普利策奖，但远远算不上构建完整的戏。这部戏剧的主要角色应该是哈里·范和艾琳，但我们在他们身上找不到任何发展的可能性。艾琳是个骗子，哈里则是个无忧无虑的好脾气。我们只在结尾看见一些发展，但那时剧作即将结束。

即便没有大制作，拉维尼娅、哈姆雷特、娜拉和罗密欧仍是真正的角色，具有生动、鲜活、有活力的个性。他们知道自己想要什么，并会为之争取。但可怜的哈里和艾琳却只是四处转悠，没有明显的目标可去追寻。

课堂讨论

问：你说的“发展”，说明确些是什么意思？

答：举例来说，李尔王准备将王国分给女儿们。这是一个大错，这出戏必须向观众证明这一决定的愚蠢。其证明的方式是，展示作为犯错的后果，李尔的行为对自身，对他的“发展”，或者说对逻辑发展的影响。首先，他怀疑他赋予孩子们的权力被误用。接着他疑心事实确实如此。之后他确信了，开始愤愤不平。接下来，他感到恼火，勃然大怒。但他被剥夺了所有权力，感到羞愧。他想要自杀。羞愧与悲愤交加，他陷入疯狂，随后死去。

他种下一颗种子，种子发芽，长出它注定要长出的果实。他从未想过果实会如此苦涩——但那正是他的性格导致的结果，是性格导致他最初犯错。而且他付出了代价。

问：如果他选择了正确的人——他的小女儿——作为最值得信赖的对象，他的发展还会是这样吗？

答：当然不会。每个错误——以及在他身上引发的回应——都是由之前的错误引出。如果李尔一开始做出的是正确选择，那么他就不会有动机去做后来的事。他的第一个错是决定将权力授予他的孩子。他知道这份权力很重大，它伴随的是最高的荣誉，而且他从未怀疑女儿们向他做出的保证，相信她们爱他，尊敬他。他对考狄利娅的冷酷感到震惊，于是犯了第二个错。他要求的是言语保证，而非行动证明。之后发生的一切都是这个根源引发的。

问：他的错误难道不仅仅是愚蠢吗？

答：是愚蠢。但是别忘了，所有的错误——无论你我——都是在犯下之后才变得愚蠢。一开始它们可能发源于怜悯、慷慨、同情、理解。我们在最后界定为愚蠢的东西，一开始可能是一个美丽的手势。

“发展”是角色对自己被卷入其中的冲突的回应。角色的发展，方法可能是做出正确的行动，也可能是做出错误的行动——但只要是真实可信的角色，他就必须发展。

以一对情侣为例。他们陷入了爱情，分开一阵子，他们就可能制造出许多戏剧因素。或许他们会各奔东西，两人之间存在冲突；或许他们会爱得更深，冲突来自外界。如果你问：“真爱历经磨难会加深吗？”或者你说：“即便是伟大的爱情也难逃磨难的损害。”这样你的角色就有目标去实现，有机会发展来证明前提。对前提的证明指明了角色发展的内容。

每出好戏的发展，都是从一个极限到另一个极限。我们来研究一部老电影，看看这句话是否正确。

《马姆洛克教授》（*Professor Mamlock*）

（他将从一极“孤绝”，发展到另一极“集体行动”。）

第一步：孤绝。他对纳粹的暴政漠不关心。他品格高尚，自觉超乎政事之上。尽管他目睹了周围的恐怖景象，却从未想过有人能伤害他。

第二步：纳粹力量侵入他的课堂，拷问他的同事。他开始担心，但仍觉得自己不会出事，并送走了那些恳求他逃走的朋友。

第三步：最终，他感觉自己会和其他人一样，被悲剧命运摧毁。他给朋友们打电话，解释他之前是孤立主义者的原因。他依然没准备好弃船而逃。

第四步：陷入恐惧，终于意识到之前的立场完全出于盲目。

第五步：他想逃走，但不知道办法和方向。

第六步：他变得绝望。

第七步：他加入共同反抗纳粹的队伍。

第八步：他成为一个地下机构的成员。

第九步：反抗暴政。

第十步：集体行动和死亡。

现在我们以《玩偶之家》中的娜拉和海尔茂为例。

娜拉：从顺从、逍遥、天真、轻信，到愤世嫉俗、独立、成熟、苦涩、幻灭。

海尔茂：从顽固、专横、自信、实际、严格、自视甚高、循规蹈矩、无情，到迷惑、没有信心、幻灭、依赖、顺从、虚弱、宽容、体贴、混乱。

再看下面两个例子：

由恨到爱

幕起前：不安全感、耻辱、愤恨、狂怒

幕起后：恨、造成伤害、满足、悔恨、谦卑、虚假的慷慨、重新评估、真正的慷慨、牺牲、爱

由爱到恨

幕起前：强占有欲的爱、失望、怀疑、质问

幕起后：猜疑、试探、受伤、领悟、苦涩、重新评估并调整失败、愤怒、狂怒（对自己）、狂怒（对对方）、恨

5．角色的意志力

一个薄弱的角色无法承担戏剧中持久冲突的重担。他无法支撑一出戏剧。于是，我们只能放弃用此类角色做主角。没有竞争就没有比赛，没有冲突就不成戏剧，没有对位就没有和声。剧作家需要的不仅仅是愿意为信仰而战斗的角色，而是有力量和毅力将战斗进行到底，直至达成合理结局的角色。

我们可以写一个一路积蓄力量的弱者；也可以写一个冲突中遭到削弱的强者，但是即便他的力量被削弱，他也必须用毅力承受这份耻辱。

奥尼尔的《悲悼》就是一个例子。布兰特告诉拉维尼娅，他是一个女仆和权势强大的孟南的私生子。在孟南家族眼中，他是一个弃儿，由母亲在远方养大。但是现在他换了假名回来，要为自己和母亲所承受的屈辱复仇。他是一位船长，用与拉维尼娅欢寝来隐瞒他与她母亲的私情。但是拉维尼娅的仆人提醒她警惕。

（布兰特想牵她的手，但刚一碰，她就抽回手，跳了起来。）

拉维尼娅：（横眉冷对）别碰我！你敢碰我试试！你这个骗子！你——（这时，当他一片混乱之际，她抓住机会，按照仆人塞丝的建议行动——故作侮辱轻蔑地盯着他）不过是一个低贱的加拿大女护工的儿子，除了廉价的浪漫之外，要是对他还有别的期许，那我想可就是愚蠢了。

布兰特：（大吃一惊）你说什么？（接着，听到这番侮辱他母亲的话，他勃然大怒，威胁地跳起来）闭嘴，该死的！不然我可不记得你是女人。孟南家族谁都不能侮辱她，只要我——

拉维尼娅：（现在她知道了真相，感到惊骇）所以是真的了——你是她的儿子！啊！

布兰特：（竭力控制自己，同时严词挑衅）是又怎样？我很自豪。我唯一的耻辱就是身上流淌着孟南家族的肮脏血液！所以你刚刚才不能忍受我的触碰，是不是？你洁白无瑕，仆人的儿子配不上你，对吗？老天哪，你刚才还很高兴呢！

这些角色充满活力与斗志，他们轻轻松松就能将戏剧的音量推至最响。布兰特为复仇计划了很久，现在事态几乎尽在他掌握时，他却遭遇挫败。这一刻冲突发展为危机。我们渴望知道，脱掉面具之后，他会怎么做。不幸的是，奥尼尔在这出戏中扭曲以致毁掉了他的角色——不过重要的是我们对戏剧的分析。

在欧文·肖（Irwin Shaw）的《灵魂拒葬》（*Bury the Dead*）中，一位死去士兵的妻子玛莎在发言：

玛莎：一座房子就该有一个孩子。但是那应该是座干净的房子，有一个装得满满当当的冰箱。我为什么不能有孩子？其他人都有孩子。每天撕日历的时候，她们不会感受到皮肤的松弛。她们坐着可爱的救护车，进入漂亮的医院，在彩色床褥上生孩子。上帝喜欢她们什么，竟让她们如此轻松就能拥有孩子？

韦伯斯特：（一位士兵）她们没有嫁给机修工。

玛莎：不！因为她们不用受穷。现在——现在更糟了。你一个月拿二十块军饷，把自己雇出去给人杀戮；我一个月挣二十块，为了一条面包，要排一整天的队。我已经忘了黄油的味道。我排着队，雨水浸湿了鞋袜，就为了每周一磅的腐肉。夜里我回到家，没人和我说话，只能与臭虫大眼瞪小眼，只点一盏小灯，因为政府要省电。你们要离开了，留下我继续过这样的日子。对我来说，战争就是枯坐着连个说话人都没有；对你们来说，战争就是必须行军出发，而且——

韦伯斯特：所以我现在才站在这里，玛莎。

玛莎：那你为什么等了这么久？为什么要等到现在？为什么不在一个月之前，一年之前，十年之前？你那时候为什么不站起来？为什么一直等到你死了？你这个与蟑螂为伍的穷光蛋，一个字也不说，然后他们把你杀了，你却站起来了！你这个蠢货！

韦伯斯特：我以前没看明白。

玛莎：你就是这样，一直等到来不及为止！活人有许多值得站起来的理由！好了，站起来吧！该到了你们反驳的时候。是时候了，所有你们这样可怜的穷光蛋，该站起来了，为了你们自己，为了你们的妻子，为了你们不能出生的孩子！告诉他们站起来！告诉他们！告诉他们！（她尖叫着。舞台灯灭）

这些角色也涌动着战斗的力量：无论他们做什么，都会迫使对手与之发生冲突。

纵观所有伟大的剧作，你会发现，其中的角色都会有力地挑起对问题的争论，直至他们被打败，或者达成目标。契诃夫笔下的角色即便处于被动状态也十分强大，环境积蓄的力量要费很大的工夫才能将其压垮。

一些看似微不足道的弱点可能很容易成为一出强有力剧作的起点。

以《烟草路》（*Tobacco Road*）为例。其中心角色吉特·莱斯特（Jeeter Lester）是个懦弱的人，既没有力量好好活着，也无法成功死去。贫穷摆在眼前，妻子和孩子在挨饿，他却只会摆弄大拇指。再大的灾难也无法撼动他。但这个软弱无用的人却有一股惊人的力量，在等待奇迹的发生。他固守着过去不放，却忽视眼前需要解决的新问题。他无休止地哀叹过去生活中遭遇的巨大不公——这是他钟爱的话题，但他却不做任何纠正。

这个角色是软弱还是强大？按照我们的思考方式，他是很长一段时间以来，我们在剧院中见过的最强有力的角色之一。他是腐朽与崩溃的典型，但他依然是强大的。这是一个自然矛盾。莱斯特顽固地维持现状，或者看似在维持，以应对时间的变迁。即便是宣告反抗自然法则，也需要巨大的力量，吉特・莱斯特拥有那样的力量，但是不断变化的形势会将他消灭，正如消灭所有无法调整适应的事物一样。吉特和恐龙拥有一样的本质。

吉特・莱斯特代表的是无依无靠的小农阶级。现代机械，不断聚集在少数人手中的财富，还有竞争、税赋、财产评估，这些让他和他的阶级失去了饭碗。他不会与那些失去产业的人联合，因为他不能意识到组织的价值，他的祖先从未参加过组织。他生活在孤立无援的悲惨境地，无视外面的世界，顽固地保持着自己的漠视。他的传统拒绝改变，但他的弱点恰恰让他尤其有力，他宁愿宣判自己和所属阶级缓慢死去，也不会改变。是的，吉特・莱斯特是个强有力的人。

有谁能想出比经典母亲形象更温柔、更软弱的角色吗？有谁能忘记她永远的警惕、温柔的照料、不安的提醒吗？她让自己臣服于一个目标，那就是孩子的成功，如有必要，甚至不惜牺牲她的生命。你的母亲不是这样吗？这样的母亲有很多，足够建立一种母性的传统。母亲的微笑、她愠怒的沉默、固执的警告、她的眼泪难道不曾萦绕在你的梦中，哪怕只有一次？难道你不曾感觉过，违抗母亲的意愿就像在杀人，哪怕只有一次？世间所有的罪恶加起来，也比不上对温柔的母亲撒谎更罪孽深重。

看似软弱，随时准备着撤退和屈服，但最后几乎每次都是赢家，这就是母亲。你并非总能知道自己是如何被束缚的，但发现已许下承诺，一旦试图打破束缚，你的头脑便会背叛你。

母亲软弱吗？绝对不是！想一下西德尼・霍华德（Sidney Howard）的《银绳》。里面的母亲毁掉了孩子的生活，但不是以残暴行为，而是以温柔、软弱的话语，以苦涩的泪水，以看似无用的沉默。最后她毁掉了所有和她相关的人的生活。她软弱吗？

那么，谁是与这些强大人物相对的弱势角色呢？是那些没有力量去战斗的人。

举例来说，吉特·莱斯特面对饥饿无动于衷。再怎么说，什么也不做，干挨饿都是怪异的。但这个人有毅力，虽然方向不对。自我保护是一项自然法则，它引导着动物和人类狩猎、偷窃和杀戮，以获得食物。吉特·莱斯特却不遵守这项法则。他有他的传统，他有祖辈留下的家园。贫困属于他，正如属于他的祖辈，他认为面对困境就逃离家园是懦夫的行为。他认为，为了属于他的这些东西而接受所有惩罚，是有勇气的表现。导致他固执的原因主要是懒惰，甚至懦弱，但引发的行为却是强有力的。

真正软弱的，是那些因为压力不够强就不肯战斗的角色。

以哈姆雷特为例。他很固执，以恶犬般不屈不挠的劲头证实了父亲的死亡真相。他是有软弱之处，否则他不会躲在背后装疯。他的敏感在战斗中是障碍，不过他还是杀了他认为在暗中监视他的波洛尼厄斯。哈姆雷特是个完整的角色，因此他是戏剧的理想素材，和吉特一样。矛盾是冲突的本质，当一个角色能克服内心的矛盾赢取目标时，他就是强大的。

说到刻画拙劣的薄弱角色，比如《黑色深渊》（*Black Pit*）中的密探，他永远无法决定该做什么。作者想让我们看见妥协的危险性，但是对这个本该鄙视的角色，观众却感到同情和怜悯。

这个人从来都算不上真正的密探。他不会挑战，而是感到羞耻。他知道自己在做错事，但无法自拔。另一方面，他不是个有阶级意识的工人，因为他对自己的阶级不忠——而且他对此无能为力。

没有矛盾的地方就没有冲突。在这出戏中，矛盾不明确，冲突也是。这个人让自己陷在一张网中，缺乏逃脱的勇气。他的羞耻不够深刻，无法迫使他做出决定——唯一的妥协；他对家人的爱也不够浓烈，无法激励他克服所有阻力，真正成为密探。不管怎样他都无法作出决定，这类人是不可能带动一出戏的。现在我们可以用另外一种方式来定义何谓薄弱的角色：“一个薄弱的角色，就是那种无论出于何种原因，都无法做出行动决策的人。”

乔，那位密探，是因为天性太过软弱，所以不管在任何条件下，都无法做决策吗？不。如果他发现自己所处的环境中压力不够大，那么就意味着作者有责任找到一个更加清晰的前提。在压力更大的情况下，乔可能会做出比之前更暴力的反应。妻子必须在没有助产士的条件下生产，这件事无法点燃乔。这种事在他的世界里每天都在上演，而大多数女性都挺了过来。

但是只要环境对了，没有角色不会反抗。如果角色软弱、顺从，那是因为作者没找到角色不仅准备就绪，而且渴望战斗的心理时刻。攻击点计算失误。或者可以这么说：必须给决策成熟的时间。作者可能抓住的是角色转变的阶段，此时的他尚未准备好行动。许多角色失败，是因为作者强迫他实施尚未准备好的行动，因为他可能还需要一小时、一年或二十年才能准备就绪。

我们在《纽约时报》的社论专页上找到这样一篇短文。

《谋杀与疯狂》

在研究了大约五百名谋杀犯后，大都会人寿保险公司在公报中有理有据地表达了轻微的震惊。一位愤怒的丈夫将妻子殴打致死，因为晚饭没做好；一个人因为两美分杀死了朋友；一个餐厅业主在一番有关三明治的争吵后开枪射死了一名顾客；一个青年杀死了他的母亲，因为她责骂他喝酒；两个酒鬼争论谁先向机械钢琴投五分硬币弹奏，其中一人将另一人砍死。

这些人都疯了吗？是什么激励他们为这点小钱、这点怨恨就取人性命？一般人不会犯下这类暴行——可能他们真的是疯了。

只有一个方法能查清真相，那就是透过凶手那残忍和惊人的表象，审视他们的生理、社会和心理构成。

我们举个例子，他五十岁。他因为一个玩笑就捅死了一个人。人人都觉得他是个凶残的、反社会的生物，一头野兽。我们来看看他的情况。

凶手的生平表明，他耐心、无害，是个勤劳养家的人，一个出色的父亲，一个受人尊敬的公民，一个深受爱戴的邻居。他在一家公司做了三十年的会计员，工作负责，温和有礼。听说他因为杀人被捕，大家都惊呆了。

他犯罪的根基始于三十二年前，他结婚的那一刻。当时他十八岁，爱上了他后来的妻子，不过妻子的性格与他恰好相反。她是个自负的人，不可靠，举止轻浮，爱说谎。对于她一直以来的失检行为，他只能闭上眼睛，因为他发自内心地相信，总有一天她会变好。他从未坚定地阻止过她的可耻行为，不过偶尔会威胁她，但也只是停留在口头。

要是有一位剧作家看见这一阶段的他，一定会觉得他太软弱无害，不足以成为一个引人注目的角色。他感到深刻的耻辱，但是对此无能为力。没有任何迹象能表明他会变成什么样。

许多年过去。妻子为他生了三个漂亮的孩子，他希望随着年龄的增长，她终将改变。她确实变了。她变得更谨慎，似乎真的安定下来了，想当一个好妻子和好母亲。

接着有一天，她消失了，再也没有回来。起初，这可怜人几乎疯掉，但他恢复过来，一边工作一边接替了她的家务职责。但是他的牺牲却没能换来孩子们的感谢。他们辱骂他，一有机会就离开了家。

表面上，我们的主人公一直在坚忍地承受这一切。或许他是个懦夫，缺乏反抗的能量。或许他拥有超人的能量和勇气，这样才能承受住这些辱骂和不公。

现在他失去了他为之骄傲的房子。他被深深地撼动了，努力想要挽救。但是他不能，他被压垮了，不过还没到采取激烈行动的程度。他依然是胆小的懦夫：变化，有的；苦涩，有的；不安，有的。他想要一个答案，但却遍寻不着，感到迷惑又孤单。但他没有反抗，反而隐遁起来。

到这里为止，他对剧作家来说依然算不上好素材——他依然没有做出决定。

现在他只剩下工作，只有工作能让他保持清醒，但近来工作也变得不稳定。于是这成了压垮他脊梁的最后一根稻草。一个年轻人顶替了他辛苦劳作了三十年的岗位。他被点燃了，愤怒到无以复加的地步，最后终于爆发。有人开了一个无伤大雅的玩笑——或许有关他的沮丧——他就将其杀了。他的杀戮没有明显原因，那个人从未伤害过他。

但是如果你看得足够仔细，你就会发现，总有一条由各种情况连成的长线，导致了一桩看似动机不明的犯罪。而这些“情况”可以在罪犯的生理、社会和心理构成中找到答案。

这与之前说过的错误估计有关。作者必须意识到，抓住角色心理发展的最高点至关重要，这个话题我们留到“切入点”一节再展开讨论。在这里我们可以说，只要周围条件足够充分，每一个活着的生物都有能力做任何一件事。

哈姆雷特在剧作的结尾和开端判若两人。事实上，每一页的他都在变——不是毫无逻辑，而是遵循着一条稳定的成长线。过去的每时每分、每周每天、每年每月，我们所有人都在变。问题在于，找到对剧作家处理角色最有利的时刻。我们所谓的哈姆雷特的弱点在于，他一直在拖延行动步伐（这有时是致命的），直至取得完全的证据。但是他钢铁般坚定的决心，他对目标的虔诚之心，无比强烈。他最终做了决定。吉特・莱斯特也做了决定，留下来，无论这是不是他有意识做出的。事实上，吉特的愿望是无意识的，我们可以说是下意识的；而哈姆雷特是有意识地做出决定，想要证明是国王谋杀了他的父亲。哈姆雷特的行动遵照的是他意识到的前提，而莱斯特的停留是因为他不知道除此之外还能怎么做。

这两种类型剧作家都可以采用。这是发挥创造力的时刻。麻烦始于作者将一个契诃夫风格的角色放进了一出充满凶杀情节的戏，反之亦然。在角色完全准备好之前，你无法强迫他做决定。如果你依然要尝试，你会发现角色的行动肤浅又陈腐——无法反映真实的角色。

所以，正如你看到的那样，实际上不存在薄弱的角色。问题在于，你是否在角色做好迎接冲突的特定时刻，捕捉到他。

6．情节还是角色？

杂草是什么？是一种优点尚未为人发现的植物。

——爱默生

尽管亚里士多德的文字经常被人引用，尽管弗洛伊德在著作中论述过人类的三要素之一，但角色从未得到如科学家对待原子或宇宙射线那般的彻底分析。

威廉·阿契尔在《剧作技巧手册》（*Playmaking, a Manual of Craftsmanship*）中曾说：“再现角色的技巧无法从理论建议中获得，也不受其控制。”

我们非常赞同，“理论建议”并非对每个人都有用——但是具体建议呢？如果表面看来无生命的物体确实更容易研究，那么人类不断变化的复杂个性也应当能够被分析——这个任务通过建议来组织和简化会更容易。

“要给出角色刻画的具体指引，无异于制定规则让人长到六英尺高。要么你本来就懂得，要么你就不懂。”阿契尔先生说。这是一句笼统且不科学的论断，而且似曾相识。就本质而言，这句话像是在回答显微镜的发明者列文虎克，也像是在回答因为说“地球是运动的”就差点被打成异教徒烧死的伽利略。富尔顿的蒸汽船收获的是嘲笑。“它动不了！”人群高喊，而当船动起来时，他们又喊：“它停不住！”

如今，宇宙射线已经能被拍摄到，而且还能用来测量其自身。

“要么你本来就懂得，要么你就不懂。”阿契尔先生说过。所以也就等于他承认，有些人拥有刻画角色的能力，能弄懂费解之处，而有些人就不能。但是如果有人能做到，而我们知道他是如何做到的，那我们能否从他身上学习？一个人做到这些是通过观察，他能看到别人忽略的东西。难道那些运气欠佳的人就看不见明摆在眼前的事？或许吧！仔细阅读一出糟糕的戏剧，我们会对作者漠视角色的行为感到吃惊；仔细阅读一出出色的戏剧，我们会为作者呈现的信息量之丰富而绝倒。那么，我们为什么不建议天资欠佳的剧作家训练他们的观察力和理解力？我们为什么不建议他们仔细观察？

如果那些“不懂”的剧作家具备想象力、选择和写作能力，那么通过有意识地学习那些“懂得”的剧作家凭本能就了解的东西，他们将做得更好。

为什么就连天生就懂得的天才也频繁失败？为什么那个曾经懂得如何刻画角色的人现在却在愚弄自己？有没有可能是因为他只凭借自己的本能在创作？为什么这些本能力量不能一直奏效？天赋出众的人要么拥有那份力量，要么就没有。

我们相信，你也会承认，许多天才都曾写过糟糕的戏剧——因为他们依赖本能的力量写作，这充其量是个击中击不中的运气问题。重要的事不应凭直觉、感觉和突发奇想，而应该根据知识行动。

阿契尔对角色的定义是：“为满足剧作家的实用目的，可将其定义为一种智力、情感和下意识习惯的复合体。”

这似乎并不足够，所以我们翻开《韦氏词典》。或许阿契尔先生的话语中包含的意思比表面要多。

复合体：由两个或更多部分组成，合成物，不简单的事物。

智力：只能通过理解力去领会，因此是一种精神特质；只能通过灵性视角或精神洞察力感知。

情感：一种生理或社交方面的搅动、纷乱或骚动。

现在我们知道了，这种说法看起来非常简单，其实异常复杂。虽然确实帮不上什么忙，但让人耳目一新。

光知道角色由智力、情感和下意识习惯复合而成，还不足够。我们必须弄清楚这个“智力复合体”是什么意思。我们已经知道，每个人都包含三个维度：生理、社会和心理。如果将这些维度进一步分解，我们将会认识到，生理、社会和心理构成包含着微小的基因——它们是我们所有行为的建立者和原动力，激励着我们所做的每一件事。

造船专家了解他使用的材料，了解它承受时间侵蚀的能力、它所能承受的重量。如果想避免灾难，他必须了解这些。

剧作家应该了解他处理的材料，即他的角色。他应该了解他们能承受多大的重压，以及他们帮助构建戏剧的能力。

关于角色，存在许多互相冲突的观点，在继续深入之前，不妨回顾一些。

约翰·霍华德·罗森在他的著作《剧作理论与技巧》（*The Theory and Technique of Playwriting*）中写道：

人们好奇地发现，很难将故事视为正处在变化过程中的事物，这样的困惑存在于所有剧作类教科书中，是所有剧作家的阻碍。

是的，这确实是一个阻碍，因为他们搭建房屋是从屋顶开始的，而非从地基开始逐步展示一个角色与周围环境的联系。罗森在他的序言中说过这样一段话：

戏剧不是将互相孤立的元素，如对话、人物刻画等捆绑在一起就能形成的。它是一个活的东西，所有元素都融为一体。

此话属实，但在紧接着的下一页，他写道：

我们可以学习一出戏的形式，即它的外在，但却无法掌握它的内在，即灵魂。

有一个基础原则我们如果不理解的话，确实永远无法掌握其内在灵魂，那就是：所谓的“内在”，看似不可预知的灵魂，无非就是角色。

罗森的根本错误在于颠倒了辩证逻辑。他接受了亚里士多德的一个基本性错误，“角色附属于行动”，混乱便由此而来。他把马车拴在了马前面，因此再怎么坚持“社会框架”也是徒劳。

我们主张，角色是世界上最有趣的现象。每个角色都代表着一个他自己的世界，你对这个任务了解越多，你对他的兴趣就越浓。我们刚好想到乔治・凯利（George Kelly）的《克雷格之妻》，它远远算不上构建完整的戏剧，但其中有意识地在尝试构建角色。凯利通过克雷格妻子的眼睛，向我们展示了一个世界，一个单调乏味但真实的世界。

乔治・萧伯纳说过，他不受原则支配，只受灵感启发。但是无论是否有灵感启发，任何人只要开始构建角色，那么他就在向正确的方向前进，就在遵循正确的原则，无论是否有意识。重要的不是剧作家的语言，而是他的行为。每一部伟大的文学作品都来源于角色，即便作者一开始构思的是情节。角色一旦被创作出来，立刻就会占有优先权，情节也不得不进行重塑来适应角色。

我们假设要造一座房子。但一开始就犯了错，房子塌了。我们再度开始——从屋顶开始——房子又塌了。又试了第三次和第四次。但最终我们还是将房子立起来了，完全没想过是改变了建设方法的哪一部分带来的成功。那么现在我们对造房事宜提出建议时，不会内疚吗？我们能发自内心地说“房子在建起来之前必先倒塌四次”吗？

伟大的戏剧来到我们面前，其作者对作品都拥有无限的耐心。或许他们动笔时走了错路，但他们一尺一尺地努力扭转回来，直至他们将角色作为作品的基础，尽管他们可能并未客观地意识到，角色是唯一能作为基础的元素。

罗森说：“情境很难构想，这取决于作者‘灵感’的力量。”

如果我们知道，一个角色所能体现的，不仅包括他的环境，还包括他的遗传、他的爱憎，甚至他出生城镇的气候，那么我们就不难构想情境。情境是角色所固有的东西。

乔治·皮尔斯·贝克引述小仲马的言论说道："剧作家在创作每一个情境之前，都应该自问三个问题：我该做什么？其他人会做什么？应该做的是什么？"

在一个情境中应该做什么？拿这个问题询问每一个人，但就是不问创造这一情境的角色，这难道不奇怪吗？为什么不问他？他比其他任何人都更了解答案。

约翰·高尔斯华绥（John Galsworthy）似乎抓住了这条简单的真理，因为他宣称是角色创造情节，而非相反。无论莱辛对此事有怎样的看法，他也是以角色为基础。本·琼生（Ben Jonson）也是——事实上，他甚至放弃了许多戏剧手段，只为将角色刻画得更鲜明。契诃夫没有故事可讲，也没有情境可说，但是他的戏剧很受欢迎，而且将来依然如此，因为他允许角色揭示自身以及他们所生活的时代。

事实上，与任何有机体一样，一个角色是处在不断变化中的，因为其在内外刺激的作用下，有能力完全颠倒自身。一个人怎么可能构想出一个静态的情境或故事，并将其强加在一个无时无刻不在变化的角色身上？

以"角色附属于情节"这一前提开场，教科书作者难免会陷入混乱。贝克引述过法国戏剧家维克托里安·萨尔杜关于戏剧如何展开自身这一问题的回答：

> 这个问题是永恒的。它的出现就像一类方程式，必须从中找出未知的量。这个问题让我无法安宁，除非找到答案。

萨尔杜和贝克或许找到了答案，但没有将其告诉年轻编剧。

角色和环境是如此密不可分，我们必须将其作为整体考虑。它们互相影响。一个出了错，就会影响对方，就像身体某一部分的疾病会让整个身体都遭罪。

“情节是第一考虑，因为它是悲剧的灵魂。角色次之，”亚里士多德在他的《诗学》中写道，“角色附属于情节。因此事件和情节才是悲剧的目的……没有行动便没有悲剧；但或许可以没有角色……戏剧吸引我们，主要原因不在于对人性的描绘，而在于情境，其次是身处其中的人物的感情。”

角色和情节哪一个更重要？为寻找答案我们检索了大量书籍，得出的结论是，有关这一问题，百分之九十九的表述都是混乱的，让人很难理解。

看看阿契尔在《剧作学》中的这段陈述：

> 在没有任何可被称为角色的东西的情况下，戏剧依然可以存在，但没有行动则不然。

但紧接着几段之后，出现了这样的表述：

> 行动应当为角色而存在：关系一旦颠倒，剧作便可能沦为新巧的玩意儿，而难以成为重要的艺术作品。

要找到真正的答案，并不需要学术探讨。它将对未来的戏剧创作产生深远影响，因为它与亚里士多德给出的答案不同。

我们将选取所有情节中最古老的一种来证明我们的观点，这是一出描写三角关系的陈词滥调的讽刺杂剧。

一位丈夫要出门两天，但忘了东西便回家去取。他发现妻子正躺在另一个男人的怀里。我们假设丈夫身高一米六，那情人却高大魁梧。这个情境降临在这位丈夫头上——他会怎么做？如果不受作者的干预，他会做他的个性命令他做的事，也就是他的生理、社会和心理构成要他做的事。

如果他是个懦夫，他可能会道歉，为他的闯入请求原谅，然后逃离——庆幸那个情人让他毫发无损地离开。

但是或许这个丈夫因为身材矮小而变得十分自大和好斗。他怒火中烧，扑向那大块头，不在意他可能会输。

他或许愤世嫉俗，发出冷笑；或许十分冷静，一笑带过；或许有无数种可能——这都取决于他的个性。

懦夫造就闹剧，勇者创造悲剧。

以终日沉思的丹麦人哈姆雷特为例，让他而不是罗密欧爱上朱丽叶。会发生怎样的结果？他可能会就此事思忖许久，喃喃自语些美丽词句，歌颂灵魂的不朽和爱情的永生，它们就像梧桐树，每年春天都重新萌芽。他可能会与朋友、父亲商议，与凯普莱特家族和解，而当谈判展开时，朱丽叶认为哈姆雷特不爱她，安心嫁给了帕里斯。之后哈姆雷特可能会继续沉思，诅咒命运。

罗密欧不计后果地冲向麻烦，哈姆雷特却在审视问题的机制。哈姆雷特迟疑不决时，罗密欧已经行动。

显然他们的冲突都源于自己的个性，而非反过来。

如果你强迫角色进入一个不属于他的情境，那你无异于强盗普罗克汝斯忒斯，你的做法就像是他砍短旅客的四肢，使其适应旅店的床铺。

情节和角色，哪个更重要？我们把敏感多思的哈姆雷特换成一个沉湎于享乐的王子，活着的理由就是享受王子身份赋予他的特权，那他还会为父亲的死复仇吗？恐怕不会，他会将悲剧变为喜剧。

我们再把对金钱事宜无知、为丈夫伪造签名的娜拉，换成一个熟知财政事务的成熟女人，她非常诚实，不会被对丈夫的爱引导着走入歧途。这个新娜拉可能不会伪造签名，而海尔茂可能当时就死去了。

太阳连同其活动制造了雨。如果角色的重要性排在第二，那么就没有理由阻止我们用月亮取代太阳。这样一来我们得到的情节会一样吗？当然不一样！

不过依然会有事情发生。月亮将见证地球的缓慢死亡，太阳所创造的蓬勃生机不复存在。虽然我们只更换一个角色，但那也一定会改变我们的前提，对戏剧的结果造成相当大的改变。太阳创造生命，月亮造成死亡。

这一推断不会有误：角色创造情节，而非反之。

不难理解亚里士多德为什么会对角色有那种想法。索福克勒斯在写作《俄狄浦斯王》时，埃斯库罗斯在写作《阿伽门农》时，欧里庇得斯在写作《美狄亚》时，戏剧中占据重要位置的应当是命运。诸神开口，人物根据他们的命令或生或死。“事件的结构”由诸神规定——角色只需要做事先为他们安排好的事。虽然观众相信这种做法，亚里士多德也据此构建了他的理论，但在剧中情况并非如此。在所有重要的古希腊戏剧中，都是角色创造行动。剧作家不过是用命运代替了我们今天所谓的前提。然而结果是一样的。

如果俄狄浦斯是其他任何一种人，悲剧便不会降临在他身上。倘若他不那么易怒，他不会杀死路上的陌生人。倘若他不固执己见，他不会强行追问谁杀了拉伊俄斯。他凭着罕见的毅力，挖掘出最细枝末节的真相，由于正直，他坚持不懈，哪怕责难的手指对准了他。如果他不那么正直，他便不会惩罚凶手，刺瞎自己的双眼。

歌队：哦！做了可怕事情的人，你怎能损毁自己的视力？是哪个魔鬼在煽动你？

俄狄浦斯：是阿波罗，朋友们，是阿波罗带来了这些灾难；但刺瞎我双眼的，是我的右手，不是别人。

如果无论如何都将由诸神来规定俄狄浦斯受哪种惩罚，那他为何还要刺瞎自己？诸神当然会信守承诺。但是我们知道，俄狄浦斯之所以这样惩罚自己，是因为他那罕见的个性。他说：“既然视力无法再带来欢愉，那我为何还要再看？”

无赖可能就不会那样想。他可能会将自己流放，这样预言就实现了——但那样一来会严重毁坏《俄狄浦斯王》这出戏剧的宏伟效果。

亚里士多德当时犯了错，而今天我们的学者也错误地接受了他对角色的裁定。在亚里士多德的时代，角色就已经是重要因素，无论过去或未来，没有角色就不可能写出好的剧作。

美狄亚共谋杀死兄弟，她牺牲兄弟是为了丈夫伊阿宋，但之后伊阿宋却将她抛开，娶了克瑞翁王的女儿。她的残忍行径得到了应有的裁决。什么样的男人会娶这样的女人？正是事实证明的伊阿宋那样的男人——无情的背叛者。任何剧作家都会羡慕构成伊阿宋和美狄亚两人的素材。他们靠自己的双脚站立，不靠宙斯的任何帮助。他们都得到了出色的描绘，拥有三个维度。他们一直在发展，而这是伟大剧作的基础性原则之一。

呈现在我们眼前的古希腊戏剧中，有许多与亚里士多德论点相左的非凡角色。如果角色附属于情节，那阿伽门农就不一定非要死在克吕泰墨斯特拉手中。

在《俄狄浦斯王》中，行动开始之前，忒拜王拉伊俄斯就知道，“根据预言，王后伊俄卡斯忒为他生的孩子将会弑父娶母”。所以儿子出生后，双脚便被铆钉钉在一起，丢进喀泰戎山等死。但一个牧羊人捡到这孩子，照料他，并将他交给另一位牧羊人，后者将他送给了主人科林斯王。俄狄浦斯得知预言后便逃走了，想以此来阻挠神谕的实现。但在浪迹途中，他在不知情的情况下杀死了父亲拉伊俄斯，并进入了忒拜王国。

但是俄狄浦斯是如何得知预言的？是在一次宴会上，一个醉鬼告诉他的：“你不是陛下的亲生儿子。”不安的他想知道更多。

俄狄浦斯：所以我瞒着他们前往德尔斐神庙，阿波罗将我打发回来，不回复我寻求的答案。［阿波罗为什么隐瞒俄狄浦斯想知道的信息？］但他却预言了另外一些可怕的事，令人悲恸万分、可怕至极的事，我注定玷污我母亲的床榻，生下令人憎恶的孽种。

看起来似乎是阿波罗有意隐瞒了俄狄浦斯父亲的身份。为何？因为“命运”，作为这出戏的前提，是命运驱使着角色走向不可避免的结局，索福克勒斯需要这股驱动力。不过就让我们想当然地认为，是阿波罗想让俄狄浦斯逃走，最终实现预言。我们不该质疑为何要让两个无辜的灵魂遭遇这般可怕的命运。反之，让我们回到戏剧的开场，看看俄狄浦斯的个性发展。

他当时正隐姓埋名流浪，是位成年勇士，正直而高尚，想摆脱自己的命运。靠近谋杀发生的三岔路时，他的心情并不轻松。他说：

俄狄浦斯：我遇见一个传令官和一个乘马车的人，就像故事中讲的一样，前面那人和那老人自己，粗暴地威胁要将我从路上赶走。

［所以他们态度粗鲁，还用了武力，这时：］

俄狄浦斯：我推了他一把，老人见此情景，等我经过马车时，便拿他的双头杖狠狠地向我头上砸。

［这时俄狄浦斯还击了。］

俄狄浦斯：……他挨了我一棍，从车座上翻下来，面朝下掉在地上。

这一事件表明，是拉伊俄斯及其随从挑起的事端。他们态度粗鲁，再加上俄狄浦斯心情沮丧，又是暴脾气，于是便根据性格做出行动。在这里，阿波罗绝对处于次要地位。不过你可能会说，俄狄浦斯又一次执行了命运的意图，但他其实不过是在证明前提而已。

进入忒拜城后，俄狄浦斯解开了斯芬克斯那难倒过无数人的谜语。斯芬克斯会问进出城市的人：什么东西早上四条腿，中午两条腿，晚上三条腿？俄狄浦斯回答是人，这证明他是城里最聪明的人。斯芬克斯羞愤死去，忒拜城的人高兴束缚终于解除，于是便推举他为国王。

于是我们知道俄狄浦斯勇敢、冲动又聪明。索福克勒斯还通过更进一步的证据，告诉我们忒拜城在他的统治下取得了繁荣。俄狄浦斯身上发生的任何事，都是因为他的性格。

如果你忘了我们之前关于古人对诸神作用观念的“论证”，那就阅读这出戏原本的面貌，你会发现我们论断的真实性。角色创造情节。

莫里哀将奥尔恭构建为答尔丢夫诈骗的对象时，情节就自动展开了。奥尔恭代表狂热的宗教信徒。理所当然，一个皈依的盲信者会反对他之前所相信的一切。

莫里哀需要一个无法容忍一切俗世之事的人。通过入教，奥尔恭成了这样的人。要让事态发展到这一步，这个人还应该有一个沉湎于一切生活之乐的家庭。我们的主人公奥尔恭必须认为所有这些世俗的活动都是罪恶。这样的人会全力改变那些受他影响或控制的人的生活方式。他会试着改造他们。而那些人则会心存愤恨。

这种决心迫使冲突发生，而因为作者前提明晰，故事就从这个角色生发出来。

当作者前提明晰时，要找到承担前提重担的角色可谓轻而易举。接受“伟大的爱甚至无惧死亡”这一前提后，我们必然会想到一对反抗传统、父母以及死亡本身的情侣。什么样的人有能力做到这一切？当然不是哈姆雷特，也不是数学教授。他必须年轻、充满自豪、行事冲动。这就是罗密欧。罗密欧能够轻松胜任分派给他的这个职位，《伪君子》中的答尔丢夫也一样。他们的个性就能制造冲突。没有角色的情节只是临时拼凑的古怪装置。

如果我们宣称，经过长期艰难的研究，我们得出结论，蜂蜜对人类有益，但蜜蜂的重要性次之，因此蜜蜂从属于其产出的蜂蜜，那读者会怎么看我们？如果我们说香味比花更重要，歌声比鸟更重要，你会怎么想？

我们应该改写本节开头时引述的爱默生的话。根据我们的目标，应该改成：

角色是什么？是一种优点尚未为人发现的因素。

7. 角色生发自己的戏剧

“浅薄的人相信运气。”爱默生说。易卜生戏剧的成功靠的不是运气，而是靠他的研究、设计和努力工作。让我们走进他的工作室，看看他工作的场景。让我们试着分析一下，《玩偶之家》中的娜拉和海尔茂，是如何根据前提和角色的原则，开始描绘他们自己的故事。

毫无疑问，易卜生被自己所处时代的女性不平等地位所触动（这出戏写于1879年）。作为一名斗士，他想要证明“婚姻中两性的不平等地位导致不幸”。

一开始，易卜生知道他需要两个角色来证明他的前提，他们是一对夫妇。但不是任意一对夫妇就能满足要求。他需要这个丈夫能代表当时所有男性的自私形象，妻子能代表所有顺从的女性。他要找的是一个以自我为中心的男人，和一个有牺牲精神的女人。

他选择了海尔茂和娜拉，不过到这时为止，他们只是贴着“自私”和“无私”标签的名字。接下来的一步自然是让他们变得丰满。作者在构建角色时必须非常小心，因为之后在冲突中，他们必须自行决定该做什么，不该做什么。既然易卜生有一个渴望证明的明晰前提，那么他的角色必须是不需要作者的帮助也能自行立起来的人物。

海尔茂成了一家银行的经理。要在一家重要机构中挣得最高职位，他一定非常勤勉和尽责。他富于责任感，令人想起坚守秩序的无情高管。毫无疑问，他要求下属守时和忠诚。他拥有过高的市民荣誉感，深知自己职位的重要性，并且极其小心地守卫它。名誉是他的最高目标，为了得到它，他不惜牺牲一切，甚至爱情。简言之，海尔茂是一个令下属憎恨，却能受上级喜爱的人。他只有在家里才是一个人类，同时还拥有一颗报复之心。他对家人无限热爱，为人所痛恨和害怕的人经常如此，因此他比常人需要的爱更多。

他大约三十八岁年纪，中等身高，性格坚决。即便在家里，他的发言也装腔作势，充满说教。他出身中产阶级，为人正派，但算不上太富裕。他时刻不忘他所热爱的银行，这似乎透露了他的志向，作为一个年轻人，他不过想在这样一个组织中维持这样一个职位而已。他对自身极为满足，对未来也毫无疑心。

他没有坏习惯，不抽烟不喝酒，碰到特殊场合才喝上一两杯。于是我们眼中的他是一个有着高尚道德准则，并且也要求其他人遵守的人。

所有这些在剧作中都能看见，虽然它们不过是一份粗略的角色研究概况，却表明易卜生对海尔茂一定非常了解。他也一定知道，女主角必须与这个男人所代表的所有观念都背道而驰。

于是他这样概括娜拉：她是个孩子，大手大脚，没有责任心，会说谎，像孩子那样骗人。她像一只云雀，唱啊跳啊，无忧无虑——但却真心地爱着丈夫和孩子们。她性格的关键在于，她非常爱丈夫，为了丈夫，甚至愿意做其他任何人都不敢想的事情。

娜拉有一颗聪明的探寻之心，但她对自己生活的社会所知甚少。因为对海尔茂的爱和钦佩，她愿意做一个玩偶般的妻子，结果就是，她的心理发展迟滞于智力。她原本是个受溺爱的女儿，现在则是丈夫继续宠爱她。

她二十八或三十岁的样子，可爱迷人。她的背景不像海尔茂那般无可挑剔，因为她的父亲也是个逍遥派。他有些古怪的想法，也就暗示家族中可能有秘而不宣的丑闻。娜拉的无私可能就表现在，她想要看到每个人都和她一样快乐。

这样就有了两个可能产生冲突的角色。但是怎样让他们产生冲突？没有任何暗示表明两人之间可能出现第三者。一对如此深爱彼此的夫妇，能发生怎样的冲突呢？如果有任何怀疑，我们都必须回到角色研究和前提。在那里我们应该能找到线索。仔细观察，果然就找到一个。既然娜拉代表着无私和爱，那么她有可能为家人做一些事情，最好是为丈夫，从而引发他的误解。可那会是什么事呢？如果再次卡壳，我们可以再次阅读角色研究，在那里一定能找到答案。海尔茂代表名望。好了。娜拉的行为应当破坏或威胁到他的职位。但是因为她无私，那么这件事必须是为丈夫而做，而丈夫的反应必须显示出，与名望相比，他的爱显得很空洞。

什么样的行为会让一个人在职位受到威胁时，如此失去平衡，甚至抛弃一切？只有一种，那就是他从自身经验中得知的，最卑劣、最可耻的事情，某件涉及钱的事情。

盗窃？有可能，但娜拉不是小偷，也不可能接触到太多的钱。但是她做的事必须与筹钱有关。她一定急需那笔钱，而且钱的数额必须大于她所能经手的数目，但又不至于引发大骚乱。

在继续深入之前，我们必须知道，她筹钱的动机得令丈夫恼怒才行——恼怒是个保守的说法。或许她欠了债？不，不。海尔茂绝不会借超出偿还能力的钱。或许她需要某件家居用品？不，那并不能引起海尔茂太大的关注。疾病？绝妙。是海尔茂生病，娜拉需要钱来照顾他。

娜拉的推论很好理解。她对金钱事务了解甚少。她需要为海尔茂筹钱，但海尔茂宁愿死也不愿借债。她不能找朋友，以免海尔茂发现她的所为而感到受辱。她不能偷窃，我们已经讨论过。唯一的通路就是去找专门放债的人。不过她清楚，作为女人，她的签名效力不够。她也不能请朋友联署，因为会引来不愉快的提问，而那正是她竭力避免的。找陌生人？但是接触任何陌生男人都有可能引发不道德的提议。她太爱她的丈夫，这类事甚至不会去想。只有一个人能帮她——她的父亲。但父亲病得厉害，已在生死边缘。如果身体健康，他可能会帮她弄到钱，但那样一来就不成戏。角色必须通过冲突证明前提，因此娜拉的父亲必须死。

娜拉为此感到悲恸，但同时也让她有了一个主意。她可以伪造父亲的签名。想到这条唯一的出路，她喜不自禁。这个主意如此完美，她高兴得不得了。她不仅有了筹到钱的办法，还能瞒住海尔茂。她会告诉他，钱是父亲留给她的，她不能拒绝。所以这钱也属于他。

她就这样做了，拿到了钱，感到无比的高兴。

但这个计谋有个瑕疵。放款人认识这家人——他与海尔茂在一家银行工作。他一直知道签名是伪造的，但是对他而言，这伪造的签名比最好的担保和证明都更有价值。如果娜拉还不上钱（事实果然如此），海尔茂会千倍奉还。谁让他是海尔茂呢！名誉受到威胁的情况下，考虑到他的职位，任何事他都愿意做的。放款人高枕无忧。

如果你仔细读过娜拉和海尔茂的个性概要，你就知道，是他们的性格让这个故事有了可能性。

课堂讨论

问：谁迫使娜拉做那些事的？她为什么不能克服各种难题，合法借钱？

答：前提迫使她只能选择一个方向，能证明前提的方向。你会说，人有权选择一百种不同的方法来达成目标，我们也同意。但是当你有一个想要证明的明晰前提时，情况不是这样的。经过详细的审查和排除，你必须找到能引导你实现目标，也就是证明你的前提的唯一方法。易卜生选择了他的那条路，通过描绘自然而然就会在这条路上行动的角色，证实了他的前提。

问：我不明白，为什么只能有一种构建冲突的方法？我不相信，除了伪造父亲的签名之外，娜拉就没有别的路可走。

答：那你会让她怎么做？

问：我不知道，但一定有别的方法。

答：如果你拒绝思考，讨论就到此结束。

问：好吧！为什么偷窃的合理性不及伪造签名？

答：我们已经指出，她接触不到钱，不过就让我们假装她能接触到吧！

那她要从哪里偷钱呢？当然不能从海尔茂那里，因为他没有钱。从亲戚那里？好吧！——但是当亲戚知道是娜拉偷的后，会不会揭露她呢？这么做势必会影响家族声誉，他们很有可能会只字不提。让她从邻居、陌生人那里偷？那不符合她的个性。但是假设她这么做了，只会让事情更复杂。

问：那不正是你要的冲突吗？

答：只有能证明前提的冲突才是需要的。

问：偷窃不能证明？

答：不能。伪造父亲的签名，她只让丈夫和自己陷入危险；偷窃会伤害无辜的人，他们不应被牵扯进这个故事。此外，偷窃会改变前提。担心事情败露，不可避免的耻辱，这些会蒙蔽原本的前提。这样就变成了对偷窃的谴责，而不是为女性平等地位的诉求。

不过你会问，如果娜拉偷窃又没被发现呢？那只会证明她是个高明的窃贼，而不是一个应该得到平等地位的女性。如果她被抓呢？那么随之而来的会是一场英勇的斗争，海尔茂会竭力将她救出牢狱，然后抛弃她。他的名声会迫使他这样做，这样一来证明的正好是你一开始设定的前提的反面。不行的，我的朋友。你左手握着明晰的前提，右手握着完美的角色分析，所以你必须沿着设有限行标志的道路笔直地往前走，不要瞎晃到小路上去了。

问：看来你不能脱离那个前提。

答：看起来是的。前提是位暴君，它只允许你走一条路，一条绝对能证明它的路。

问：娜拉为什么不能卖身？

答：那样能证明她承担着家庭的重担和责任吗？能证明她与男性平等吗？能证明世上不应有玩偶之家吗？能吗？

问：我怎么知道？

答：如果你不知道，那讨论就此结束。

8．关键角色

关键角色（pivotal character）就是主角（protagonist）。根据《韦氏词典》，主角是“在任何运动或事业中带头的人”。

任何与关键角色相对的人都是对手或对立角色（antagonist）。

没有关键角色就没有戏剧。关键角色是制造冲突，让戏剧向前发展的人。关键角色知道他想要什么，没有他，故事便会陷入困境——事实上，就没有故事。

在《奥赛罗》中，伊阿古（关键角色）就是一个行动主义者。由于遭到奥赛罗的蔑视，他便用挑拨离间、激发嫉妒的方式报复。他开启了冲突。

在《玩偶之家》中，柯洛克斯泰坚持要修复家族的名誉，几乎逼得娜拉自杀。他是关键角色。

在《伪君子》中，奥尔恭坚持要把答尔丢夫强加给家人，开启了冲突。

关键角色不仅要有欲求的事物，他的欲求必须非常强烈，在为达到目标而付出努力时，他必须摧毁什么东西，或者被摧毁。

你可能会说：“假设奥赛罗把伊阿古梦寐以求的官职给了他呢？”那样一来就不会有这出戏。

一个人物要成为好的关键角色，那他必须拥有一个一直以来都十分渴求、其程度超过生活中其他任何事物的东西：复仇、荣耀、志向等。一个好的关键角色必须有某样非常重要的东西处于紧要关头。

不是每个人都能成为关键角色。

一个人若是恐惧超出了欲望，或是不具备足以消耗一切的巨大激情，或是耐心超常，不会反抗，是无法成为关键角色的。

顺便说一句，耐心分两种：积极的和消极的。

哈姆雷特没有忍耐的耐心（消极的），但有坚持的耐心（积极的）。《烟草路》中的吉特·莱斯特忍耐的耐心令人惊叹。殉道者虽然遭受折磨，但他们的耐心是一种强有力的力量，我们在戏剧和任何其他类型的写作中都可以运用。

积极的耐心坚持不懈，无惧死亡。消极的耐心不具备回弹力，没有忍耐困苦的内力。

关键角色必须是好斗的，不肯妥协，甚至冷酷无情。

吉特·莱斯特虽然表现得像个“消极”角色，但他其实和“好斗”的伊阿古一样富于挑衅性。两人都是关键角色。

最好还是澄清一下我们所说的“消极”和“积极”（好斗）的关键角色的具体含义。

每个人都理解什么是好斗的角色，但我们必须解释一下“消极”的含义。为了一种理想，无论真实还是虚幻，而去承受饥饿、折磨、生理和心理上的苦楚，需要荷马史诗般的英雄力量。这种负面力量其实也是好斗的，因为它会激发对抗行动。哈姆雷特的窥探，吉特·莱斯特疯了一般地坚守在自己的土地上，并最终饥饿至死，这都是绝对会激发反抗行动的行为。所以负面力量，如果持久不衰，是会变成正面力量的。

这些力量对任何类型的写作都是有益的。

再强调一次，关键角色必须是好斗的，不肯妥协，甚至冷酷无情，无论他是“消极”还是“积极”的。

关键角色是一种驱动力，这并非他自己的决定。他成为这样的角色是因为一个简单的原因，即某种内在或外在的必要性迫使他行动；他有某种东西，如荣耀、健康、财产、防卫、仇恨或强烈的冲动，正处于紧要关头。

《俄狄浦斯王》中的俄狄浦斯坚持要查出弑君的真凶。他是关键角色，阿波罗威胁如果他不找到凶手，他的王国就会遭到瘟疫的惩罚，这激起了他的攻击性。人民的福祉迫使他变成了关键角色。

《灵魂拒葬》中的六个士兵拒绝下葬，不是因为他们自身，而是因为发生在绝大多数劳动人民头上的巨大不公。他们拒绝下葬是因为人类。

《玩偶之家》中的柯洛克斯泰之所以无情，是为了给他的孩子恢复清白。

哈姆雷特查明谋杀父亲的凶手不是为证明自己，而是要将罪行绳之以法。

正如我们所见，关键角色之所以成为关键角色，从来不是因为他的渴望。他实在是被内外形势所迫，才变成了这个样子。关键角色的发展空间不像其他角色那般广阔。举例来说，其他角色可能会从恨到爱，或从爱到恨，但关键角色不能，因为在你的剧作开场时，关键角色已经起疑，或者已经在计划杀戮。从猜疑到发现不忠的路途，要比从绝对信任到发现不忠短得多。因此，如果一般角色从爱到恨需要十步，那么关键角色可能只需要四步、三步、二步，甚至只需要一步。

哈姆雷特始于确信（父亲的鬼魂将谋杀之事告诉了他），终于谋杀。《悲悼》中的拉维尼娅始于仇恨和复仇，终于凄凉。麦克白始于垂涎王位，终于谋杀和死亡。从盲目服从到公然反抗的转变，比压迫者由愤怒到复仇镇压起义劳工的转变要大许多，但两者都是转变。罗密欧和朱丽叶经历了恨、爱、希望、绝望和死亡，而他们的父母，即关键角色，只经历了恨和后悔。

我们说贫穷滋生犯罪，并不是在抨击一个抽象概念，而是在抨击导致贫穷的社会力量。这些力量冷酷无情，而代表它们无情的是人。在戏剧中，我们抨击这个人，通过他也就抨击了造成他这副模样的社会力量。这个代表不能软弱，须有背后的力量支持。如果他确实软弱，你就知道这个角色选择失当，需要另一个能忠诚服务于背后力量的代表。

关键角色的情感强度要与对手相匹配，但发展范围要小。

课堂讨论

问：关于发展的一些事仍然让我不解。比如在电影《锦绣山河》（*Juarez*）中，每个角色都经过了转变：马克西米利安从踌躇到坚定，卡洛塔从爱到疯狂，迪亚兹从信仰到摇摆。只有华雷斯没有发展，他虽然感觉麻木，但信念坚定，这让他成为一个不朽的人物。问题出在哪里？他为什么没有发展？

答:他其实一直在发展，但不像其他人那样明显。他是关键角色，他的力量、决定和引领要为冲突负责。我们应该回到这个问题，看看为什么他的中心地位让他的发展不那么明显。不过，先让我们向你证明他的确在成长。他警告马克西米利安，然后履行了他的威胁。这是发展。当他发现自己的力量不能抵抗法国人时，他改变战略，解散了他的军队。这是发展。我们看到他在转变。当听到牧羊男孩描述狗群如何集结起来与一只狼战斗后，我们知道了他改变主意的原因。我们看到了华雷斯是如何处置叛徒，在敌人的营地迎战敌军的。他在射击队的枪林弹雨中穿行的场景让我们见识了他在真实冲突中的模样，让我们确信他是一个非常勇敢的人。

他对马克西米利安的毫不留情证明了他对自己人深刻的爱。通过对他性格的不断阐述，我们了解到他的动机正直且无私。有一个难以觉察的转变发生在马克西米利安的棺木前，当时华雷斯喃喃道："原谅我。"直到这时他才终于表现出他对死者的爱，他的残酷不是针对马克西米利安，而是为反抗帝国主义。

问：那么他的发展是从抵抗到顽强抵抗，而非从恨到宽恕。我明白了。为什么华雷斯的转变不必像马克西米利安那样大？

答：华雷斯是关键角色。记住，关键角色的发展比其他角色少得多，原因很简单，因为他在故事开始之前就已经做出了决定。他是迫使他人发展的动力。华雷斯的力量就是愿意为自由奋战和牺牲的民众的力量。

他并不孤单。他战斗并不是因为他想战斗，而是必然性迫使这个热爱自由的人去反抗压迫者，否则他宁愿死也不会臣服于奴隶制。

如果一个关键角色不具备战斗的内在和外在的必要因素，只有奇思怪想作为动机，那么就存在他任何时刻都有可能放弃作为推动力的危险，这样一来就背叛了前提，因此也就背叛了戏剧。

问：那些想写作、表演、唱歌、绘画的人呢？你会把这种自我表达的内在渴望称作异想天开吗？

答：他们之中有百分之九十九都是异想天开。

问：为什么是百分之九十九？

答：一般来说百分之九十九的人都会在尚无机会达成任何目标之前放弃。他们没有耐力和毅力，不具备生理和精神力量。有些人虽具备生理和精神力量，但创作的内在渴望不够强烈。

问：冷、热、火、水这类自然因素有可能作为关键角色吗？

答：没有可能。当人类还在原始社会的黑暗中缓行时，这些自然因素是地球上绝对的统治者。那种状况近乎永恒，其存在无可置疑和挑战，持续了几十亿年之久。原生动物、海藻、细菌、阿米巴虫，它们没做过任何抵抗这种秩序的行为。但人类做了。人开启了冲突，人成为这出存在戏剧的关键角色。他不仅利用这些自然因素，还利用不断开发的新药去征服疾病。

人类积极反抗自然因素并非因为突发奇想，而是因为急迫的必要性，并且通过智慧执行。这一必要性和智慧迫使他分裂原子，创造出拥有可怕的毁灭性力量的原子能；但是如果他想生存，这种极大的恐怖将迫使他再度将这种力量用于人类进步而非毁灭。他这么做并不是因为高尚，而是因为急迫的“需要”将再次迫使他出手。

再强调一次：关键角色之所以成为关键角色，是纯粹需求迫使的结果，而不是因为他愿意。

9. 对立角色

任何与关键角色相对的人都必然成为对手或对立角色。对立角色是阻止不顾一切往前冲的关键角色的人。他的反抗将激励无情的关键角色使出全部力量和计谋，动用全部创造力。

如果有任何充分的理由，导致对立角色无法进行持久的战斗，你最好还是寻找其他有意愿的角色。

任何剧作中的对立角色都必须有力，假以时日，还必须和关键角色一样无情。只有交战双方实力旗鼓相当，战斗才精彩。《玩偶之家》中的海尔茂是与柯洛克斯泰对抗的对立角色。关键角色和对立角色必须对彼此有危险性。两人都冷酷无情。《银绳》中的母亲发现儿子带回家的女人是旗鼓相当的对手。《奥赛罗》中的伊阿古是个冷酷和阴险的关键角色，奥赛罗是对立角色。奥赛罗的权威和势力如此强大，致使伊阿古不敢表明自己的目的——但无论如何，他还是制造了巨大的危险，不仅如此，也让自己的生活陷入危险之中。所以奥赛罗是位旗鼓相当的对立角色。这在《哈姆雷特》中也一样。

现在让我再重复一遍：对立角色必须和关键角色一样有力。矛盾的性格必须发生意志冲突。

如果一个粗暴的大块头在用肢体挟持一个小个子，我们反对他，但这并不意味着我们就该屏住呼吸，等待这场力量不均衡的对抗结束。我们一早就知道结局。

小说、戏剧，或任何类型的写作，实质上都是一场自始至终不断发展，直至达到必然结局的危机。

10．和谐编排

当你准备好为戏剧挑选角色时，注意要将他们和谐编排。如果所有角色都是同一类型——例如，全部都是地痞——那就像是一支管弦乐队只有鼓手。

在《李尔王》中，考狄利娅温柔、仁爱、忠诚，长女高纳里尔和次女里根冷酷无情、诡计多端。李尔本人则轻率固执，惯于无故发怒。

和谐的编排是任何戏剧中冲突升级的原因之一。

一出戏剧中可以挑选两个骗子、两个妓女、两个窃贼，但他们的脾性、哲学和说话方式都必须不同。如果一个窃贼是体贴的，另一个必须无情；如果一个是懦弱的，另一个必须无惧；如果一个尊重女性，另一个必须对女性持轻视态度。如果两人脾气相同，生活态度一样，就不会有冲突，也便没有戏剧。

易卜生在为《玩偶之家》挑选娜拉和海尔茂时，不可避免地要选一对已婚夫妇，因为前提处理的就是婚姻生活。这个挑选阶段显然所有人都会经历。

当剧作家选择了同类型的角色，又想在他们之间生发冲突，那么麻烦就来了。

比如《黑色深渊》中的乔和伊奥拉，两人非常相像，都善良又体贴。他们拥有相同的理想、欲望和恐惧。于是乔在做出致命抉择时几乎没有遇到冲突。

娜拉和海尔茂也深爱彼此。但海尔茂专横，娜拉顺从；海尔茂小心谨慎、正直真诚，娜拉则会像个孩子般撒谎；海尔茂对自己所做的每件事都很负责，娜拉却漫不经心。娜拉在每一点上都与海尔茂截然不同，两人被完美地编排在一起。

假设海尔茂娶的是林丹夫人。她心智成熟，理解海尔茂的世界与标准。两人可能会争吵，但永远不可能出现像娜拉和海尔茂那样由于彼此的不同而引发的巨大冲突。像林丹夫人这样的女人，不可能伪造签名，就算她做了，她也会意识到自己行为的严重性。

林丹夫人与娜拉不同，柯洛克斯泰也不同于海尔茂，而阮克医生则区别于他们所有人。总之，这些性格迥异的角色就像乐器，互相搭配，演奏出一支和谐编排的乐曲。

编排要求有界定清晰的角色，他们毫不妥协地彼此对立，经由冲突从一极移向另一极。说起“毫不妥协”，我们想到哈姆雷特，他追逐目标，即搜索谋杀父亲的凶手的架势，就像警犬追逐猎物。我们想到海尔茂，他对公民荣誉的严格原则导致了戏剧的发生。我们想到《伪君子》中的奥尔恭，他在狂热的宗教信仰中，不仅将财富转交给一个恶棍，还欣然地将妻子暴露在对方的追求之下。

每次观赏戏剧时，都试着想想各种力量是如何被编排在一起的。这些力量可能组成了集体，也可能以个体形式呈现；法西斯对民主，自由对奴隶制，宗教对无神论。反对无神论的信徒并非全都一样。他们个性之间的分歧可能是天壤之别。

在《八点的晚餐》（*Dinner at Eight*）中，基蒂和帕卡德就编排得很巧妙。尽管基蒂与帕卡德有许多相似点，但他们之间还是隔了一个世界。两人都想为上流社会接受，但帕卡德想抵达政坛的顶端，基蒂却痛恨政治和华盛顿。她无所事事，他却无暇休息。她躺在床上等候爱人，他却忙于事业四处奔波。在两个这样的角色之间，存在着无穷无尽的冲突可能性。

每一次大的变动都由许多小的变动组成。我们假设在一出戏剧中，这个大变动是由爱到恨。那么其中的小变动是什么呢？宽容到难忍是一个，它还可以分解成从冷漠到烦恼。所以无论你为戏剧挑选的是怎样的变动，都会影响你的角色编排。为由爱到恨这一变动所编排的角色，对于由冷漠到烦恼这种小变动来说，就显得过于激烈。契诃夫的角色就非常适合他为戏剧挑选的变动。

举例来说，基蒂和帕卡德绝对不适合《樱桃园》，而《樱桃园》的角色也绝不可能成为《李尔王》的基础。人物的对立应当与你所驾驭的变动相称。用小的变动也可以写出好戏，但即便是小规模的冲突也必须尖锐，正如契诃夫的戏剧所表明的那样。

当有人说“今天是个雨天”时，我们其实并不知道他说的是哪种程度的雨。可以是：

细雨（星星点点）

中雨（持续不断）

大雨（倾盆而下）

暴雨（伴随大风）

类似的，有人可能会评论“某某人是个坏人”。我们完全不知道所谓的“坏”是什么意思。他可以是：

不可靠

不可信

骗子

小偷

敲诈者

强奸犯

杀手

我们必须精确地了解每一个角色所属的分类。作为作者，你必须了解每一个角色的确切状态，因为你需要编排他与对手。不同的变动必须采用不同的编排。但必须有编排，有界定清晰、有力、毫不妥协的角色，出现在与戏剧变动相称的冲突之中。

举例来说，如果变动是：

由冷漠

到厌倦

到焦躁

到恼火

到厌烦

到愤怒

那么你的角色不可能黑白分明。他们或许应该是从浅灰到深灰，但无论如何，他们应该被编排。

如果你的角色编排合理，正如《玩偶之家》《伪君子》或《哈姆雷特》，那他们的语言也必须互不相同。举例来说，如果你的角色一个纯洁，另一个放荡，那他们的对话应该反映他们各自的天性。其中一个毫无经验，想法天真，与之相对的浪荡公子则经验丰富，而这一点也将从他所说的每一件事反映出来。两人的每一次碰面，都一定要展露出一方的知识丰富，另一方的无知懵懂。如果你忠于你的三维性格大纲，那你角色的言行举止都将忠于他们自身，你也便无须担心对立。如果你让一位英语教授面对一个从来都说不对一句话的人，那么不必寻找，你就拥有了你所需要的全部对立。如果这两个角色碰巧发生冲突，并试图证明戏剧的前提，那么由于他们语言的对比，冲突会愈发丰富多彩、激动人心。对比必须内含于角色之中。

冲突以发展为支撑。那个纯真的处女可能会变得聪明。在婚姻上，她可能给浪荡子上了一课，让后者变得不再自信。那位教授可能变得说话漫不经心，另一个却成了雄辩家。记住萧伯纳的《卖花女》中的伊莱莎发生了怎样的变化。窃贼可能变得正直——而正直的人也可能变为窃贼。浪荡子可能变得忠诚，而忠诚的妻子也可能变得浪荡。无组织的工人有了组织后也可以变得强大。当然，这些只是粗略的大纲。任何角色都有无限的发展可能，但必须有发展。没有发展，戏剧开头所有的对立都会失去。发展的缺失意味着冲突的缺乏；而冲突的缺乏则说明，你的角色没有编排好。

11. 对立统一

即便一部戏编排和谐，我们又凭什么保证对立角色不会中途停战，或者干脆放弃？问题的答案可以在“对立统一”中找到。这个短语许多人一开始都会用错或误解。对立统一不是指冲突中的任意对立力量或意志。误用这种统一会导致角色无法将冲突进行到底。要对抗这种灾难，我们首先要保证的是这个术语的定义：什么叫对立统一？

如果一个人在人群中遭到陌生人推挤，双方几番辱骂过后，他对对方出手，引发的打斗是对立统一的结果吗？

只是表面性的，不是基础性的。两人都想打斗，他们的自我受到蔑视，想通过暴力手段报复，但两人之间的争端并非根深蒂固，没有到致伤致死才能解决的地步。这种对立角色就可能在戏剧中途放弃。他们可能会理性思考、解释、道歉，然后握手言和。真正的对立统一是不可能达成妥协的。

在将这一规则运用到人类之前，我们必须再次以大自然为例。谁能想象人体内一种致死病菌和白细胞能够达成妥协？这场战斗它们一定会进行到底，因为双方势不两立，必须斗到你死我活的地步。这里没有选择。病菌不会说：“好吧！这个白细胞太顽强，我打不赢，还是找别处去生存。”不战斗到牺牲为止，白细胞也不会放过病菌。它们是对立的双方，统一在摧毁对方的战斗之中。

现在我们将这一原则运用到剧场。统一娜拉和海尔茂的因素很多：爱、家庭、孩子、法律、社会、欲望。但他们是对立的双方。因为他们各自不同的性格，这个统一必须打破，或者一方完全屈服于另一方，因此也就抹杀了他的个性。

正如病菌和白血球的例子，只有角色之一身上某种重要个性“死去”，统一才会被打破，戏剧才能终结——在这出戏剧中，指的就是娜拉的顺从。自然而然地，戏剧中的死亡不一定是人的死亡。切断娜拉和海尔茂之间的统一性非常艰难，丝毫称不上轻松。统一得越紧密，打破就越难。尽管这种统一内部发生了性质上的变化，它依然会影响被其维系在一起的角色。在《白痴的乐趣》中，角色之间没有任何可以互相维系的东西。要是有人不高兴，他就可以离开。

另一方面，在《旅程的终点》（*Journey's End*）里，士兵之间毫无疑问建立了牢不可破的统一。我们确信，他们必须待在战壕，或许会死在里面，尽管他们都希望能逃到千里之外。有些人用喝酒来保持勇气，那样才能符合人们的期望。我们来分析他们的处境。在这些人生活的社会，某些矛盾聚集起来，导致战争爆发。这些人不想打仗，无意于保家卫国，但是他们却被送上战场，因为他们屈从于那些决定以战争解决经济问题的人的欲望。此外，这些年轻人从小就被教育，为国捐躯是英雄之举。他们在矛盾的情感之间被撕扯：逃生意味着会被认定为懦夫，受尽鄙视；留下则意味着荣誉——以及死亡。戏剧就存在于这两种愿望之间。这出戏是对立统一的完美典型。

在自然界，任何东西都不会“毁灭”或“死亡”，它们只是转化成为另一种形状、物质或元素。娜拉对海尔茂的爱转化为解放和对更多知识的渴望。而海尔茂的自命清高则转化为对自身真实面目以及与社会关系的追寻。一种失去的平衡试图为自身寻找一种新的平衡。

以开膛手杰克为例，这个人无差别地杀人，但却一直未被警察缉拿归案，因为他的动机不明。他与受害人之间似乎不存在联系和统一。他的行为无法与仇恨、愤怒、嫉妒和复仇相连。他与受害人代表的是不存在统一的对立双方。他的动机是缺失的。这种缺乏动机的情形也解释了为什么会有如此多糟糕的犯罪戏剧。为了在女人面前炫耀，于是就为金钱而偷盗或杀人，这永远无法成为真正的动机。它太浅显。我们看不见犯罪活动背后的不可抗力。罪犯都是被背景所阻挠的人，因为无法采取更多正常行动，犯罪就成了必然。如果我们有机会观察一个谋杀犯是如何被需求、环境和内外矛盾所迫走上犯罪道路的，那我们就是在见证运转中的对立统一。恰当的动机能在对立方之间建立统一。

一个皮条客向一个妓女索取更多的钱。她会给他吗？她必须给。她深爱的丈夫生了病。如果拒绝皮条客，后者可能会泄露她的秘密。

你侮辱了一位你的朋友。他愤而离席，再也没有返回。但是如果你问他借过一万美元，他还会如此轻易离开，再也不返回吗？

你的女儿爱上一个你憎恶的男人。她会离家出走吗？她当然会。但是如果她希望你支持她未来的丈夫做生意，她还会走吗？

你与岳父合伙做生意。你不喜欢老人的方式。你能解除这种合作吗？我们不知道有什么拒绝的理由。唯一的麻烦就是，老人手中握有一张你伪造签名签署的支票，只要他乐意，他能将你送进监狱。

你与继父一同生活。你恨他，但依然留在他家里。为什么？你严重怀疑是他杀了你父亲，你留下来是想证实。

你将财产分割给孩子们，作为回报你只要求在他们宽敞的房子里为你留一个房间。后来他们变得很难相处，甚至出言侮辱你。当你已经没有自行谋生的手段，你能打包行李离开他们吗？

后面两个例子看起来似曾相识。这是理所当然的，因为它们就是《哈姆雷特》和《李尔王》的重演。

法西斯主义和民主被死死攥在一起，构成完美的对立统一。必须将一方摧毁，另一方才能存活。其余类似的对立还有：

科学——迷信

宗教——无神论

资本主义——共产主义

我们可以无限列举，这些对立统一中的角色紧密相连，不可能达成妥协。当然，角色必须由这类东西构成，这样他们才会走极端。对立方之间的统一必须非常有力，只有当其中一方或双方最后力量耗尽、被打败或完全毁灭，僵局才会打破。

如果李尔王的女儿们理解他的境况，便不会有这出戏剧。如果海尔茂明白娜拉伪造签名是为了他，那么就不可能有《玩偶之家》。如果一个处于战争中的国家政府理解战士们的极度恐惧，那他们可能会让战士们回家，停止战争，但他们会允许这种事发生吗？当然不会。李尔王的女儿们冷酷无情是因为这是她们的天性，因为她们一心想实现目标。政府发动战争是因为内在矛盾迫使他们走上毁灭之路。

这里有一个滑稽剧的大纲，其中的对立统一是随着故事的进行而建立的：

这是一个寒冷的冬夜，你下班回家。一只小狗缠上了你。你说："好狗狗。"因为你们之间不存在统一，你继续向前走，忘了狗的事。到家门口，你看见它还跟着你。可以说它认定了你。但是你不想要狗，于是就说："走开，狗狗，走开。"

你进门与妻子用晚餐、阅读、听广播、睡觉。第二天一早，令你震惊的是，那只狗还在那里，摇着尾巴满怀希望地等待你。

"真有毅力啊！"你怜悯地说。你走向地铁站，狗跟随在后。在地铁口你摆脱掉它，几分钟后就将它忘了。但到了晚上回家时分，正当你要进门时，你又看见了狗。它显然在等你，像迎接一个长久不见的朋友一般迎接你。这时候它已经冻僵了，还骨瘦如柴，但高兴地期待你带它回家。如果你的心长在正确的位置，你会的。你不想养狗，但是这只不会说话的动物发狂一般的坚持打动了你。它想要你，它爱你，看上去它宁愿死在你家门口，也不愿放弃你。

你只好带它上楼。它的坚持已经在你们之间建立起一种对立统一。

但是你的妻子大为光火。她不想要狗。你为自己的行为辩解，但只是徒劳。她很坚决地说：“狗还是我——你选。”所以你屈服了。给这个小家伙喂食后，你告诉妻子：“你送它出去。我不忍心。”她欣然照做，但之后却感到有些伤感，因为想起那小家伙在外面的冷风中呜咽。

她开始担忧。她感到生气，自己被迫做了狠心人，但说到底，她从来都不想养狗，现在也不想。

这一晚算是被毁了。你用奇怪、敌意的眼光看着妻子，仿佛是第一次看到她的真实面目。

早上你又看见那只狗，但现在你真的很生气。它让你和妻子之间第一次产生了真正的裂痕。你想将这该死的动物撵走，但是它拒绝离开。它再次陪同你走到地铁，这一次你确信晚上回来还会看见它。

你一整天都在想着这只狗和妻子。你觉得现在它已经冻死了。你决定必须为此做些什么，你迫不及待地想要回家。

到家后你却没看见狗，你没有进门，而是开始找狗。但是到处都没有那动物的痕迹。你万分失望，本来还想不顾妻子的反对将它带回家的。如果她为了一只狗就想离开你，那就随她吧！反正她从来都不爱你。

你怀着一颗苦涩的心上楼，面对的却是你所见过的最奇怪的景象。你看见那只小流浪狗坐在你家最好的扶手椅上，它洗了澡，毛发也梳理过；你的妻子跪在它面前，像哄婴儿一样正在和它说话。

在这个案例中，狗是关键角色。它的决心改变了两个人。一种平衡消失，另一种平衡建立起来。即便你的妻子不将狗领进门，过去的关系也会被打破。

只有当一个或更多角色身上的一个特点或主要特质发生根本性变化时，真正的对立统一才会被打破。在真正的对立统一之中，是不可能出现妥协的。

在你找到前提后，最好立即找出角色之间是否存在对立统一，如有必要可测试。如果它们之间不存在这种不可打破的牢固纽带，那么你的冲突就永远不可能达到高潮。

Chapter 3

冲突

1．行动的起源

风吹是一种行动，即便只是一阵微风。

雨是一种行动，甚至连它的名字也是如此，雨（rain）这个词既是动词也是名词。

我们的祖先穴居人猎杀他能吃的东西——那当然是行动。

人行走是行动，鸟的飞翔，一座房屋的燃烧，阅读一本书，这些都是行动。生命的每一种表现形式都是“行动”。

那么我们能否将行动视为一种独立的现象？

我们来看风。我们所谓的风，是围绕在我们周围不可见的空气的大规模收缩和膨胀。冷和热创造了这种名为“风”的运动。多种成因共同作用，才使得这种行动成为可能。只靠不活跃的风自己，是不可能的。

雨是阳光和其他因素的产物。没有它们，就没有雨。

穴居人猎杀。猎杀是一种行动，但在其背后，却是一个被生活环境所迫才猎杀的人：为食物、自卫或荣耀。猎杀尽管是一种“行动”，却只是重要因素的产物。

日光之下，没有任何行动是原因和结果一致的。每件事都源于另一件事，行动不会自己发生。

我们来进一步寻找行动的起源。

我们知道，运动等同于行动。那么运动源自何处？我们被告知，运动是物质的，物质是能量的，但能量一般又被视为运动，所以我们又回到了起点。

我们来看一个具体案例，原生动物。这种单细胞的生物会活动。它通过吸收来进食和消化，它会移动。它会执行生命所必需的活动，而且显然，这些活动是某种特殊行为，即吸收的产物。

原生动物的行动是内在的还是习得的？我们发现动物的化学构成包括氧、氢、硫、铁、钙等。这些都是复杂元素，每一种的构成都高度活跃。那么看起来原生动物的“行动”，以及其他特征，是从多个起源继承而来的。

我们最好把研究停在这里，以免牵扯到太阳系。我们无法找到单纯、孤立的行动，它总是作为其他条件的产物出现。因此我们可以放心地总结，行动并不比致使其发生的因素更重要。

2. 原因与结果

在本章中，我们将把冲突分成四个大类：第一类是“静态”，第二类是“跳跃”，第三类是“缓慢升级”，第四类是“预示”。我们将仔细审视这些不同的冲突，弄清为什么第一类冲突是静态的，无论你怎么做，它都依然保持静态；为什么第二类是跳跃的，违背现实与常识；为什么第三类是缓慢升级的，不需要编剧的明显干预就能自然发展；为什么没有预示冲突，任何戏剧都不能存在。

不过首先让我们来追根溯源，看看冲突如何形成。

假设你是一个温和无害的年轻人。你从未伤害过任何人，将来也没有任何违法的意图。你单身，在一个本不打算参加的派对上遇见一个喜欢的女孩。你喜欢她的微笑、她说话的语气、她的穿着。你们拥有相同的品味。简言之，这看似是一场刻骨铭心的爱情的开端。

你无比紧张地邀请她一同去看一场演出。她接受了。这中间没有任何不对，没有任何不同寻常之处，但却可能是你人生的转折点。

你在家搜寻衣柜，里面只有一套西装，是你在所有重大场合都会穿着的。但在你挑剔的目光下，你认为这样一套西装必须满足的所有要求，它都不能满足。首先，你认为它过时；其次，它看起来廉价破旧。她不是盲人，她一定会注意到的。

你觉得得买一套新西装。但是你没有钱，怎么办？你的收入都上交给了你的母亲，她替你管理家务，照顾两个妹妹。你的父亲已经去世，你的工资必须用来承担所有家庭开支，为孩子们买鞋，支付你母亲看病的费用。要交房租了……是的，你不能买西装。

你有生以来第一次感觉到衰老。你想起你已年满二十五，距离妹妹们长大工作还要许多年。邀请喜欢的女孩进戏院又有何用，活着又有何用？反正什么也不会带来。所以你爽约了。

这一决定让你在家中脾气暴躁，工作时无精打采。你会思考自己的处境，感到沮丧。你无法停止想念那个女孩，想她会怎么看你，想自己是否还敢给她打电话，想着你再也不可能见到她。你渎职，不等回过神来，你已丢了工作。这并未让你收敛脾气。你开始疯狂找工作，但一无所获。你于是申请救济，虽然能够拿到，但漫长的过程却令人感到痛苦和羞耻。你自感像个挤坏的柠檬一般一无用处。拿到救济金后，你发现数量微薄，无法负担好的生活，只能让你饿不死。

如你所见，这场冲突，以及几乎所有冲突，都可以归结为环境的问题，是人所处的社会环境的问题。

现在问题在于，你是由什么材料构成的？你的决心有多大？你有多大毅力？你能受多少苦？你对未来的希望是什么？你能看多远？你有想象力吗？你有能力为自己做一个长期规划吗？你有体力执行你所制定的任何规划吗？

如果你被充分唤醒，你会做一个决定。而这个决定会触发阻碍力量，并预示你将面对的抵抗。你可能从未意识到还有这样一个过程，但剧作家必须知道。你从不会想到，当你邀请这个女孩去戏院时，你就已经引发了一连串的事件，直到你不顾一切地决定立即采取行动才会告终。如果你足够强大，冲突就诞生了，它其实是一个漫长的渐进过程的结果，其源头可能存在于每天都在发生的小事之中，比如一次邀请。

如果这个年轻人做了决定，但却缺乏执行的力量，或者如果他是个懦弱的人，那么剧作便会呈现出静态样貌，进展非常缓慢，甚至显得平淡。作者会竭力避免这类角色。因为他还不够成熟，无法应对一场耗时长久的冲突。如果剧作家富于远见，他可能会想象出这个角色的最佳心理时刻，即切入点，届时弱者或懦夫不仅有能力战斗，甚至敢于正面迎战对手。这一点我们到“切入点”一节再进一步讨论。

如果这个年轻人看到陈旧的西装，决定去抢银行或劫持路人，那就出现了跳跃式冲突。一个无害的小伙子如此迅速地走上这一步，这不合逻辑。必须有更多压倒性的事情发生，一件比一件紧急，一件比一件叫人痛苦，这样才能迫使他走上这致命的一步。在挫败和绝望的时刻，人有可能做出现实生活中意想不到的事，但在戏剧中永远不会。我们在戏剧中想看的是自然发展的事件，想看角色一步一步的发展。我们想看的是，一个角色如何在自身和外力的作用下，一点一点撕碎他体面、高尚的道德标准。

每一次升级的冲突都应首先在那些彼此敌对的决定性力量之间得到预示。我们会在后续内容中对这一点做出更明确的阐释，不过这里我们想强调一点：主要冲突中包含的所有小冲突，都应该在戏剧的前提中得到明确。小的冲突我们称为“转变”，引导角色从一种心理状态走向另一种，直至他被迫做出决定（参见“转变”一节）。通过这样的转变，或说小的冲突，角色会以缓慢、平稳的步调发展。

在之前的章节中，我们讨论过“幸福”一词的复杂含义。拿走其中任何一小部分，你都会看见，“幸福”的整体结构失去了统一，会发生巨大变化，而在调整的过程中，“幸福”可能会变成“不幸”。这一法则支配着极微小的细胞、人类乃至太阳系。

1938年12月30日，米里斯罗·德梅雷克博士在参加弗吉尼亚州里士满市举办的美国科学进步协会年会之前，阅读了《遗传》杂志上的一篇文章。他写道：

基因系统内的平衡非常敏感，总计几千个基因中缺少一个，都有可能造成混乱，导致整个系统无法运转，机制不复存在。此外，大量有记录的基因互动案例表明，一个基因的变化，会影响到另一个看似不相关的基因的运转。综合所有证据，基因的活动显然由三种内在因素决定：（1）该基因自身的化学构成，（2）该基因所处系统的基因构成，（3）该基因在系统中所处的位置。这三个内部因素，与构成环境的外部因素一起，决定了有机体的表型（全体遗传特性）。

因此，基因应当被视为一个组织有序的系统中的一个单元，而染色体在该系统中占据着更高的位置。从这种意义来说，不存在像独立单位一样拥有固定性质的基因，但它们作为更大系统的组成部分，性质会部分地受该系统决定，这是无可否认的。

正如基因是一个单位，是一个组织有序的基因社会的组成部分，人类也是一个单位，是组织有序的人类社会的组成部分。社会无论发生怎样的变化，都会影响他；而无论他发生什么，也都会影响社会。

你在周围各处都能找到冲突。看看你的家庭成员，你的朋友，你的亲戚，你的熟人，你的生意伙伴，看你是否能在他们身上发现下列特点：关怀，粗暴，自大，贪婪，准确，尴尬，无耻，吹嘘，狡猾，混乱，巧妙，自负，傲慢，聪明，笨拙，好奇，懦弱，残忍，尊贵，不诚实，放荡，嫉妒，渴望，利己主义，奢侈，浮躁，忠诚，节俭，快乐，唠叨，勇敢，慷慨，诚实，踌躇，歇斯底里，失慎，暴躁，理想主义，冲动，懒散，无能，粗鲁，善良，忠心，清醒，病态，恶毒，神秘，谦虚，固执，拘谨，温和，耐心，狂妄，热情，躁动，谦恭，讽刺，朴素，怀疑主义，野蛮，严肃，猜疑，淡定，隐匿，敏感，势利，阴险，亲切，凌乱，多才，怨恨，粗俗，热忱。

上述这些，以及数千种其他特性，任何一种都有可能成为冲突萌发的土壤。让一个无神论者面对一个激进的信徒，就会引发一场冲突。

冷与热制造冲突：电闪雷鸣。让对立方面对面，冲突便难以避免。让下面这些形容词代表人，想象一下他们相遇时会发生怎样的冲突：

节俭——挥霍

道德——不伦

肮脏——洁净

乐观主义——悲观主义

温柔——粗鲁

忠诚——善变

聪明——愚蠢

平静——暴力

欢愉——病态

健康——忧郁

幽默——严肃

敏感——迟钝

讲究——粗俗

天真——世故

勇敢——懦弱

我们的穴居人祖先猎捕猎物时，迎战的敌人是明确的：一头代表食物的巨兽。这就是一次冲突。他将生命放上天平，决心战死为止。这便是冲突的升级：冲突，危机，结束。

一场足球赛代表着冲突。参赛队伍实力相当，两个强大的团体对峙（参见“和谐编排”）。但是既然目标是胜利，那么就要拼命战斗来获取胜利。

拳击赛是冲突。所有的竞技运动都是冲突。酒吧里的争吵是冲突。人或国家之间争夺霸权的斗争是冲突。每一种生命形式，从生到死，都是冲突。

冲突还有更为复杂的形式，但都起于一个简单的基础：攻击与反击。当对立角色势均力敌时，我们就会看到不断升级的真实冲突。观看一个打斗技巧娴熟的壮汉痛揍一个手脚笨拙的病夫并不叫人感到激动。当两个人实力均等时，无论是在拳击场，还是在舞台，每一方都被迫使出浑身解数。每一方都将展示出他才干的多寡，紧急关头他的思维运转方式，他所拥有的防御技能，他实际有多强壮，当他身处险境时是否保存了任何防御能力。攻击、对抗，这就是冲突。

如果我们将冲突作为独立现象，隔离起来审视，那会有被引入死胡同的危险。没有任何事物能脱离它所存在的环境或社会秩序而存在。任何事物都不是为自身而存在，任何事物都是其他事物的补充。

任何事物、任何地方都能找到冲突的胚芽。若被要求列举人生志向，并非每个人都知道答案。但他一定有志向——不论多么卑微，可能是每天、每周或每月的小志向。而从这些看似微不足道的小志向中，却可能生出一个不断升级的大冲突。冲突可能越来越严重，变成危机，然后达到高潮，个人被迫做出决定，而这一决定之后会为他的人生带来相当大的改变。

自然界有一套复杂的系统来散布不同植物的种子。如果每粒种子都有机会长大，那么人类可能会窒息而死，植物也一样。

每个人都有某种志向，具体要视他的个性而定。如果一百个人志向相近，那么很有可能只有一个人能将自身与周围世界的条件完美结合，使他实现目标。所以我们又回到了性格，回到了为什么有人能坚持，有人不能的问题上。

毋庸置疑，冲突源于个性。冲突的激烈程度由拥有三个维度个性的关键角色的意志力决定。

一粒种子可能落在任何地方，但不一定会发芽。任何地方都能找到志向，但它是否能萌芽，取决于其主人的生理、社会和心理条件。如果每个人的志向都以同样的强度生长，那人类也会招致厄运。

表面看来，一个健康的冲突包含两股对立的力量。而实际上，每种力量都是按时间顺序排列的多种复杂情况的产物，它们创造出的张力如此之大，最终必将爆发。

我们来看冲突形成的另一个例子。20世纪30年代的戏剧《黄铜脚踝》

（*Brass Ankle*）提供了一个冲突形成的绝佳案例。

拉里（丈夫）：（惊恐地）露丝和我不想要那个孩子，医生。你总不会以为，我们要把一个黑鬼留在家里吧？

温莱特医生：当然，那是你的家务事，是你和露丝的事。说到底，他是你儿子。

拉里：我儿子，一个黑鬼！

拉里是小镇公民的重要代表，他正奋力推行种族隔离。他认为，哪怕只有一滴黑人血脉，这个人也不适合与白人来往，而现在他的妻子，一个白人，却要生下一个黑人。这对个人来说是个悲剧。如果镇上的人得到风声，他一辈子都会沦为笑柄。这是一个严重的冲突。拉里将被迫做出决定：承认孩子是他自己的，或者否认他是孩子的父亲。但在这一刻，我们对将要发生的事不感兴趣；我们想追溯冲突的起源。我们想知道冲突是如何形成的。

拉里大约三十岁，高个子，身材挺拔，模样英俊，金发，皮肤白皙。紧张的手势表明他天性敏感，情绪易激动。

结婚前的他可以说很懒散。他很受女人宠爱，可能有许多恋情。但约翰·查尔顿的孙女露丝不同于镇上其他女人，她肤色黝黑，非常漂亮。她从未注意过拉里，但拉里却坚持不懈地追求，并改变了自己的作风，最后露丝屈服，嫁给了他。

到这里为止，有任何线索暗示可能发生冲突吗？有许多，但如果故事发生在纽约，那些都不会有任何问题。别忘了地点的重要性，之后我们会明白原因。

再强调一次，拉里的生理构成：英俊。他被宠坏了，有一套对付女人的办法。不然他永远也娶不到露丝，悲剧也不会发生。

再来看事情发生的环境，特别是时间。故事发生在内战结束后的两代人身上。解放后的黑人生活在镇上，还有黑白混血儿，有些黑人会被当作白人。医生知道有许多受人尊敬的正派家庭看上去是白人，实际却是黑人。因为他们大部分是由他接生来到世上的，只有他知道他们的身份。他知道露丝有黑人血统，不过人们以为她是白人。事实上，她也以为自己是白人。她有一个显然是白人的八岁女儿。第二个孩子却发生了罕见的返祖现象。

露丝是一位漂亮的淑女，是即将到来的冲突里的重要因素。

拉里：我总发誓要娶一位淑女，怎么会不开心呢？

另一次：

拉里：都是我欠你的。我从未有任何大志向，直到娶了你。

因为露丝的影响，拉里现在经营着一家成功的商店。

他们的生理特征吸引了对方。环境将拉里塑造得懒惰、傲慢、骄纵，也让露丝高贵温柔。对拉里来说，露丝是个理想的妻子；而对露丝来说，拉里却是个孩子。她的高贵吸引了他，因为那正是他缺少的；而他漫不经心的态度也吸引了她，因为她缺乏悠闲的态度。他浓烈的爱让她相信，她可以将他塑造成男子汉。

又要说到环境了：一座小镇，年轻人很少。如果那里的女孩更多一些，拉里可能不会与露丝结婚。但是那里女孩并不多，而且他与妻子过得极为幸福。他的志向越来越大，镇民想要他做这个不断壮大的社区的镇长。

艾格尼丝（一个邻居）：李（她丈夫）说你已经准备好让杰克森家的孩子们当督学。你知道，那事和我关系很大。要不是我反复提醒，他根本不会有兴趣。我说，如果他想要我给他生孩子，那他就得明白，孩子们去学校，不能和我们都知道流着黑人血的人坐在一起。

拉里：（声音疲惫地）是的，艾格尼丝，我们知道你和这事关系很大。

这段对话表明，镇上反对黑人的观点也迫使拉里站到了同样的反对黑人立场。还说明，他是领头人，我们知道他因为爱露丝，想继续当领头人。于是他便冲去冲那帮人怒吼，由此就建立、激化和加强了即将把他压垮的冲突。

所以看上去冲突归根结底确实源于角色，如果我们想知道冲突的结构，必须先了解角色。但因为角色受环境影响，我们也必须了解环境。冲突看似可以从单独的一个原因自然生发，但这是不对的。许多原因复合起来，才制造出一个冲突。

3．静态

在一出戏剧中，不能做决定的角色导致静态冲突——或者我们不如责备选择了这些角色的剧作家。你不能指望一个无欲无求或不知道自己想要什么的人，能生发出不断上升的冲突。

静态意味着不动，不产生任何力量。因为我们想要细致分析是什么使得戏剧中的行为呈现出静态样貌，所以我们在这里必须指出，即便是最静止不动的冲突中，也蕴含着某种运动。自然界中没有任何事物是绝对静态的。无生命物体中也充满运动，只是肉眼看不见；戏剧中死气沉沉的场景也蕴含着运动，但速度太过缓慢，看起来就像是静止不动。

即便是最精妙的对话，如果不能深化冲突，就无法让戏剧发展。只有冲突才能产生更多的冲突，起源于意识的第一个冲突会竭力实现由戏剧前提决定的目标。

一出戏剧只能有一个主要前提，但每个角色都有自己的前提，不同人的前提会发生冲突。潮流和暗潮会交叉再交叉——但所有潮水都必须拓展生命线，即戏剧的主要前提。

举例来说，如果一个女人感觉到她的生活枯燥乏味，在房间里来回踱步，放声大哭，却不做任何事去改变，那她就是一个静态角色。

剧作家可能会将最令人难忘的台词交给她，但她依然无能和静态。悲伤不足够制造冲突，我们需要一个能有意识地解决问题的决心。

这里有一段静态冲突的出色实例：

他：你爱我吗？

她：啊！我不知道。

他：你无法下定决心吗？

她：我会的。

他：什么时候？

她：啊！……很快。

他：多快？

她：啊！我不知道。

他：我能帮忙吗？

她：那不公平，不是吗？

他：爱情中任何事情都是公平的，尤其是如果我能说服你，我就是你要的那个人。

她：你要怎么做？

他：首先我要吻你——

她：啊！订婚前我是不会允许的。

他：如果你不让我吻你，那你怎么会知道你爱不爱我呢？

她：如果我喜欢你的陪伴……

他：那你喜欢我的陪伴吗？

她：啊！我现在还不知道。

他：那样争端就解决了。

她：怎么会？不过，慢慢地我也许会学着喜欢你的陪伴。

他：需要多久？

她：我怎么能知道呢？

我们可以继续往下写，但这两个角色还是不会有任何实质性的变化。好吧！其中存在冲突，但是静态的。他们依然在同样的层面打转。我们可以将这种静态归因为糟糕的编排。两个角色是同类人：两人都不能深刻确信。就连追求这个女人的男人也缺乏驱动力，以及这是他想要变成伴侣的唯一女人的坚定信心。他们会这样徘徊几个月，可能分道扬镳，或者最后这个男人可能会强行做出决定，可天知道要等到何时。现在的他们，都不是戏剧创作的理想选择。

没有攻击与反击，就没有不断升级的冲突。

女人从“不确定”的一极开始，到结局依然不确定。男人从希望的一极开始，到结局依然处于同样的心理状态。

如果一个角色始于“高洁”，最后抵达“堕落”，那么让我们来看看他必须经过哪些中间步骤。

（1）高洁（贞洁，纯朴）

（2）受挫（因美德而受挫）

（3）错误（缺点，不得体行为）

（4）不得体（失礼，几乎不体面）

（5）混乱（不可控制）

（6）不道德（放纵）

（7）堕落（腐化，卑鄙）

如果一个角色停留在开始的前两步，在那里逗留很久才走向下一步，那么戏剧便会呈现出静态样貌。一般当戏剧缺乏前提这一驱动力之时，才会出现这种静态局面。

罗伯特·E. 舍伍德的《白痴的乐趣》就是一部有趣的静态戏剧。尽管这部剧的道德水准值得称颂，作者也是名副其实的著名戏剧家，但这部戏却是“戏不能这么写”的经典案例（参见“概要”一节）。

这出戏的前提是：武器制造商是动乱与战争的制造者吗？作者的答案是肯定的。

这个前提并不成功——太浅显。这出戏有方向，但作者选择了孤立的一小部分人作为和平的大敌，从他选择的那一刻起，就否定了事实。我们能说带来雨水的只有太阳吗？当然不能。没有大海和其他因素，就不会下雨。如果世界上经济稳定，人人满足，任何武器制造商都搅不起动乱。武器制造是军国主义、国内外市场需求不足、失业等条件导致的后果。尽管舍伍德先生在印刷版剧本的附言中谈论过人物，但在戏中却令人遗憾地忽略了。

他的剧作中没有人，没有真正重要的人。我们看见了韦伯先生，阴险的武器制造商，他说如果没有买家，他便不会出手武器。这话属实。但问题的关键在于，他们为什么会买武器？舍伍德先生对此却只字未提。因为他的前提概念很浅，角色必定会像染色的照片一样虚假。

戏中的两个主要角色分别是哈里和艾琳。哈里从麻木转变为真诚和无惧死亡。艾琳始于道德沦丧，最终达到了和哈里一样的高度。

如果这两极之间有八级，那么他们都是从第一级开始，并在那个水平上维持了两幕半，然后跨过了中间的二、三、四、五、六级，仿佛它们不存在一般，然后到了剧作的最后一部分，从第一级跨上第八级。

角色的随意进出并无特别的动机。他们进场，介绍自己，然后因为作者想要介绍其他角色，他们就退场。接着又因为某个人为的理由，他们又重新进场，讲述他们的想法和感觉，之后再次退场，这样才能换下一批人上场。

有一个问题，我们希望评论家会赞同我们的观点，那就是，一出戏应当有冲突。《白痴的乐趣》只在很少几个地方有冲突。角色没有参与冲突，而是向我们讲述自身，这与所有戏剧标准都背道而驰。哈里天性快活，性情温和；艾琳背景多彩。多么遗憾，这些都没能得到更好的运用。几个典型证明摘录如下：

我们在加布里埃山酒店的酒吧。战争随时可能爆发。边境已经关闭，宾客无法离开。我们翻到第六页，会读到如下场景：

唐：那里也很美。

切利：可我听说那儿现在已经人满为患。我——我妻子和我希望这里会安静些。

唐：哎呀！此时此刻——这里可是相当的安静。[没有冲突]

人们依然漫无目的地进场退场。奎勒里进场坐下。五名官员进场，用意大利语交谈。哈里进场，与医生无特定目的地交谈。医生退场，哈里与奎勒里交谈。片刻后，奎勒里没有明显原因就称哈里为“同志”。奎勒里进场时，作者说他是一位“极端激进的社会主义者，但依然是位法国人”。观众看到的他很疯狂，理智的时刻非常少。他为什么疯狂？很显然，因为他是个激进的社会主义者，而作者认为极端激进的社会主义者是疯狂的。后来他因为辱骂法西斯主义者而被杀，不过这会儿他正和哈里谈论小猪、香烟和战争。全都是空谈，接着他——这个社会主义者——说：“记住，现在不是1914年。那以后，出现了一些新的声音，洪亮的声音。我只需列出一个：列宁——尼古拉·列宁。”由于这个极端激进的社会主义者是个疯子，其他角色也当他是疯子，那么观众就可能认为，极端激进的社会主义者是疯子的同义词。接着奎勒里对哈里谈及革命以及无畏的理想主义，后者对这些一无所知。不过这些只向你展示了极端激进的社会主义者有多疯狂。

现在我们来看第四十四页。角色们依然进进出出。医生哀叹厄运将他困在这里。他们喝酒，谈话。战争即将爆发，但依然连静态冲突的迹象都不存在。除前面提及的那个疯子，也没有一个演员表露出任何迹象。

我们翻到第六十六页，当然了，剧情发展到现在，应当有一些行动了。

韦伯：你想喝一杯吗，艾琳？

艾琳：不了，谢谢。

韦伯：你呢，洛西塞罗上尉？

上尉：谢谢。白兰地加苏打水，邓普西？

邓普西：Si, Signor.[1]

贝贝：（大叫）埃德纳！我们要喝酒了！

（埃德纳上）

韦伯：我要沁扎诺酒。

邓普西：Oui, Monsieur.[2]（走进吧台）

医生：一切都难以置信。

哈里：可是，医生，我依然持乐观态度。（他看着艾琳）今晚就任怀疑弥漫吧，等黎明到来，真理之光会再度显现！（他转向谢莉）好了，亲爱的——我们来跳舞。（他们开始跳舞）

幕落

再怎么擦眼睛，这依然是第一幕的结局。年轻的编剧有谁敢把这样的戏剧交给任何一位经理人吗？那样等于是在冒被提着耳朵扔出门的险。想要克服这种程度的绝望，观众必须学会哈里的乐观精神。

舍伍德一定看过或读过《旅途的终点》，其中的士兵在前线战壕中苦恼地等待跳出去的机会。《白痴的乐趣》中的人们也在等待战争，但两者并不相同。在《旅途的终点》里，我们有角色，有有血有肉的人。他们在奋力保持自己的勇气。我们感觉得到，我们也知道，“大进攻”随时可能开始，他们别无选择，只能抵抗至死。而在《白痴的乐趣》中，角色并未处在切近的危险之中。

毫无疑问，舍伍德在写作这出戏剧时，怀着最好的意图，但良好的意图并不足够。

《白痴的乐趣》中最激动人心的时刻在第二幕，值得一看。奎勒里从一

1 西班牙语，意思是“好的，先生”。

2 法语，意思是“好的，先生”。

名可能弄错的机修工那里听说，意大利人已对巴黎开火。他失控大吼起来。

奎勒里：我想说，上帝诅咒你们，刽子手！

上尉和士兵：（跳起来）刽子手！

哈里：听我说，伙计……

谢莉：哈里！别掺和这个烂摊子！

奎勒里：你瞧，我们团结一致！法兰西，英格兰，美利坚！我们是同盟！

哈里：闭嘴，法兰西！没关系，上尉。我们能处理。

奎勒里：他们不敢对抗英格兰和法兰西！自由的民主国家对抗法西斯暴政！

哈里：看在上帝的分儿上，别变来变去的了！

奎勒里：英格兰和法兰西是为人类的希望而战！

哈里：一分钟前，英格兰还是穿西装的屠夫，现在竟然成同盟了！

奎勒里：我们团结一致。我们团结一致，永远！（转身面对军官们。）

作者让这个可怜的人物转而反抗意大利军官。他担心后者不会被激怒，这样一来激烈的戏剧场景就会坍塌。所以这可怜的傻子便反抗军官。

奎勒里：我想说，上帝诅咒你们。上帝诅咒派你们来送死的恶棍。

上尉：你再不闭嘴的话，法国佬，我们只能逮捕你。

这是迈向冲突的第一步。当然，和一个精神错乱的人发生争斗不太好，但聊胜于无。

哈里：没关系的，上尉。奎勒里先生是为了和平。他要回法国去阻止战争。

奎勒里：（对哈里）你无权和我说话。我有权说出我的感受，我要说“打倒法西斯！Abaso Fascismo![1]”

之后，他们当然把他击毙了。其余人继续跳舞，假装自己并不关心。但他们骗不到我们。

有一个时刻，艾琳对阿奇里斯发表了一通精彩的演讲，但在那之前——以及之后——什么事情都没发生。

除此之外，诺埃尔·科沃德（Noel Coward）的《爱情无计》（*Design for Living*）也是一个不那么明显的静态冲突的例子。

吉尔达在两个情人之间犹豫不决，最后却嫁给情人们的一个朋友。三个男人是朋友。两个情人回来找吉尔达问罪，她丈夫自然大为光火。在第三幕的结尾，四人齐聚一堂。

吉尔达：（平静地）那么！

利奥：确实，那么！

吉尔达：会发生什么？

奥托：又摆出一副社交的口吻。啊，亲爱的！啊，亲爱的！啊，亲爱的！

吉尔达：知道吗，你们两个穿睡衣的样子看起来好笑极了！

欧内斯特（丈夫）：我这辈子从没像现在这样愤怒。

列奥：你确实很烦恼，欧内斯特。我看得出来，很抱歉！

奥托：是的，我们都很抱歉。

欧内斯特：我认为你们的傲慢态度叫人难以忍受。我不知该说什么，我

1 意大利语，意思就是“打倒法西斯”。

不知该做什么！我非常非常生气。吉尔达，看在老天的分儿上，让他们走！

吉尔达：他们不会走的。除非我发火，黑着脸叫他们走！

利奥：非常正确。

奥托：你不说，我们就不走。

吉尔达：（微笑）你们两个太可爱了。

角色没有明显的发展，所以冲突就是静态的。如果有一个角色，不管出于任何原因，失去了真实性，那他就不可能制造不断升级的冲突。

如果我们想描绘无聊的事，没必要让观众也感到无聊。想展示浅薄的个性，没必要把戏剧也弄得浅薄。我们必须知道推动角色的动机是什么，即便他不了解自己。角色生活在真空，但作者没必要在真空中写作。这是无须诡辩的事实。

吉尔达：（平静地）那么！

“那么”的意思是“现在会发生什么”，除此之外别无他意。其中没有任何挑衅意味，不具备任何可导致反击的攻击性。即便是对肤浅的吉尔达，这话也太无效，因此也就收到了相应的回答：“确实，那么。”

如果说吉尔达的言论中还有一些极为细微的运动，那么利奥的回答则完全没有。他的回答不仅没有接下她发出的微小挑战，还对其放任不管。看不出任何运动。

下一句台词是讽刺，但三个接连的“啊，亲爱的”不仅不是挑战，反而是在承认，说话人没有能力纠正局势。如果你对此持有怀疑，看看下一句台词，“你们两个穿睡衣的样子看起来好笑极了”。显然奥托的讽刺被忽略了。吉尔达未受触动，戏剧拒绝发展。

这里作者至少可以展示吉尔达性格的另一个侧面，那样我们或许可以发现她爱情生活背后的动机，即她的轻率。

但我们却只看见一句多余的回应——“角色”只沦为替作者说话的道具。

欧内斯特：我这辈子从没像现在这样愤怒。

任何会说这句话的人都是无害的。他可以抱怨，但无法增减戏剧的分量。他的感叹并未激化情境。其中没有威胁，没有行动。什么叫薄弱角色？就是无论有任何原因都无法做决定的人。

利奥：你确实很烦恼，欧内斯特。我看得出来，很抱歉！

这句台词中有一些意味——一丝冷酷，说明利奥完全不关心欧内斯特。但冲突就停在这里。接着奥托介入，向欧内斯特保证，他也感到抱歉。如果这句话显得滑稽，那是因为在现实生活中，这样的态度会显得残酷和无情。拥有这种幽默感的角色无法做出英勇举动，也不可能创造冲突。

欧内斯特的下一句台词就是证明。对立角色承认，他不可能有任何斗争行为，必须求助于目标（吉尔达）来为他作战。吉尔达、奥托和利奥只想按自己的意愿行事，竟然没有一个人来阻止。三言两语的插科打诨可能有趣，但却不是戏剧必需的冲突。

如果重读整段引文，你会发现在台词的最后一句，戏剧几乎处于和第一句一样的状态。其中的运动可以忽略，尤其是当你想起这一幕场景已经像这样持续了好几页。

在杜·博斯·海沃德（Du Bose Heyward）的《黄铜脚踝》中，第一幕几乎整场都在阐述，但二三幕弥补了第一幕的缺陷。在《爱情无计》中，一开始的情境中是存在可冲突因素的，但由于角色的浅薄，冲突未能成形。其结果就是静态冲突。

4．跳跃

任何跳跃冲突中的主要危险之一都是，作者认为冲突是在稳步升级。他厌恶任何评论家坚称冲突在跳跃发展。可他寻找的危险信号是什么？他该怎么分辨是否走错方向？下面是一些指示：

诚实的人不可能一夜之间就变成贼；同样短的时间里，贼也不可能变诚实。如果之前没有动机，理智的女人不可能一时冲动就离开丈夫。窃贼不可能一边计划抢劫，一边就付诸实施。没有精神准备，就不会有暴力行动。没有充分的理由，船难不可能发生。可能是船缺了一些必要部件，可能是船长工作过度、经验不足或生了病。即便是因为船撞了冰山，那也是因为人类的粗心大意。阅读海厄曼斯（Heijermans）的《好望角》（*Good Hope*），看看船为何沉没，人类悲剧怎样达到新高度。

如果你想避免跳跃或静态冲突，你可能还需要提前了解，你的角色必须沿怎样的道路发展。

这里有几个例子，他们可能是从：

醉态到清醒

清醒到醉态

胆怯到无耻

无耻到胆怯

单纯到自负

自负到单纯

忠诚到不忠

如果你知道你的角色必须从一极发展到另一极，那么你就处于优势位置，能看到他以稳定的速度发展。你不用东奔西走，相反，你的角色有方向，会一寸一寸奋力开路抵达目标。

如果你的角色始于“忠诚”，然后一个大步就跳到了“不忠”，省去了中间的步骤，这就是跳跃冲突，戏剧会受到损坏。

下面就是跳跃冲突的例子：

他：你爱我吗？

她：我不知道。

他：别犯蠢了，做个决定，好吗？

她：你聪明是吧？

他：为你这样的女人倾倒，我也算不上太聪明。

她：再说我就扇你耳光。（她离开）

这个案例中的男人始于“喜爱”，终于“嘲笑”，中途没有任何转变。女人始于“不确定”，跳至“愤怒”。

男人一开始表现出的性格是伪装的——因为如果他爱她，他不可能一边说爱，一边又称她是蠢人。如果他一开始就觉得女人愚蠢，那他就不会想得到她的爱。

再一次地，两个角色属于同一类型——冲动，易怒。角色的转变速度快如闪电。不等你发现，场景已经结束。是，你可以拖延，但既然角色在跳跃式运动，那他们很快就会原形毕露。费伦茨·莫尔纳（Ferenc Molnár）作品中的利力姆与这个场景中的“他”是同一类角色，但利力姆的对手朱莉却完全相反，朱莉顺从、耐心、仁爱。

编排失败的角色往往会制造出静态或跳跃冲突，不过如果缺乏合理转变的话，即便是编排和谐的角色也可能跳跃。

如果你想制造跳跃的冲突，只能迫使角色做出不相称的行动。让他们不假思索地行动，这样你就会制造成功，但你的戏却会失败。举例来说，如果你的前提是“通过自我牺牲，不光彩的人能改善形象”。起点是不光彩的人，目标是让这个人变得纯净，受人尊敬，可能还要受人赞美。这两极之间存在一片空间，目前还是“空的”。他该怎样填满这个空间，取决于他的个性。如果作者选择的是相信前提，愿意为前提斗争的人，那么他就走对了路。那么下一步就是尽可能详细地研究角色。研究会表明——即你仔细检查——他们是否真的有能力完成前提希望的事。

按照好莱坞的方式，这个“不光彩的人”在火灾中救了一位老妇，立即改善了形象，但这并不足够。必须有一系列符合逻辑的事件引向牺牲。

冬夏之间还有春秋。光荣与不光彩之间还有许多彼此相连的步骤。每一步都是必经之路。

《玩偶之家》中的娜拉想离开海尔茂和孩子时，她告诉了我们原因。不仅如此，我们也确信，这是她唯一可走的路。如果是现实生活，她可能守口如瓶，她可能一言不发，只在离开后重重地甩上门。如果她在舞台上也这么做，那就是跳跃的冲突。我们无法理解她，尽管她或许拥有最充分的动机。

我们必须完全了解内情，但在跳跃的冲突中，我们却只了解皮毛。必须给真正的角色展现自我的机会，也必须给我们机会观察他们内心发生的重大变化。

我们建议对《玩偶之家》第三幕的最后一部分进行删减，虽然保留了核心内容，但可以看出它变得乏力了。这是整部戏重要的戏剧终场。海尔茂刚告诉娜拉，他不会允许她抚养儿子，这时门铃响了，来了一封信，其中有一张便条，还有那张伪造的字据。海尔茂大呼得救。

娜拉：那我呢？

海尔茂：你当然也一样。我们都得救了，你和我都得救了。我已经原谅你了，娜拉。

娜拉：谢谢你的原谅。（退场）

海尔茂：不，别走——（往里面看）你在那里做什么？

娜拉：（从里面）脱舞会穿的裙子。

海尔茂：好的，脱吧。冷静一下，让你的内心再平静下来，我唱歌的小鸟吓坏了。

娜拉：（穿着日常服饰上场）我换好衣服了。

海尔茂：去做什么？都这么晚了。

娜拉：因为我不能再留在你身边。

海尔茂：娜拉！娜拉你发疯了！我不允许！我禁止！

娜拉：你对我的任何禁止都不再有效。

海尔茂：你不爱我了。

娜拉：是的。

海尔茂：娜拉！你竟然说那种话！

娜拉：这让我感到很痛苦，但我无能为力。

海尔茂：我懂，我懂。我们之间出现了一道深渊，这无可否认。但是，娜拉，难道不能把它填起来吗？

娜拉：我现在这样，是不可能做你的妻子的。（她拿起斗篷和帽子，还有一个小包）

海尔茂：娜拉，现在别走！等明天再走吧。

娜拉：（穿上斗篷）我无法在陌生人的房间过夜。

海尔茂：全完了全完了！娜拉，你再也不会想起我吗？

娜拉：我知道，我会经常想起你和孩子们，还有这座房子。再见。（她穿过门厅出门）

海尔茂：（坐在门口一张椅子上，将脸埋在双手中）娜拉，娜拉！（环

顾四周站起来）空空荡荡。她已经走了。（楼下传来关门声）

完

我们这里看到的是最糟糕的混合冲突。它既非静态，也并不总是跳跃。它将跳跃和不断升级的冲突组合在一起，年轻作者可能很容易弄混。因此我们需要更仔细地分析。

娜拉宣布她要离开时，出现了一个升级冲突。海尔茂阻止，但她还是走了。这没有问题。但是其他地方到处都是跳跃冲突。第一个跳跃是娜拉面对海尔茂的原谅的反应。她感谢他，然后离开房间——像是跳过了一座深渊。她是真的感激，还是带有轻微的讽刺？娜拉并不擅长讽刺。她清楚地意识到自己遭遇的不公待遇，因此不太可能拿来开玩笑，不管心里是苦涩还是其他滋味。但站在她的角度来看，这似乎不是感激的时刻。她离开房间后，我们被抛在那里猜测。

当她返回，宣布她无法再和海尔茂在一起，显得过于突然。这样大的一步，之前却缺少准备。

但是最大的一步跳跃却是海尔茂面对娜拉不再爱他的反应：

我懂，我懂。我们之间出现了一道深渊。

像海尔茂这样个性的人，没进行一番有力辩驳，就抵达了这样的理解，这简直令人难以置信。如读过本节结尾选取的原始版本，你就会明白我的意思。

在这个场景（我们的版本）的结尾，娜拉离开了，但不是针对她的问题做出决定。这是一个跳跃——冲动之举。我们感觉不到她的行动的绝对必要性。这或许是一次会令她后悔的任性之举，她第二天就返回。像这样离开海尔茂（还是按照我们的版本），尽管娜拉有正当的理由，但却无法说服我们。这就是跳跃式冲突无法避免的后果。

无论何时，只要冲突迟滞、突然升级、停止或跳跃，都需要查看你的前提。表述清晰吗？有效吗？先弥补前提的缺陷，然后转向角色。或许你的关键角色太弱，无法负担剧作的重担（编排糟糕）。或许有些角色没有一直发展。别忘了，静态冲突是无法做决定的静态角色所导致的直接后果。别忘了，他之所以呈现静态，是因为他不具有三个维度。真正的冲突是围绕前提不断丰满的角色的产物。这样的角色做出的每一个举动，对观众来说，都是可以理解的，也充满戏剧性。

如果你的前提是"嫉妒不仅仅毁灭自身，还会毁灭其所爱的对象"，那么你就知道，或者说应该知道，你剧中的每一句台词，角色的每一个行动，都必须深化这一前提。的确，任何一种特定情境都有许多解决方式，但你的角色只能挑选能帮助证明前提的那些。从你选定前提的那一刻起，你和你的角色就成了它的奴隶。每个角色都必须强烈地感觉到，由这一前提所指示的行动是唯一可行的行动。此外，剧作家必须认识到这一前提的绝对真实性，否则角色就会成为他那未经消化的肤浅信念的苍白重复。记住，戏剧不是生活的复制品，而是生活的本质。你必须浓缩所有重要和必要的东西。在《玩偶之家》的最后一部分，你会看见，在娜拉离开丈夫之前，每一种可能性是如何被耗尽的。即便你不赞同她最终的决定，你也能理解。对娜拉来说，离开是绝对必要之举。

当角色一再地原地打转，无法做出任何决定时，戏剧毫无疑问是无聊的。但如果他们处于发展的过程中，那就没有什么值得恐惧了。

关键角色为冲突的发展负责。要确保你的关键角色无情，不能也不会妥协。哈姆雷特、柯洛克斯泰、拉维尼娅、海达·高布乐、麦克白、伊阿古、《群鬼》中的曼德、《检疫旗》（*Yellow Jack*）中的医生，这些都是绝对不会妥协的关键角色。如果你的戏剧跳跃或变为静态，注意对立统一是否牢固。关键在于，角色之间的纽带不能打断，除非是角色的某一特性或性格发生改变，或者遭遇了死亡。

让我们再一次回到娜拉这里。她一步一步地走向一个小型高潮。经过在其基础上的累积，她抵达另一个高潮，这一次到了一个更高的层面。她继续累积，不断斗争，清理障碍，直至抵达包含在前提之中的终极目标。

现在或许你该自己阅读一下原始版本了。标着重号的句子是我们在跳跃冲突举例时保留的。

《玩偶之家》

第三幕

女仆：（披着衣服走到门口）有一封给太太的信。

海尔茂：拿给我。（接过信，关上门。）果真是他写的。不用你看，我亲自来读。

娜拉：好的，读吧。

海尔茂：（站在台灯旁）我简直没有勇气读，它或许会毁掉我们两个人。不，我必须知道。（撕开信封，扫了几行字，看看随信附上的一张纸，高兴地叫起来。）娜拉！（她疑惑地看着他）娜拉！——不，我必须再读一遍——是了，是真的！我得救了！娜拉，我得救了！

娜拉：那我呢？

海尔茂：你当然也一样。我们都得救了，你和我都得救了。看，他把你的字据寄回来了。他表示抱歉和忏悔——他的生活出现了一个喜人的转机——别理会他说的！我们得救了，娜拉！再没有任何人能对你做任何事。噢，娜拉，娜拉！——不，首先我必须毁掉这些令人讨厌的东西——（看一眼那字据）不，不，我不要看。整件事都只是我做的一个噩梦而已。（撕碎了字据和信件，全扔进火炉，看着它们燃烧。）好了，现在它们不复存在了。他说从平安夜那天起，你——你这三天一定非常恐惧，娜拉。

娜拉：这三天我经历了一场艰苦的斗争。

海尔茂：而且遭遇了极大的痛苦，看不见出路，不过——是了，我们再也不提这些令人恐惧的东西了。我们只需要欢呼，大喊："都结束了！都结束了！"听我说，娜拉，你似乎还没意识到，都结束了。你怎么了？——你的脸这样冰冷严肃！可怜的小娜拉，我很理解；你觉得无法相信，我已经原谅了你。可这是真的，娜拉，我发誓；我已经原谅你所做的一切了。我知道你那样做是因为爱我。

娜拉：是的。

海尔茂：你爱我，那是妻子对丈夫应有的爱。只是你知识不足，不能判断你所使用的方法。但是你以为就因为你不懂如何履行职责，我对你的爱就减少了吗？不，不；你只需要依赖我；我会教导你，指引你。你这种柔弱无助的样子，反而让你显得更加迷人，不然我就不算是男人了。你一定不要多想我一开始惊慌失措时说的那些难听的话，那会儿我以为一切会将我压垮。我已经原谅你了，娜拉；我向你发誓，我已经原谅你了。

娜拉：谢谢你的原谅。（她出门从右侧退场）

海尔茂：不，别走——（往里面看）你在那里做什么？

娜拉：（从里面）脱舞会穿的裙子。

海尔茂：（站在打开的门口）好的，脱吧。冷静一下，让你的内心再平静下来，我唱歌的小鸟吓坏了。休息一下，放心吧，我有宽阔的翅膀，能够保护你。（在门口来回踱步）我们的家多么温暖舒适啊，娜拉！这里是你的避风港，我会保护你，就像保护一只从鹰爪下救出来的受惊的鸽子；我会给你那颗怦怦跳的可怜心灵送去安宁。会好的，一点一点地，娜拉，相信我。明天早上再看，一切都会完全不同；很快一切都会恢复如初。很快你就无需我的保证也能确信，我已经原谅你；你自己就能确信，我已经原谅你了。你以为我会因为这样的事就拒绝你，甚至责备你吗？你不懂男人真正的心思，娜拉。对于一个男人来说，意识到他已经原谅自己的妻子，全心全意地原谅了她，那滋味是令人难以置信的甜蜜和满足呢！这样好像让她更加属于自己，可以说，他已经给予妻子全新的生命，而从某种程度上来说，她已经变得既是他的妻子，又是他的孩子。所以从这件事之后，你就是我的孩子，我受惊的、无助的小宝贝。不要有任何担忧，娜拉，只要你敞开心扉诚实地对我，我就是你的意志和良心。你做什么？不睡觉吗？你换了衣服？

娜拉：（**穿着日常服饰上场**）是的，**托伐**，我**换好衣服了**。

海尔茂：**去做什么**？**都这么晚了**。

娜拉：我今晚不睡觉。

海尔茂：但是，我亲爱的娜拉——

娜拉：（看着手表）还不算太晚。坐下，托伐。你我有许多话要谈。（她在桌子一侧落座。）

海尔茂：娜拉，你怎么了，你的脸这么冰冷严肃？

娜拉：坐下，要花点时间；我有许多话要对你说。

海尔茂：（在桌子对面坐下）你吓到我了，娜拉！我不明白你。

娜拉：是的，你说得对。你不明白我，今晚之前，我也从来没理解过你。不，你不要打断我。你只用听我说。托伐，我们得把账算算清楚。

海尔茂：你说那话是什么意思？

娜拉：（沉默片刻）我们这样坐在这里，你不觉得奇怪吗？

海尔茂：什么意思？

娜拉：我们已经结婚八年了。你就没有意识到，这是我们两个人，你和我，丈夫和妻子，第一次严肃谈话吗？

海尔茂：你说严肃是什么意思？

娜拉：在这八年里——比那还长——从一开始认识，我们从来没有就任何严肃话题交谈过一次。

海尔茂：你是说，我应该一再地给你讲那些你无法帮我分担的担忧吗？

娜拉：我不是说你公务上的问题。我是说，我们从来没有认真地坐在一起，探究过任何一件事。

海尔茂：可是，亲爱的娜拉，那样难道对你有什么益处吗？

娜拉：问题就在这里，你从未理解过我。我受了极大的委屈，托伐。先是受爸爸的，接着是受你的。

海尔茂：什么？我们两人……受我们两人的委屈？我比世界上任何人都爱你。

娜拉：（摇头）你从没爱过我。你只是觉得，爱我是件愉快的事。

海尔茂：娜拉，你说什么？

娜拉：这话完全属实，托伐。我还在爸爸家时，他对每件事的意见都告诉我，所以我就和他持一样的意见；如果我的意见与他不同，我就隐瞒事实，因为他不会喜欢。他说我是他的玩偶女儿，他哄我玩的样子就像我以前和我的玩偶玩耍。当我来到这里与你生活——

海尔茂：你怎么能那样说我们的婚姻？

娜拉：（不为所动地）我的意思是，我只是被从爸爸的手中转交到你手中。事无巨细你都根据你自己的品味安排，你喜欢什么，我也喜欢什么，否则就假装喜欢。我真的不能确定我到底是喜欢还是假装了，我想，有时我是喜欢的，有时我是假装的。现在回头看，我在这里的生活一直像个穷女人——从别人手里讨吃食。我存在的意义就是为你表演戏法，托伐。但是这样你是乐意的。你和爸爸对我犯了大罪。我一无是处都是你的错。

海尔茂：你真是不讲道理，不懂感恩。娜拉！你在这里过得不幸福吗？

娜拉：是的，从来没幸福过。我以为我幸福，但实际上从来都不幸福。

海尔茂：不——不幸福！

娜拉：不幸福，只是快乐而已。你对我一直很好。但是我们家不过是间游戏室。我是你的玩偶妻子，正如在娘家我是爸爸的玩偶孩子，在这里孩子们也是我的玩偶。你同我玩时，我觉得很好玩，正如我和孩子们玩时，孩子们也觉得很好玩。那就是我们婚姻的实质，托伐。

海尔茂：你说的话有些道理——虽然你的看法夸张又牵强。但以后会变的。游戏时间结束，该开始上课了。

娜拉：谁上课？我上，还是孩子们上？

海尔茂：你和孩子们都上，我亲爱的娜拉。

娜拉：哎呀，托伐，要教育我如何成为一个好妻子，你可不够格。

海尔茂：你竟然这么说！

娜拉：而我——我又怎么适合抚养孩子长大呢？

海尔茂：娜拉！

娜拉：这不是刚刚你自己说的吗？说你信不过把孩子们交给我抚养。

海尔茂：不过是气话！你为什么在意那种话？

娜拉：是啊！你说得太对了。这个任务我不够格。我要先执行另外一个任务。我必须试着教育我自己。那方面你帮不了我，我必须自己做。所以我现在才要离开你。

海尔茂：（跳起来）你说什么？

娜拉：想理解我和我的一切，我必须完全独立。因为我不能再留在你身边。

海尔茂：娜拉，娜拉！

娜拉：我现在离开这里，马上走。我敢肯定，克丽丝汀会收留我过一夜——

海尔茂：你发疯了！我不允许！我禁止！

娜拉：你对我的任何禁止都不再有效。我会带走属于我的东西。你的东西我一样也不要，无论现在还是以后。

海尔茂：你这是发什么疯！

娜拉：我明天就回家，我指的是我的娘家。要找什么事情做的话，那里最容易。

海尔茂：你这个盲目、愚蠢的女人！

娜拉：我必须试过才能验证，托伐。

海尔茂：抛弃你的家，抛弃丈夫和孩子！你不想想人们会怎么议论！

娜拉：我根本无法考虑那些。我只知道，我必须那么做。

海尔茂：真令人震惊。你就这样忽略你最神圣的职责。

娜拉：你认为我最神圣的职责是什么？

海尔茂：还需要我来告诉你吗？难道不是你对丈夫和孩子的职责吗？

娜拉：我还有其他和那一样神圣的职责。

海尔茂：你没有。那能是什么样的职责？

娜拉：对我自身的职责。

海尔茂：但首先，你是一个妻子和母亲。

娜拉：我不再相信那一套了。我相信的是，我首先是个通情达理的人，和你一样——如果不是，那无论如何，我都必须尝试着变成一个这样的人。我非常明白，托伐，大多数人都会认为你是对的，书本里也能找到那种观点；但是我已经不再满足于大多数人的说法，或是书本里的说法。我必须为我自己的事情考虑，我必须弄懂它们。

海尔茂：你难道不懂你在自己家的地位？在那样的事情上，你难道没得到过可靠的指引吗？——你难道没有宗教信仰吗？

娜拉：我恐怕，托伐，我并不确切地知道宗教是什么。

海尔茂：你说什么？

娜拉：除了行坚信礼时牧师说的话之外，我一无所知。他告诉我宗教是这个，是那个，是其他的那些。等我离开这一切，一个人的时候，我会把那个问题也弄清楚。我要看看，牧师说的话是不是对，不管怎样，还要看看那话对我是不是适用。

海尔茂：你这个年纪的女孩说这种话真是闻所未闻。但是如果宗教无法正确引导你，让我来试着唤醒你的良知。我猜你还有些道德观念吧？或者——回答我，我该认为你没有吗？

娜拉：我向你保证，托伐，那个问题不容易回答。我真的不知道。这事让我为难。我只知道你和我看问题的方式差别很大。我也正在理解，法律与我的想象也相当不同；不过我发现我没办法说服自己法律是正确的。因为根据法律，妇女无权为她垂死的老父亲着想，也无权拯救她丈夫的生命。我不能相信。

海尔茂：你说话就像个孩子。你不明白你生活的这个世界的情况。

娜拉：是，我不明白。但是现在我要尝试。我要看看我是否能弄清楚谁是对的，世界还是我。

海尔茂：你病了，娜拉，你精神错乱，我以为你要疯了。

娜拉：我的精神从未像今晚这么清醒、这么确定。

海尔茂：那你打算抛弃丈夫和孩子的想法，也是清醒和确定的吗？

娜拉：是的。

海尔茂：那么只有一个可能的解释。

娜拉：是什么？

海尔茂：你不爱我了。

娜拉：是的，就是那样。

海尔茂：娜拉！你竟然说那种话！

娜拉：这让我感到很痛苦，托伐，因为你对我一直很好，但我无能为力。我不爱你了。

海尔茂：（恢复镇定）你这么说也是清醒和确定的吗？

娜拉：是的，绝对清醒和确定。那正是我无法继续留在这里的原因。

海尔茂：那你能告诉我吗，我做了什么才失去你的爱？

娜拉：好，我可以。就在今晚，好事还没发生之前，当时我发现你和我以前以为的那个人不一样。

海尔茂：解释清楚一些，我不明白你的话。

娜拉：我如此耐心地等待了八年。天知道，我非常清楚好事不是每天发生。接着这桩厄运降临在我头上，当时我相当确信，好事终会发生。柯洛克斯泰的信放在那里的时候，我根本没想过你会满意地接受他的条件。我一直非常确信你会对他说：把这事昭告全世界吧。到时候——

海尔茂：是，到时候——到时候就让我的妻子蒙受羞耻吗？

娜拉：到时候，我本来相当确信，你会站出来把一切揽到自己头上，说：有罪的是我。

海尔茂：娜拉——

娜拉：你以为我会让你这样为我牺牲吗？当然不会。但是我的保证与你的相比有什么价值呢？这就是我既希望又害怕的好事。为了阻止它的发生，我本想自杀。

海尔茂：我很高兴为你日夜工作，娜拉，为你承受悲伤和贫困。但没有人会为了他爱的人而牺牲自己的荣耀。

娜拉：成千上万的女人都这样做过。

海尔茂：噢，你所想所说都像个满不在乎的孩子。

娜拉：或许吧！但是你想的说的也全然不像我能托付终身的男人的样子。一旦你不再恐惧——你不是因为威胁我的东西而恐惧，而是因为可能对你造成的影响而恐惧——等事情整个结束，对你来说，就又像是什么都没发生过一样。就和以前一个样，我是你的小云雀，你的玩偶，以后你会加倍关照，因为它是那样的脆弱易碎。（起身）托伐，就在那个时候，我突然意识到，八年来我一直和一个陌生人生活在一起，还为他生了三个孩子——噢，想到这里我就受不了！我恨不得把自己撕个粉碎！

海尔茂：（悲伤地）我懂，我懂。我们之间出现了一道深渊，这无可否认。但是，娜拉，难道不能把它填起来吗？

娜拉：我现在这样，是不可能做你的妻子的。

海尔茂：我可以完全改变自己。

娜拉：或许吧！如果把你的玩偶拿走的话。

海尔茂：可是分手！和你分手！不，不，娜拉，我不能理解那样的想法。

娜拉：（向右走）这让我更加确信，必须这么做。（她拿出斗篷和帽子，并一个小包，放在桌边的一张椅子上）

海尔茂：娜拉，现在别走！等明天再走吧！

娜拉：（穿上斗篷）我无法在陌生人的房间过夜。

海尔茂：那我们不能像兄妹一样住在这里吗？

娜拉：（戴上帽子）你非常明白，那样无法持久。（围上披肩）再见，托伐。我就不去看小家伙们了。我知道他们在比我更有资格的人手中。我现在这个样子，对他们没有用处。

海尔茂：但是也许有一天，娜拉——也许有一天？

娜拉：我怎么说得准呢？我不知道自己会变成什么模样。

海尔茂：但是你是我的妻子，不管你变成什么模样。

娜拉：听着，托伐。我曾听说过，当一个妻子离开丈夫的房子，就像我现在这样，那么丈夫从法律上就免除了对她所有的义务。无论如何，我免除你对我的一切义务。你不会再有任何限制，我也不会。双方都必须拥有完全的自由。给你，这是你的戒指。把我的还给我。

海尔茂：连那也要归还？

娜拉：是的。

海尔茂：给你。

娜拉：这就对了。现在一切都结束了。我把钥匙放在这里。女仆们清楚这座房子里的每一件事，比我清楚多了。明天，等我离开克丽丝汀的家，她会过来帮我收拾我从家里带来的嫁妆。我会请她寄给我。

海尔茂：全完了！全完了！娜拉，你再也不会想起我吗？

娜拉：我知道，我会经常想起你和孩子们，还有这座房子。

海尔茂：我能给你写信吗，娜拉?

娜拉：不用了——永远都不要写。

海尔茂：那至少让我给你送些——

娜拉：什么都不用——什么都不用——

海尔茂：如果有需要，请让我帮忙。

娜拉：不，我不能接受陌生人的任何东西。

海尔茂：娜拉，难道我以后对你永远都是陌生人了？可以不这样吗？

娜拉：（拿起包）啊！托伐，那必须等到最美好的事情发生。

海尔茂：告诉我那是什么事！

娜拉：你和我都必须发生相当大的改变，直到——噢，托伐，我不再相信还能有美好的事情发生。

海尔茂：但我会相信的。告诉我。要改变到什么程度?

娜拉：改变到我们一起的生活成为真正的婚姻生活。再见！（她穿过门厅出门）

海尔茂：（坐在门口一张椅子上，将脸埋在双手中）娜拉，娜拉！（环顾四周站起来。）空空荡荡。她已经走了。（一丝希望划过脑海）最美好的事情——？（楼下传来关门声）

幕落

现在再读一遍之前的跳跃冲突。我们值得花些时间来研究，缺失过渡（删减转变的场景）会怎样将一个不断升级的冲突变成跳跃冲突。

5．升级

升级的冲突是明晰的前提、良好的编排和拥有三个维度的角色的共同产物，同时，角色之间还要建立强有力的统一。

易卜生的《海达·高布乐》的前提是“膨胀的自我会毁灭自身”。在最后，海达自杀了，因为她不知不觉间被困在自己编织的大网里。

在戏剧的开场，泰斯曼和妻子海达刚结束蜜月回来。与他同住的姑姑泰斯曼小姐于早间提前抵达，查看家中一切是否安好。她和她卧床不起的姐姐为了保住这对新婚夫妇的房子，抵押了她们数额不多的养老金。她把泰斯曼当儿子，泰斯曼也把她既当父亲也当母亲。

泰斯曼：哎呀，您买了一顶多么美丽的帽子啊！（他把软帽拿在手里，翻来覆去地打量。）

泰斯曼小姐：我是为海达买的。

泰斯曼：为海达买的？哦？

泰斯曼小姐：是的，这样的话，如果我们一起出门，海达就不会因为我而感到丢脸。（泰斯曼放下软帽，海达最后进来。她很烦躁。泰斯曼小姐把一个包裹递给泰斯曼。）

泰斯曼：天哪！您真的为我把它们留下来了，茱莉亚姑妈！海达，这难道不令人感动吗？

海达：啊，什么东西？

泰斯曼：我的旧拖鞋！我的便鞋！

海达：确实感人。我记得我们在国外时你经常说起它们。

泰斯曼：是啊，我非常想念它们。（走到她面前）现在你该看看它们，海达！

海达：（走向火炉）谢谢，可我真的不感兴趣。

泰斯曼：（跟在她身后）你只需要想想——莉娜姑妈病得那样厉害，还亲手为我绣了它们。你想象不到，它们上面依附着多少情谊。

海达：（坐在桌边）我感觉不到。

泰斯曼小姐：对海达当然不算什么，乔治。

泰斯曼：好吧，可是现在她也属于这个家庭了，我想——

海达：（插话）我们永远不可能和这个用人融洽相处的，泰斯曼。（实际上是这个用人带大了泰斯曼。）

泰斯曼小姐：与柏莎相处不好？

泰斯曼：亲爱的，你为什么这么想？

海达：（用手指）看看那边！她把她的软帽丢在椅子上。

泰斯曼：（惊慌失措地将便鞋丢在地板上）啊呀，海达——

海达：就是想着，如果有人进来看见会成什么样子。

泰斯曼：可是海达——那是茱莉亚姑妈的软帽啊！

海达：是啊！

泰斯曼小姐：（拿起软帽）是，确实是我的。而且它还不算旧，海达夫人。

海达：我其实没仔细看，泰斯曼小姐。

泰斯曼小姐：（系上帽子）让我告诉你，这是我第一次戴——第一次。

泰斯曼：而且还是顶非常漂亮的软帽——相当漂亮。

泰斯曼小姐：哦，算不上什么好东西，乔治。（环顾四周）我的阳伞呢？哦，在这。（拿起来）这也是我的——（咕哝）——不是柏莎的。

泰斯曼：一顶新软帽，并一把新阳伞！想想看，海达！

海达：确实非常漂亮。

泰斯曼：难道不是吗？不过，姑妈，您离开之前先好好看看海达吧！看看她多么俊俏！

泰斯曼小姐：啊！我亲爱的孩子，那没什么新鲜的。海达一向可爱。（离开）

泰斯曼：（跟随）是的，您有没有注意到，她的身体多么健康？旅行让她变丰满了吧？

海达：（穿过房间）哦，安静些吧！

这出戏剧开场只用几页篇幅，就为我们呈现了三个完整而丰满的角色。我们认识他们，他们在呼吸，他们活着。而在《白痴的乐趣》中，作者用了两幕半的篇幅，才让两位主角联合起来，在终场对抗这个充满敌意的世界。

《海达·高布乐》中的冲突为何升级？

首先，其中有对立统一；其次，角色都是拥有强烈信念的丰满人物。海达轻视泰斯曼和他所代表的一切。她冷酷无情，嫁给他只是图方便，想利用他来攀上更高的社会阶层。她能腐化他——腐化他这个纯洁、谨慎而真诚的灵魂吗？

没有明晰的前提，任何剧作家都不可能将这些人物编排在一起——三人性格完全不同。

可以通过毫不妥协的角色的殊死搏斗来实现张力。前提应当表明目标，而目标会驱动角色，就像古希腊戏剧中的命运。

在《伪君子》中，升级的冲突是因关键角色奥尔恭而起，是他迫使冲突发生。他毫不妥协。

在一开始，他宣称：

他（指答尔丢夫）将我的灵魂从琐事中解放出来，教导我不要理会俗世的一切。现在，就算目睹我的母亲、妻子或孩子死去，我也不会感到痛苦。

任何做出此番陈述的人都会制造冲突——他就是。

正如海尔茂对谨慎诚信和公民荣誉的信奉加速了戏剧的进程，奥尔恭疯狂的偏狭招致了所有的灾难。我们想强调这种“疯狂的偏狭”。

《奥赛罗》中的伊阿古冷酷无情。哈姆雷特恶犬般的固执驱使他走向苦涩的结局。俄狄浦斯那找到谋杀国王真凶的深刻欲望导致了他的悲剧。这些意志坚强的角色都被一个很好理解且界定清晰的前提所驱使，不由自主地将戏剧抬升到最强音。

迫使两股意志坚决、不懂妥协的力量搏斗，会制造出强劲、升级的冲突。

任何人告诉你，只有特定类型的冲突才拥有戏剧性或戏剧价值，都不要听信。任何类型都有价值，只要你的角色拥有三个维度，并且前提明晰。通过冲突，这些角色会展露自身，呈现出戏剧价值、悬念，以及所有其他戏剧行话称作“戏剧性”的属性。

在《群鬼》中，曼德和阿尔文夫人的对立一开始很温和，之后慢慢发展为升级的冲突。

曼德：啊！你读的书可算是有结果了。结的都是些什么好果子啊——这些令人憎恶、颠覆人心、叫人自由思考的文学！

可怜的曼德，他的谴责多么正义。他觉得他已经把话都说尽了，阿尔文夫人会被压倒。他的攻击方式就是谴责。现在我们要看到反击，这样才能构成冲突。如果对方表示接受，那么单凭谴责是无法制造冲突的。但阿尔文夫人拒绝接受，并且当面反驳。

阿尔文夫人：这你就错了，我的朋友。让我开始思考的人是你，对此我向你表达最诚挚的感谢。

难怪曼德会惊慌失措地大叫“是我？”，反驳要比攻击强，这样冲突才不会维持静态。因此阿尔文夫人不仅承认了行为，而且还对指责者发出指责。

阿尔文夫人：是啊！你强迫我屈服于你所谓的我的职责、我的义务，我全身心憎恶的东西你却赞颂是正确和公正的。所以我才开始批判地审视你的教导。我原本只想弄清其中的一点，但我刚解开，整块布料都碎成了碎片，我这才意识到，它不过是机器制造的劣质品。

［难怪她迫使他转为防御。他迟疑片刻。进攻，反击。］

曼德：（轻柔，带着感情）我一生中最艰苦的斗争得到的就是这个结果？

阿尔文夫人在关键时刻曾将自己交付于他。他是在提醒她，他为了拒绝所做出的牺牲。这个委婉的问题其实是一个挑战，阿尔文夫人接住了。

阿尔文夫人：不如说那是你一生中最耻辱的失败。

每一个字都在深化冲突。

如果我说某人是贼，那其实是在激发冲突，别无他意。正如女人怀孕需要男人，挑战变成冲突也需要某些东西。被谴责的对象可以回答“看看是谁在说话”，并且拒绝发怒，这样导致冲突流产。但是如果他反说你是贼，那么就有可能引发冲突。

戏剧不是为了描绘生活的影像，而是为了表现其本质。我们必须浓缩。现实生活中，人们可能年复一年地争吵，但从未下定决心去除那些导致麻烦的因素。但戏剧必须浓缩精华，既呈现常年争吵的幻象，又不能让对话流于浅显。

需要指出一个有意思的地方，《伪君子》中冲突升级所采用的方式不同于《玩偶之家》。在易卜生的戏剧中，冲突意味着角色之间发生真正的斗争，而在《伪君子》中，莫里哀则是让一组人联合起来反抗另一组。奥尔恭坚持要毁掉自己不能算作冲突。但是，这样能升级张力。我们以他为例。

奥尔恭：这是一份赠与契书，其中列出了我将全部财产转让于您的全部手续。［这番陈述当然不算攻击。］

答尔丢夫：（后退）给我？噢，兄弟，您怎么会想到这些？［这也不是反击。］

奥尔恭：怎么，告诉您实情吧，是您的故事让我想到的。

答尔丢夫：我的故事？

奥尔恭：是的，您那位在里昂的朋友的故事。我是说利莫吉斯。您当然没忘吧？

答尔丢夫：现在我想起来了。但是如果一早知道那个故事会促使您这么做，我就算割掉舌头也不会告诉您。

奥尔恭：但您没有。您不会拒绝我吧？

答尔丢夫：不，我怎么能接受这么重要的职责？

奥尔恭：为什么不能？别人就是这么做的。

答尔丢夫：啊，兄弟，但他是位圣人，而我只是个无价值的凡人罢了。

奥尔恭：我不认识比您更圣洁的人，除了您我谁也不能完全相信。

答尔丢夫：如果我接受这份委托，人们，邪恶的人们，会说我完全是在利用您的单纯。

奥尔恭：人们对我的了解比那要深，我的朋友。我不是一个能轻易被人愚弄的人。

答尔丢夫：人们可能不仅会说我，兄弟，还会说您。

奥尔恭：那就驱散您的恐惧吧，我的朋友，因为我倒是乐得看到他们喋喋不休。想想看——想想看，那份契书将让您有权行善。凭借它，您可以改造我这个难管理的家庭，彻底摒弃长久以来让您的温柔灵魂烦恼的放纵和挥霍。

答尔丢夫：那确实能让我有很多机会。

奥尔恭：哈！您承认了。那么接受难道不是您的职责吗？为了他们，也为了我。

答尔丢夫：我以前从未打那个角度想过。或许正如您所说。

奥尔恭：的确如此。兄弟，拯救他们的任务就交给您了。您能任由他们走向完全毁灭吗？

答尔丢夫：您说服了我，亲爱的朋友。我不应该犹豫不决。

奥尔恭：那您接受这份委托了？

答尔丢夫：这是上天的意愿，其余一切也都是上天的意愿。我接受。（将契书紧贴胸口）

到目前为止都没有冲突，但我们知道，不仅仅是上当的奥尔恭会被这份契书毁掉，他可爱的、体面的家庭也难以逃脱厄运。我们会屏住呼吸，观看答尔丢夫如何利用这份新获得的权力。这个场景实际是冲突前的准备，为冲突做好铺垫。

这里我们遇到了一个不一样的升级的冲突，和之前详细讨论过的不一样。哪种方式更好？答案是：只要能帮助冲突升级，哪一种都好。莫里哀让冲突升级的办法是，让整个家族联合起来，共同击败答尔丢夫（团队对抗团队）。答尔丢夫接受奥尔恭提议的那种勉强虚伪又无力，实际上根本不是冲突。但奥尔恭将财产转交给答尔丢夫的提议却形成了张力，并且预示了这家人和他即将发生殊死搏斗。

先暂时回到《群鬼》的例子。曼德说：

啊！你读的书可算是有结果了。结的都是些什么好果子啊——这些令人憎恶、颠覆人心、叫人自由思考的文学！

如果阿尔文夫人回答“真的吗”或“关你什么事”或“你对书籍知道些什么”或是任何类似的不攻击曼德的谴责性答案，冲突立刻就会变为静态。但是她的回答是：

这你就错了，我的朋友。

她首先就全盘否认，然后又加上一句“我的朋友”加以讽刺。下一句话更是像炸弹，将攻击推进到敌人的领土。这实乃一记沉重打击，几乎使人瘫痪。

让我开始思考的人是你，对此我向你表达最诚挚的感谢。

曼德的“是我？”相当于在拳击场上疼得大叫一声“哎哟”，甚至“犯规”。

阿尔文夫人乘胜追击，对不幸的曼德连续出击，可惜她的上勾拳错失了目标。如果阿尔文夫人成功摧毁她的对立角色，那样戏就结束了。不过曼德也不是一般的拳手。躲避成功后他轻拳回击，赢回了喘气的机会，然后猛烈反击。这就是一次升级冲突。

阿尔文夫人：不如说那是你一生中最耻辱的失败。［那一拳擦过了曼德的下巴。］

曼德：［轻拳出击］这是我一生中最大的胜利，海伦。我战胜了我自己。

阿尔文夫人：［依然在尝试］这对我们两个人都是个错误。

曼德：［看到破绽，于是冲了进去］错误？你跑来找我，心烦意乱地喊着“我来了，收留我吧”，我请求你像个妻子那样，回到你合法的丈夫身边。那难道是错误？

冲突依然在不断升级，展示角色内心最深处的感情、驱使他们行动的力量、他们目前所处的位置、他们将要前往的方向。每一个角色在生活中都有一个界定清晰的前提。他们知道自己想要什么，并且会为之斗争。

尤金·奥尼尔的《悲悼》是升级冲突的绝佳案例。唯一的问题在于，角色虽然被卷入殊死斗争，但缺乏深刻的驱动力。

如果你阅读这部戏剧结尾的剧情梗概，你会发现一股无法抑制的动态活力，驱使着角色走向无可避免的结局——拉维尼娅为父亲复仇，克丽丝汀摆脱丈夫的束缚。

冲突如波浪滚滚而来，一浪高过一浪，抵达可怕的高潮，势不可当——直到我们开始详细审视角色，这时我们就会发现，遗憾的是，所有这些血雨腥风、电闪雷鸣都是假的。我们无法相信。他们不是真实的人物，而是作者的创造。作者拥有超凡的活力和能量，让角色像有意识的真人一样行动。但一旦作者离开，他们就被自己的重量压垮了。

角色持续走向作者要他们去的方向。他们没有自己的意志。拉维尼娅冰冷地恨着她的母亲，因为那样能导致冲突。她发现了一些会影响她对父亲强烈爱护之情的事情，但她视若无物。她只能如此，如果她要完成作者分配给她的任务的话。

布兰特船长痛恨孟南家族，因为他们任由他的母亲挨饿至死。但他自己不也离开她多年，将其丢弃在她的宿命中吗？但那不重要，因为冲突必须发展。

克丽丝汀痛恨她的丈夫，因为她由爱转恨，于是杀掉了他。但是什么使得她由爱转恨？作者从未解释。

奥尼尔不泄露自己秘密的理由很充分，因为他不了解自己，他没有前提。

他模仿古希腊戏剧的模式，认为如果用命运代替前提，就能获得与古希腊经典戏剧相媲美的驱动力。但他失败了，因为古希腊戏剧在命运的伪装下依然拥有前提，而奥尼尔却只有盲目的命运，没有前提。

正如我们所见，升级的冲突也可通过缺乏动力的肤浅角色获得，但这不是我们追求的戏剧。在剧场观看时，这类戏剧可能会触动我们，甚至吓到我们，但它们很快就会沦为记忆，因为与我们所了解的现实生活毫无相似之处。其中的角色也不具备这三个维度。

那么再来强调一次：升级的冲突意味着明晰的前提，对立统一，以及拥有三个维度的角色。

6. 运动

我们很容易把风暴当成冲突，不过我们经历的所谓“风暴”或“飓风”实际上是高潮，是成百上千小型冲突的结果，这些冲突一个比一个大，一个比一个危险，直至最后变成危机——风暴之前的平静。在做决定的最后关头，风暴要么擦过，要么大举发作。

在想到任何自然现象时，我们似乎总认为它只有唯一可能的原因。我们会说风暴是这样那样开始的，而忘了每次风暴的背景都不同，尽管结果实质相同，正如每个人死亡的原因都不一样，但就本质来说，死亡就是死亡。

每个冲突都由进攻和反攻组成，但每个冲突都不同于其他。每个冲突中都有几乎不易感知的小的运动，即转变，它们将决定你使用的升级冲突的类型。而这些类型又由个体角色决定。如果一个角色思考缓慢，或是行动迟缓，那么他的转变也将以迟缓的方式影响冲突；又因为没有两个人的思考会一模一样，所以没有两个转变、两个冲突会一模一样。

我们来看看娜拉和海尔茂。看看他们自己也不知晓的动机。当海尔茂反对娜拉时，娜拉为什么妥协？一句简单的话语包含了什么意味？海尔茂刚刚发现伪造签名的事，他勃然大怒。

海尔茂：可悲的人——你都做了些什么？

这不是一句攻击。他非常清楚她做了什么，但太过惊骇，不能相信。他在与自身作斗争，需要喘气的时间。但是这句话预示着即将出现恶毒的攻击。

娜拉：让我走。你不该为了我的缘故而遭罪。你不该把这事揽在你的身上。

这也不是一句反击，不过冲突仍在升级。她还未意识到，海尔茂无意自己背负罪责，她也没有完全意识到，他在生她的气。她知道他已经发怒，但他并非是她所以为的意思。她还保持着最后一点天真的残余，这让她在面对汹涌而来的危险时，显得那样迷人。这句话虽然并非斗争，但却帮助了冲突的升级。

如果我们不了解海尔茂，不了解他的性格、他的道德良知、他的极端诚实，那么娜拉与柯洛克斯泰的斗争根本就不是冲突。那么就没有任何值得期待的事情发生。问题就会变成，谁将凭借智慧战胜谁。小的运动之所以会变得重要，是因为它们与大的运动相关。

《枯草热》（*Hay Fever*）这出戏为我们的例证提供了材料。我们挑选的这个场景并不包含重大运动。其中并不存在危急时刻，没有任何东西让小的运动具有重要意义。就算其中一个角色失败，也不会造成影响——明天又是新的一天。这是一出喜剧，但这并非出现如此严重缺陷的借口——正如事实证明，这并不是一出好的喜剧。

跟在每句台词后的附加说明——攻击，升级，反击——指出了那句台词发展为冲突的潜能。

选自诺埃尔·科沃德的《枯草热》：

一家人邀请客人来过周末，这家里的几位成员都很有魅力，母亲是个退休的演员，父亲是小说家，还有两个孩子。四人各邀请了一位客人。母亲茱蒂丝、父亲戴维和女儿索蕾尔邀请的都是新任情人，儿子西蒙邀请的客人则未知。他们为住宿安排发生争吵，直至客人抵达——四个普通人只是这家人的陪衬。

索蕾尔：我早该想到，你不只是鼓励鼓励这些迷恋你名声的愚蠢、肤浅的年轻人。［**攻击**］

茱蒂丝：那或许是事实，但是除了我自己，我不允许任何人说出来。我本希望你长大了会是个好女儿，而不是爱批判的姑妈。［**反击，升级**］

索蕾尔：这种做法真是太廉价了。［**攻击，升级**］

茱蒂丝：廉价？胡说。你的外交家又怎么样呢？［**反击**］

索蕾尔：当然有区别了，亲爱的。［**静态**］

茱蒂丝：如果你那么说是因为你刚好十九岁，精力充沛，天真无邪，然后就认为你该垄断所有爱情冒险的权力，那我就觉得我有唤醒你的义不容辞的责任。［**攻击**］

索蕾尔：可是，母亲——［**升级**］

茱蒂丝：人们都觉得，我已经七老八十。没把你送去寄宿学校真是犯了大错，那样等你回来，我就能当你姐姐。［**静态**］

西蒙：即便那样也无济于事，人人都知道我们是你的儿女。［**静态**］

茱蒂丝：那不过是因为我太愚蠢，在你们小时候，当着摄像机镜头，把你们放在膝盖上哄。我就知道我会后悔。［**静态**］

西蒙：我不知道费这么大劲表现得比实际年轻有什么意义。［**攻击，升级**］

茱蒂丝：亲爱的，如果你在这个年纪做这些就不体面了。［**反击**］

索蕾尔：但是，亲爱的母亲，你难道看不出吗？你在年轻人面前招摇的样子，实在是非常不庄重。［**攻击**］

茱蒂丝：我没有招摇，从来没有。我差不多一辈子都是个恪守妇道的女人，如果戏水能让我快乐，我不明白为什么不去尝试。［**静态**］

索蕾尔：但是那不应当再让你快乐了。［**攻击**］

茱蒂丝：你知道，索蕾尔，你一天比一天更柔美。我真希望能把你养成另外一种样子。［**反击**］

索蕾尔：我很骄傲自己变得柔美。［攻击］

茱蒂丝：你真可爱，我喜欢你（亲吻她），而且你这么漂亮，我实在是很嫉妒你。［静态］

索蕾尔：你说真的吗？你真好。［静态］

茱蒂丝：你会善待桑迪的，对吗？［静态］

索蕾尔：难道不能让他在“小地狱”里睡吗？［静态］

茱蒂丝：亲爱的，他太强壮，而且那些水管会影响他的活力。［静态］

索蕾尔：它们也会影响埋查德的活力。［静态］

茱蒂丝：他不会注意的，可能他过去习惯了待在一些热带国家的大使馆，还在里面摇蒲扇什么的。［静态］

西蒙：不管怎样，他死定了。［静态］

索蕾尔：你变得不耐烦，变得排外了，西蒙。［跳跃］

西蒙：没那回事，我只是讨厌对你的男朋友们献殷勤。［攻击］

索蕾尔：你从来没礼貌对待过我的任何朋友，不管男女。［反击］

西蒙：总之，日本房是女性房间，应该给女性住。［尽管在向希望的方向转变，但依然是静态］

茱蒂丝：我答应过让桑迪住这间，他热爱日本的一切。［静态］

西蒙：米拉也是。［跳跃］

茱蒂丝：米拉！［升级］

西蒙：米拉·阿伦德尔，我邀请她过来。［升级］

茱蒂丝：你说什么？［升级］

出人意料的是，除了观众之外，谁也没猜到西蒙也邀请了客人。这就是这个场景要达到的目的——因为没有大运动去赋予小运动意义，好几页的篇幅显然都白费了。由于角色的透明和两维，这里也不存在太多的转变。

你想发动一辆汽车——假设这是你的前提，那么首先你要点火。一滴汽油就能引发爆炸。但如果由于某种原因，这里没有进一步的爆炸（冲突），汽车就会依然维持静态（你的戏剧也是）。但如果汽油自由流淌，一次爆炸就会引发其他的爆炸（冲突制造冲突），发动机发出连续低沉的声音产生振动。汽车（以及你的戏剧）开始运动。许多小的爆炸将推动你的汽车向前。想要车轮产生大的运动，必须有许多爆炸，而不是一两次那么简单。

在一出戏剧中，每次冲突都是随后冲突的原因。每次都比之前的更激烈。角色想要实现目标，即证实前提，由此产生出冲突，而冲突则会驱动戏剧运动。

不过还是让我们回到老朋友娜拉和海尔茂那里。看看他们的冲突是如何运动和改变的。

海尔茂：请不要摆出一副悲剧的口吻。（锁上门）你就待在这里，给我一个解释。你明白你做了什么吗？回答我。你明白你做了什么吗？

［这几句台词表明事件在发展。锁门的行为增添了他言语的分量。整段台词都是一次进攻。］

娜拉：（紧紧盯着他，表情越来越冰冷）是，现在我开始彻底明白了。

娜拉的答案不是反击。诚然，攻击与反击是最直接、最简短的制造冲突的方式。但没办法在全剧中使用，因为那样会导致观众疲倦，而且会让戏剧结束得太快。

娜拉的答案是消极的，但我们必须理解原因。她拒绝服从主人不耐烦的解释要求。她没有给出任何解释，反而是答案中出现了第一缕觉醒的曙光，第一个海尔茂没想到的信号。那么娜拉的台词含有斗争的意味吗？绝对有。其中的冷酷，其语调，都预示着危险的来临。但是处于愤怒中的海尔茂却没看见。他一步一步地驱使着自己走向难以控制的狂怒。

海尔茂：（在房间来回走动）多么可怕的觉醒！整整八年——她就是我的喜悦和骄傲——结果竟然是个伪君子，是个骗子——比那还糟——还糟——她是个罪犯！这一切都丑陋至极！我感到羞愧！羞愧！（娜拉一言不发，紧紧地盯着他。他在她面前站定。）

海尔茂此刻的进攻是如此恶毒，娜拉的任何干扰都会抵消易卜生已经实现的效果。她的沉默已经足够雄辩，甚至比莎士比亚所能构想的任何台词都更能表达她的心理。接着我们看到冲突变成了以直接攻击与反击为基础的别样版本。娜拉的沉默是一种精妙的反击，而这沉默的抵抗就是在为行动做准备。

海尔茂：我早该怀疑会发生这类事。我早该预料到了，都是你父亲遗传下来的恶习——你别说话！你父亲的恶习在你身上都显形了。不信宗教，没有道德，没有责任感。现在我因为对他的行为睁一只眼闭一只眼而遭到了惩罚！我那是为了你，而你就是这样回报我的。

［他的攻击是直接的，压倒性的。而娜拉的回答值得玩味。］

娜拉：是的，那就是给你的回报。

她的赞同证实了他的观点，但这是有原因的。因为她想离开。她第一次明白，过去的八年不过是一场噩梦。她的答案再次呈现出消极样貌——不是正常的反击，而是觉醒抵抗的第一个信号。而且，它也起到了激怒海尔茂的作用。这个男人想要战斗，但却找不到对手，因此变得愈发危险。

我们不想暗指娜拉的意图是激怒她的丈夫。恰好相反，现在她明白了，与他一起生活毫无希望。她赞同是因为，她离开的决心变得更加坚决，因为他所说的是真话，不过直到现在，她才明白真相的含义。易卜生利用她的陈述深化了冲突。

继续阅读，我们看见海尔茂是如何利用他压倒一切的论证践踏娜拉的。战斗看似是单方面的——仿佛是一场职业拳击赛，而其中的一方不断地在对看似无力抵抗的另一方发出攻击。但娜拉没有示弱，而是耐心等待属于她的机会。每一击都坚定了她的决心，而她的抵抗本身就是一种反击。

这种类型的冲突不同于我们之前讨论过的那种，但效果并不逊色。

课堂讨论

问：好吧，是有效果，但我看不出“区别”。

答：你记得我们引用的《群鬼》的场景吗？曼德和阿尔文夫人的那个场景囊括了所有直接冲突的元素。那一整场戏都是以“攻击，反击”的模式写成的，少有例外。但我们不能因为《群鬼》取得了成功，就断然地表示所有高级的戏剧都应该建立在那个模式的基础之上。

问：为什么不能？

答：因为情境和角色不同。每个冲突都必须根据角色和情境具体对待。《群鬼》开场就很高调。阿尔文夫人是个苦命、世俗、幻灭的人，与轻信、骄纵、孩子气的娜拉完全相反。这些角色当然会制造不同类型的冲突。

阿尔文夫人承受的冲突在戏剧的开场就开始了，之后又随着她的耐心，随着她竭力保持形象的努力步步升级。娜拉的大冲突发生在戏剧的结尾，因为她对金钱事务的忽略而升级。她们当然需要不同的对待。尽管冲突的类型因角色而异，但必须将冲突贯彻到底。

7．预示冲突

如果你觉得必须将剧本读给亲戚朋友听，那就读吧！但千万别要求他评论。他对剧本的了解可能远不及你，因此不具备给出专业建议的能力，还有可能帮倒忙。而且你会将他逼上一个不幸而又痛苦的位置。

如果必须将作品读给某人听，那就让对方告诉你他开始感到疲惫或厌倦的地方，说明这些地方缺少冲突。缺少冲突正是一个致命的信号，证明你的角色编排非常糟糕。他们不激进，不存在对立统一，编排中缺少毫不妥协的关键角色。如果缺乏所有这一切，那你就写不出统一的作品，只是将词语累积在一起。

你可能会争辩，你的观众不具备那样高的智力水平，你的作品需要理解力强的人才能欣赏。即便是这样，上述陈述依然成立吗？是的，依然成立，因为如果开场找不到预示冲突的话，那么观众理解力越强，厌倦得就越快。

冲突是所有写作的心跳。没有一开始对自身的预示，任何冲突都不会存在。冲突是一种巨大的原子能，一次爆炸会制造一系列连锁爆炸。

没有黄昏便没有夜晚，没有黎明便没有早晨，没有秋便没有冬，没有春便没有夏——它们都在预示即将发生的事情。预示不必相同。事实上，从来就没有两个相似的春天或黄昏。

没有冲突的戏剧会制造出一种衰败迫近的荒芜感。没有冲突，地球上就不存在生命，宇宙中任何地方都不会有。写作技巧不过是对控制着原子和我们头顶星群的宇宙规则的摹写。

让任何两个狂徒或团体彼此对抗，你都会预示激烈程度惊人的冲突即将产生。

电影《东京上空三十秒》（*Thirty Seconds over Tokyo*）完美证明了我们的想法。电影开场的三分之二篇幅避免了任何形式的冲突，但观众依然像被催眠一般坐在那里看。发生了什么？作者对观众使用了什么魔法，竟能让他们一直坐得稳稳当当？其实非常简单，作者向他们预示了冲突。

一位军官对集结的飞行员讲话："孩子们，虽然你们全都是自愿执行这个危险任务的，但任务太过危险。为了安全起见，你们最好是彼此之间都不要讨论此行的目的。"

这道警告就是故事的出发点。接下来角色都忙得不可开交，为即将展开的危险旅程而参加了一个为期很长的训练项目。

预示其实是一种许诺，在我们看来，是对冲突的许诺。

在这个特定的故事中，长久的等待是否值得不是我们讨论的重点。重要的是，请记住，为了东京上空那有过预示的三十秒，观众屏气凝神地等待了两个小时。

当拳击场上对战的两个拳手势均力敌时，期望值就走高。舞台上也是一样。

你承认确实如此！但是在舞台上，该如何编排毫不妥协的有力角色，从而在戏剧或故事的一开始就预示冲突呢？

我们认为这是作家必须面对的任务中最简单的一个。以《玩偶之家》中的海尔茂为例。他对最轻微的违法犯罪行为也毫不容忍，这样的态度就预示着冲突会像死亡一般确定无疑地发生。当他发现，娜拉竟然冒用他的名义伪造签名，他会怎么做？他会缓和态度吗？我们不知道。但有一点可以确定：会发生麻烦。任何毫不妥协的角色都可能引发同样的期待。

《灵魂拒葬》中六位死去的战士反抗不公……他们的举动就预示着冲突（他们毫不妥协）。

于是，冲突其实就是剧场用语中所谓的"张力"。

公众一般把心理学称为"常识"或"普通知识"。任何低估观众"常识”水平的作者，都将迎来一场惨痛的教训，然后幡然醒悟。

一名从未听说过弗洛伊德的观众将和训练有素的评论家坐在一起，评定你的戏剧。如果你的戏剧缺少冲突，那么任何借口或娴熟的对话都无法触动这位最普通的观众。他知道你的戏糟糕。为什么？因为他觉得无聊。是他的常识，他与生俱来的分辨好坏的能力告诉他的。他看得昏昏欲睡，不是吗？这确定无疑是他认为戏糟糕的信号。对我们来说，他的反应意味着戏剧缺乏冲突，甚至缺乏预示冲突。

人们不相信陌生人。你只能通过冲突“证明”自己。在冲突中，你的真自我得到展现。而舞台和生活一样，任何不在一开始就“证明”自己的人都是陌生人。在逆境中与你站在一起的人才是经过证明的人。是的，你无法愚弄观众。即便没受过教育的人也知道，礼貌和漂亮话并不能代表真诚和友谊。但牺牲能。预示角色的品质就如同呼吸一样，对人物必不可少。

如果你预示冲突，就等于承诺了存在的本质。既然我们绝大多数人都装糊涂，对世界隐瞒真正的自我，那我们就想要见证，那些在冲突的压力下被迫展现真正个性的人，身上会发生什么事。预示冲突还不算真正的冲突，但是我们都会渴切地等待这个承诺实现的那一刻。在冲突中，我们被迫展现自我。对每个人来说，其他人或自己展现自我似乎拥有致命的吸引力。

我们并不认为，一定要向作者兜售“预示是绝对必需的”这种理念。最难也最重要的是，如何执行这种理念。举例来说，在克利福德·奥德茨的《等待老左》中，第一句话就预示着一种逐渐增强的张力。

法特：你绝对弄错了，我没有笑。

法特和平台上的匪徒都反对罢工。而观众和剧中的角色都支持罢工。

贫穷逼迫着潜在的罢工者为自己做些什么。他们愤怒，坚决。他们在挨饿，并且一无所有，如果想活命，就必须罢工。

而对立的一方，则是法特和其他匪徒。如果工会继续罢工，这帮枪手就会失去用途。你瞧！他们不是普通匪徒。他们更甚，他们代表的是腐败的工会领导。如果罢工被唤起，他们就会失去数目庞大的工会会费。这场罢工并不只是普通的日常罢工，而是一次革命。

要么大获全胜，要么一败涂地，双方都处于两种可能性的边缘。双方都建立了坚定的组织，由此便制造了张力，而用我们的行话来说，就是预示冲突。

决一死战时，彼此对垒的不屈不挠的人物预示着残酷的冲突将持续至悲惨的结局。

无论在任何环境下，意志坚决的对手都不能也不会妥协。为了生存，一方必须摧毁另一方。把所有这些因素加起来，就一定建立了预示冲突。

8. 切入点

幕布该何时升起？何谓切入点？当幕布升起时，观众会希望尽快了解舞台上的人的身份，以及他们的欲求，他们出现的目的，他们彼此是什么关系。但在有些戏剧中，角色喋喋不休很久之后，我们才有机会知道他们的身份和欲求。

《乔治与玛格丽特》（*George and Margaret*）是二十世纪三十年代一部很普通的戏，其中作者用了四十页的篇幅来向我们介绍这个家庭。接着我们在第四十六页得到暗示，有人看见其中一个儿子进了女佣的房间。主题这才显露。戏中的家庭生活沿着一个非常平滑的轨道运行，每个人都有点神经兮兮。谁都嘲骂过任何人，到了第八十二页，我们才终于确定，那个儿子确实进了女佣的房间。没什么大不了的，你知道——不过是一段常见的私情。

尽管角色描画清晰，像是出色的素描画，我们仍不免疑惑：他们为何出现在舞台上？他们想实现什么目的？这出戏就像是一幅肖像画，虽略显夸张但一丝不苟地描绘了这个安静的家庭。作者懂得如何描写，但却缺少最基本的编排知识。

描写一个不知自己想要什么，或是想法半心半意的人物毫无意义。即便一个人知道自己想要什么，但却没有立即实现这一想法的内外在要因，那这个角色对你的戏也是累赘。

是什么让一个角色开启一连串可能导致他毁灭或帮助他成功的事件？只有一个答案：必要性。一定要有正处于危急关头、异常重要的某事。

如果你有一个或多个这样的角色，那你的切入点不可能差。

一出戏剧可以在冲突将要引发危机的时刻开始。

一出戏剧可以在至少有一个角色已经抵达人生转折点的时刻开始。

一出戏剧可以在决定将要突然转化为冲突的时刻开始。

一个好的切入点就是，在戏剧的一开场就有某种至关重要的东西处于危急时刻。

《俄狄浦斯王》的开场是俄狄浦斯决定寻找凶手。在《海达·高布乐》中，海达藐视丈夫和他所代表的一切，这是个好开场。她的藐视是那样绝对，她对那可怜人所做的任何事都不会感到满足。因为了解泰斯曼的性格，我们就想知道，他将忍受这种侮辱多久。他的爱是会让他屈服，还是会让他反叛。

在《安东尼与克里奥佩特拉》（*Antony and Cleopatra*）中，我们听到安东尼的士兵在担心，克里奥佩特拉控制了他们的将领。于是我们立即看到，他的爱情和领导身份之间存在冲突。这两者在他的事业达到巅峰时发生碰撞，事实证明，那成了他事业的转折点。作为三巨头的一员，安东尼曾经传唤克里奥佩特拉，要她解释在那场败仗中援助卡西乌斯和布鲁特斯的行为。安东尼是原告，克里奥佩特拉是被告，但他却不顾自己和罗马帝国的利益，爱上了她。

在上述戏剧的每一部中——在可以毫无疑问地称之为戏剧的每一部作品中，幕布升起时，至少有一个角色已经抵达人生的转折点。

在《麦克白》中，一位将军听到他将成为国王的预言。这预言掠夺了他的理智，直至他杀掉真正的国王。这出戏剧就开始于麦克白开始垂涎王位时（转折点）。

《一生一次》（*Once in a Lifetime*）始于主角决定结束原来的工作，前往好莱坞。（这是一个转折点，因为他们的积蓄即将告急。）

《灵魂拒葬》始于六名死去的士兵决定不下葬。（转折点——人们的幸福处于危险之中。）

《客房服务》（*Room Service*）始于酒店经理决定，必须让内兄支付他的剧场公司积欠的债务。（转折点——他的工作有危险。）

《他们不会死去》（*They Shall Not Die*）始于县治安官说服两个女孩，她们应该控诉两个犯下强奸罪的斯科茨伯勒男孩。而后者作恶多端，为摆脱牢狱之灾，决定撒一些可憎的谎。（转折点——他们的自由面临危险。）

《利力姆》（*Liliom*）始于男主角与他的雇员做对，做出不太明智的决定，和一名小女佣住在一起。（转折点——他的工作存在危险。）

马达可（*Madách*）的《人类的悲剧》（*The Tragedy of Man*）始于亚当打破他对主许下的诺言，吃下禁果。（转折点——他的幸福有危险。）

歌德的《浮士德》始于浮士德将灵魂卖给路西法。（转折点——他的灵魂面临危险。）

《卫士》（*The Guardsman*）始于身为演员的丈夫在嫉妒心的驱使下，决定假扮成卫士，测试妻子的忠诚度。切入点就是角色必须做出重大决定的时刻。

课堂讨论

问：何谓重大决定？

答：构成角色人生转折点的决定。

问：但有些戏剧不是以那种方式开始的，比如施尼茨勒（Schnitzler）的戏剧。

答：是的。我们谈论的是其中的运动涵盖两个相反极端之间全部步骤的戏剧，比如爱与恨。在这样的两极之间，有许多步骤。你或许决定在某个大运动中，只利用一两个或三个步骤，但即便如此，你也必须由一个决定作为开始。这个决定，或仅仅为决定所做的准备，势必不可能有大的运动那样的幅度。读到涉及“转变”的章节，你会发现，人在做决定之前，还会遭遇许多琐事，比如怀疑、希望、犹豫。如果你希望围绕着一次转变写一出戏剧，利用这种心理上的预备状态，那你就必须放大这些琐事，好让观众都能看得见。想写出这样的戏剧，就必须对人类行为有彻底的了解。

问：你建议我写这类戏剧吗？

答：你应该了解自己的实力——你应对这一问题的能力。

问：换句话说，你不鼓励我。

答：也不阻止你。我们的职责是告诉你该怎样写作或评论一出戏剧——而非你是否应该选择某个特定主题。

问：有道理。能写一出将准备和立即做决定的过程结合起来的戏吗？

答：通过每一种结合都曾写出过伟大的戏剧。

问：好了，让我来看看，我是不是全部都理解对了。我们必须由一个做决定的时刻开始戏剧，因为这是冲突开始，角色有机会展露自己和前提的时刻。

答：对。

问：切入点必须是做决定或准备做决定的时刻。

答：是。

问：好的编排和对立统一保证冲突，而切入点引发冲突。是这样吗？

答：是，继续。

问：你认为冲突是戏剧最重要的部分吗？

答：我们认为，没有冲突就没有角色能展现自己，而没有冲突事件，就没有角色。在《奥赛罗》中，光是角色的选择就能引发冲突：一个摩尔人想娶一位贵族参议员的女儿为妻。但对莎士比亚来说，以叙述身份的方式开场没有意义，但舍伍德在《白痴的乐趣》中却这么做了。我们应该从奥赛罗和苔丝狄蒙娜相爱时就了解他们，他们的对话会透露他们的背景和性格。所以莎士比亚以伊阿古开场，从他的角色冲突开始。通过一个简短的场景，我们了解到，他痛恨奥赛罗，我们了解到奥赛罗的地位，以及奥赛罗和苔丝狄蒙娜的私奔。换句话说，我们一开始就了解到奥赛罗和苔丝狄蒙娜之间伟大的爱，也模糊了解到这份爱面临阻碍，并意识到伊阿古意图撕碎奥赛罗的幸福，毁掉他的地位。如果某人考虑杀人，那他并不会特别令人感兴趣。但是如果他同他人合谋或是单独密谋，并决定执行谋杀，那么戏剧就开始了。如果一个男人告诉一个女人说他爱她，那么同样的状态可以持续数小时，甚至数天。但如果他说“我们私奔吧”，好戏可能就开场了。这一句话就暗示了许多事情。他们为何私奔？如果女人回答：“那你妻子怎么办？”我们就拥有了进入这个情境的钥匙。如果男人有贯彻决定的意志力，那么他的每一步行动都将会引发冲突。

问：为什么易卜生不将开场设在娜拉被海尔茂的病吓坏，疯狂寻求帮助的时刻？她在决定伪造父亲的签名时，会发生非常多的冲突。

答：对。但冲突内在于她的内心，是看不见的。那样便没有对立角色。

问：有啊，海尔茂和柯洛克斯泰。

答：柯洛克斯泰非常乐意借钱，因为他知道签名是伪造的。他想控制海尔茂，所以不会为难娜拉。而海尔茂就是伪造签名的理由，而非障碍。此时他唯一能做的事，就是鼓励娜拉去筹钱。

易卜生为《玩偶之家》选择的切入点有些遗憾。他应该将开场定在柯洛克斯泰等得不耐烦，要求还钱的时刻。在这种压力下，娜拉会展露她的个性，加速冲突。

一出戏剧应当从第一句台词就开场。涉及的角色会在冲突的进程中展露他们的天性。糟糕的编剧才会先整理证据，描绘背景，营造气氛，最后才开始冲突。不管你的前提是什么，不管你的角色构成怎样，第一句台词说出来就应当开始冲突，并且不可避免地驱动证明前提的进程。

问：如你所知，我在写一出戏，一出独幕剧。我有前提，角色已组织编排完毕。我有大纲，但是有些东西不对劲。我的戏里没有张力。

答：我们来看看你的前提。

问：“孤注一掷带来成功。”

答：讲讲你的大纲。

问：一个极其害羞的年轻大学男生，疯狂地爱上了一位律师的女儿。女孩爱他，但也尊重敬爱她的父亲。她告诉男孩，如果她的父亲不赞成，她就不会嫁给他。男孩去见她的父亲，后者非常机智，把这个贫穷的男孩当成笑柄。

答：之后呢？

问：女孩对他表示遗憾，并宣布她依然会嫁给他。

答：告诉我你的切入点。

问：女孩试图说服男孩去她家见她父亲。男孩厌恶这种父母干涉的行为，并且——

答：遭遇危险的是什么？

问：当然是女孩。

答：不对。如果她的婚姻建立在父亲同意的基础上，说明她的爱并不深。

问：但那是他们人生的转折点。

答：如何证明？

问：如果女孩父亲不赞成，他们可能就要分开，幸福处于危急关头。

答：我不信。她未做决定，因此不会引发升级的冲突。

问：但是其中存在一个升级的冲突。男孩讨厌去那种场合——

答：稍等片刻。如果我记得没错，你的前提是“孤注一掷带来成功”。正如你目前所知，前提是你戏剧大纲的概括。你的前提说的是这件事，大纲却说的另一件事。前提表明，有人的生命处于危急关头，但大纲并不是。为什么不以男孩在女孩家等待求见她父亲的场景作为开场？男孩孤注一掷，提醒女孩他在幕布升起之前发过誓。

问：他发过什么誓？

答：如果她父亲不赞同，他就自杀，让她良心难安。

问：接着呢？

答：你可以继续按你的大纲走。父亲的机智是出了名的，而且非常狡猾。他严厉质询男孩。现在我们知道男孩已经不顾一切，如果失败就准备放弃生命。他的生命处于危急关头，这当然是他人生的转折点。父亲或男孩说的每一句话都很重要。毕竟男孩会为他的生命而斗争，可能做出意想不到的事。在危险面前，他可能会放下羞怯，可能会攻击并打败女孩的父亲。女孩受到触动，开始违抗父亲。

问：难道不以自杀相威胁就做不到这些？

答：是的。如果我记得没错，你之前抱怨你的戏没有张力。

问：是。

答：没有张力是因为没有重要东西处于危急关头。切入点不对。处于同样困境的年轻人成千上万。有些很快就忘了他们的爱情，有些表面假装遵从长辈的意愿，私下依然会秘密约会。不管是哪种情况，都没有重要东西面临危险。他们还没做好被写成戏剧的准备。换句话说，你的这对恋人面对的情况非常严重。至少这个男孩已经抵达人生转折点。他把一切都押在一张牌上，值得书写。

即便你的前提很好，角色编排得宜，没有正确的切入点，戏剧依然会拖沓。之所以拖沓，是因为在戏剧的开场，没有任何重要的东西面临危险。

你一定听过这句古老的谚语：“每个故事都必须有开头、中间和结尾。”

任何天真地把这句建议严肃对待的作家都一定会遇到麻烦。

如果每个故事都必须有开头，那么每个故事可能都会以角色的孕育为开端，以他们的死亡为结束。

你可能会反对这种对亚里士多德的观点过度刻板的解读。或许这句话有理，但如果作者有意或无意地遵从亚里士多德的这条名言，那么许多戏剧都会遭遇滑铁卢。

《哈姆雷特》并非始于幕布升起之后，而是早在那之前就开始了。谋杀可能早就发生，受害者的鬼魂刚刚才回来要求正义。

所以这出戏并非开始于故事的开头，而是在故事的中间，在一桩卑鄙的事件之后。

你可能会争辩，亚里士多德的意思是，即便是“中间”也必须有头有尾。或许吧！但如果他想说的是这个意思，那他完全可以表述得更清晰。

《玩偶之家》的开场不是海尔茂生病，也不是娜拉疯狂地筹钱拯救他的性命。这出戏的开场甚至不是娜拉伪造她父亲的签名来借钱，也不是海尔茂身体康复后失业回家。不，这出戏甚至没有选择在娜拉节衣缩食偿还欠款的岁月开始。这出戏实际上开端于柯洛克斯泰发现海尔茂成为银行经理时。之后他开始敲诈，戏剧从此开端。

《罗密欧与朱丽叶》的开场不是蒙太古和凯普莱特两个家族开始斗争，也不是罗密欧爱上罗莎琳，而是罗密欧无惧死亡，前往凯普莱特宅邸，看见了朱丽叶。戏剧这时才真正开场。

《群鬼》的开端不是阿尔文夫人离开丈夫去找曼德，将自己交付于他，以寻求帮助；也不是雷金娜的母亲怀了阿尔文上尉的孩子；也不是阿尔文上尉去世。它真正的开场是奥斯瓦德身心俱疲地回到家，父亲的鬼魂再次将他们萦绕。

作者必须找到一个急切渴望某种事物的角色，他无法继续等待，他立刻就想要。

这个人为什么如此急于做某件事？一旦你能给出可信回答，你就拥有了你的故事或戏剧。不管动机是什么，都必须发源于故事开场前发生的事情。事实上，正是因为之前发生的这件事，你的故事才成为可能。

必须让你的故事从中间开始，无论处于何种情势，都不能从开头开始。

9．转变

两三百万年前，地球是一个绕自轴旋转的火球，历经百万年连续不断的倾盆大雨之后，才冷却下来。这个过程缓慢、难以察觉，但渐变（即转变）发生了，地壳变坚硬，大地震抬升了山丘，制造出峡谷和沟壑，河流从中流淌而过。接着出现单细胞生命，然后全球开始出现各种生物。

在生命形式最底层的位置，有一种被称为原植体的植物，它没有茎叶。往上是顶生植物或无花植物，比如有茎叶的蕨类。继续向上是开花植物，然后是多子叶的树，然后就是我们所谓的“林木”和结果实的树。

自然界从不跳跃。它姿态从容地工作，连续不断地试验。

同样的自然转变也能在哺乳动物界发现。在陆地和海洋哺乳动物之间的缺口上，有一条由麝鼠、海狸、水獭、海豹架设的桥梁，陆地和海洋都是它们的家。伍德拉夫在《动物生物学》中曾这样写道：

在鱼和哺乳动物之间，鸟和哺乳动物之间，穴居人和现代人之间，都存在联系。渐变、转变作用于各个地方，安静地积聚风暴，乃至毁灭太阳系。它帮助人类由胚胎变成婴儿、青少年、年轻人、中年人和老人。

莱奥纳多·达·芬奇在他的《笔记》中写下：

这位老人在他临死前的几个小时里告诉我，他已经活了一百岁，除了日渐虚弱，他没有感觉到任何身体的病症，因此他坐在佛罗伦萨新圣母医院的病床上，没有任何动静或任何发病的征兆，就那样溘然长逝。

为了查明如此平静的死亡的原因，我做了尸检，发现其原因在于缺血以及供给心脏和其他次级器官的动脉的衰竭，我发现这些器官都已经干涸、收缩和凋萎严重；我非常谨慎但心情轻松地写下这次尸检的结果：因为身体缺乏脂肪和水分，所以就阻碍了对身体器官的营养输送……这位身体健康的老人死于缺少营养。其原因在于，肠系膜血管的通道不停地被血管表皮的增厚所限制（即动脉硬化）：这个过程一直持续，直至影响毛细血管，它们是最早完全闭合的。因为这个原因，老人比年轻人更怕冷，而那些高龄人士的皮肤会呈现出木头或干栗子的颜色，因为它们几乎完全被断绝了营养。

在这里，转变也在暗地里进行。动脉逐渐堵塞，经年累月，皮肤枯萎，失去自然的颜色。

每个生命都有生与死这两个主要极端，在它们之间同样存在着转变：

出生——童年

童年——青少年

青少年——年轻人

年轻人——成年

成年——中年

中年——老年

老年——死亡

现在我们来看看从友谊到谋杀之间的转变：

友谊——失望

失望——厌烦

厌烦——恼怒

恼怒——生气

生气——攻击

攻击——威胁（造成更大伤害）

威胁——预谋

预谋——谋杀

举例来说，在“友谊”和“失望”之间，和其他各项之间一样，还存在更小的两极和其间的转变。

如果你的戏由爱到恨，你必须找到所有通往恨的步骤。

如果你想从“友谊”跳到“生气”，那你必须漏掉“失望”和“厌烦”。这是一个跳跃，因为你跳过了戏剧构成中的两个步骤，就像舍弃了你的肺和肝。

下面是从《群鬼》中节选的一场戏，其中的转变处理得非常巧妙。牧师曼德被恩格斯特兰德极大地惹怒了，后者是个可爱但无可救药的骗子。曼德感觉必须一劳永逸地摆平这件事，因为这个人欺骗了他。那么转变可能是：

愤怒——拒绝

或

愤怒——宽恕

了解曼德的个性后，我们知道，他会原谅对方。看看这个小冲突中自然而平滑的转变：

恩格斯特兰德：（出现在门口）我谦卑地渴求宽恕，但——

曼德：啊哈！唔！

阿尔文夫人：啊，是你啊，恩格斯特兰德！

恩格斯特兰德：门口没有仆人，所以我便自作主张敲门了。

阿尔文夫人：没关系，进来。你想找我说话？

恩格斯特兰德：（进门）不，非常感谢，夫人。我想找曼德先生说会儿话。

曼德：（站在他面前）好啊！那我能问一下吗，你想要什么？

恩格斯特兰德：是这样，曼德先生，我们已经拿到薪水。也非常感谢您，阿尔文夫人。现在工作差不多结束，我想着我们这些人这段时间一直在这里认认真真地干活儿，如果今晚能一起做做祷告，会是个美好又适宜的结束。

［这个圆滑的骗子！他对曼德有所求，又知道只能通过虔诚的行为才能接近他，于是就提出祷告。］

曼德：祷告？去上面的孤儿院？

恩格斯特兰德：是的，先生，不过如果您不同意，那就——

［他打算离开。这样就足以让曼德知道他的良好意愿。］

曼德：哦，当然可以，但是——唔——

［可怜的曼德！他如此愤怒，但是当他愤怒的对象跑来请求祷告，他又能做什么？］

恩格斯特兰德：我一直在练习，每天晚上都会念几句祷文。

阿尔文夫人：是吗？

［阿尔文夫人太了解他的真面目，知道他在撒谎。］

恩格斯特兰德：是的，夫人，时不时地接受些教诲罢了。不过我只是个可怜的凡人，没有什么天赋，唉——所以我想着既然曼德先生刚好在，或许——

曼德：听我说，恩格斯特兰德。首先我必须问你一个问题。你的心情现在适合做这件事吗？你的良心自由平静吗？

［曼德没有完全被恩格斯特兰德伪善的祈祷所蛊惑。］

恩格斯特兰德：上天怜悯我这个罪人吧！我的良心不值得讨论，曼德先生。

曼德：我们必须考虑。你怎么回答我的问题？

恩格斯特兰德：我的良心吗？好吧，当然有不安的时候。

曼德：啊，你承认了所有的事。现在你告诉我，不要有任何的隐瞒——你和雷金娜是什么关系？

［恩格斯特兰德总说雷金娜是他的女儿，而实际上她是已故的阿尔文上尉的私生女。恩格斯特兰德在和雷金娜的母亲结婚时，收了七十磅才忽略了这个缺陷。］

阿尔文夫人：（急切地）曼德先生！

曼德：（让她平静）让我来说！

恩格斯特兰德：和雷金娜的关系？老天哪，您真是吓坏我了！（看着阿尔文夫人）雷金娜没有任何过错，不是吗？

曼德：我们希望如此。我想知道的是，你与她是什么关系？你是冒充她的父亲，对吗？

恩格斯特兰德：（不安地）啊——唔——先生，我和可怜的乔安娜之间发生的事，你是知道的。

曼德：别再扭曲事实！你已故的妻子在辞职前，已经全部向阿尔文夫人坦白了。

恩格斯特兰德：什么！您是说，她最终还是那么做了？

曼德：你知道事情是瞒不住的，恩格斯特兰德。

恩格斯特兰德：她还正经向我起过誓，可您说她——

曼德：她起过誓吗？

恩格斯特兰德：好吧，没有，她只是答应过我，但非常认真。

曼德：这些年，你一直对我隐瞒事实，而我却完全彻底地相信了你。

恩格斯特兰德：我很抱歉对您隐瞒，先生。

曼德：那是我应得的吗，恩格斯特兰德？只要我力所能及，我难道不是随时都准备好帮助你？回答我，是不是？

恩格斯特兰德：的确如此，有许多次，如果没有您，先生，我会很惨。

曼德：而你就这样回报我，害得我在教堂登记表上写下错误的条目，之后又对我隐瞒多年。这些信息你本该告诉我，凭良心也该告诉我。你的所作所为完全不可宽恕，恩格斯特兰德，从今天起，你我之间一切都结束了。

恩格斯特兰德：（叹口气）是啊，我想也是这样。

曼德：是的，你对自己的所作所为能有什么合理的辩护？

恩格斯特兰德：难道要我把那可怜姑娘的事说出去，加重她的羞耻吗？想想看，先生，就想一会儿，如果尊贵的您落到和可怜的乔安娜同样的困境——

曼德：我？

[他后来确实落入类似的羞耻境地。这一幕与他之后的行为有直接关系。]

恩格斯特兰德：老天哪，先生，我不是说和她一模一样，我是说，假如您的尊严在世人眼中成了耻辱。我们不该对一个可怜的女人太过苛刻，曼德先生。

曼德：可我根本不会那么做。我要责备的是你。

恩格斯特兰德：那您能允许我问个小问题吗?

曼德：问吧。

恩格斯特兰德：您难道不认为帮助失足的人是分内之事吗?

曼德：当然是。

恩格斯特兰德：人难道不应该信守诺言吗?

曼德：当然应该，但——

恩格斯特兰德：乔安娜在那个英国人——也可能像他们说的那样，是美国人或俄国人——那里遭遇不幸后［他不知道那个人是阿尔文上尉］，就进了城。可怜的东西，她先前曾拒绝过我一两次，那时她只看得上英俊的男人，而我却瘸了一条腿。您应当记得，我有一次曾经闯入一家舞厅，那里的水手喝得烂醉，我还试着劝诫他们远离邪恶——

阿尔文夫人：呃哼!

［这句谎言显然就连阿尔文夫人也听不下去了。］

曼德：我知道，恩格斯特兰德，我知道，那帮粗野的家伙将你扔下了楼。你以前给我讲过这件事，瘸腿就是给你的功勋。

［任何带有宗教意图的事情，曼德都愿意接受。］

恩格斯特兰德：我不想宣称在这事上有功，先生。但是我想告诉您的是，她来找我，流着眼泪，咬着牙齿向我吐露了实情。我可以告诉您，先生，我听得心里刺痛。

曼德：真是如此吗，恩格斯特兰德？好吧，那接下来呢？

［曼德开始忘记愤怒，转变开始。］

恩格斯特兰德：接着我告诉她：“那美国人正在公海上游荡。而你，乔安娜，你却犯了罪，是个失足妇女。可是有我雅各·恩格斯特兰德在，我两条腿结实着呢。”当然那只是打个比方。

曼德：我明白。继续说。

恩格斯特兰德：先生，我就那样救了她，让她成为我的合法妻子，那样就不会有人知道，她曾与陌生人行过鲁莽的事。

曼德：那是非常好心的做法。我唯一不能赞同的就是，你收了那钱——

恩格斯特兰德：钱？我收钱？一分没收啊！

曼德：但是——

恩格斯特兰德：啊，对了！等一会儿，我想起来了。乔安娜的确有点钱，您说得很对。但我当时不想对那钱有任何了解。“呸，”我说，“那笔不义之财，是你犯罪换来的；这种肮脏的金子——或是纸币，不管是什么——我们应该把他扔在美国人的脸上。”但是他走了，消失在海上风暴之中，先生。

曼德：事情真是那样吗，我的好伙计？

［曼德的态度显然软化了。］

恩格斯特兰德：是的，先生。之后乔安娜和我决定用那钱来抚养孩子长大，实际也确实如此；每花掉一个便士，我都真真切切地记着账呢。

曼德：这么说事情可就有非常大的改变啊！

恩格斯特兰德：就是那样的，先生。我敢说，我对雷金娜来说是个好父亲，只要我力所能及——不过我只是个爱犯错的贫穷的凡人，唉！

曼德：好了，好了，亲爱的恩格斯特兰德——

恩格斯特兰德：是的，我确实敢说是我将那孩子抚养成人，并且非常爱护和关照可怜的乔安娜，正如《圣经》教导的那样。但我从未想过，就因为在世上做了一件好事，就跑到您面前来邀功或是吹嘘。不会的，雅各·恩格斯特兰德做了善事会守口如瓶。不幸的是，这种事不常见，我再清楚不过。每当我来找您，总有麻烦和邪恶之事要谈论。因为正如我刚刚说过——我还要再说一遍——有时也会良心不安。

曼德：把你的手给我，雅各·恩格斯特兰德。

［运动完成。这里的两极是“愤怒”和“宽恕”，中间则是转变。］

剧本中的两个角色都非常清晰。恩格斯特兰德不仅是个骗子，还是个心理学家，曼德则很天真。后来，当恩格斯特兰德离开后，阿尔文夫人告诉曼德：“你总是像个大孩子。”

不过，娜拉却是个长大的孩子——在她和海尔茂的那个场景，我们已经见识到她巨大的成长。如果是技巧稍逊的作者，可能会将《玩偶之家》的最后一幕变成一场盛大的烟火表演，由此为娜拉这个角色制造跳跃冲突。我们已经看到了海尔茂的缓慢发展，但没见过娜拉那样，如果她在缺少足够转变时间的情况下，就摆出她离开的想法，那会吓我们一跳，也无法说服我们。在现实生活中，那样的转变确实有可能在思考的一刹那间发生，但易卜生将那一想法化为行动，这样一来观众就能看明白。

人有可能在遭遇侮辱的一瞬间就突然爆发。可即便如此，这个人在潜意识中也经历了一番思维转变。头脑接收到侮辱，掂量侮辱者与他本人的关系，发现侮辱者忘恩负义，滥用友谊，紧接着还侮辱他。对他们友谊的这种闪电般的评估让他憎恶自己的态度。随后就是愤怒和爆发。这种思维过程可能发生在一瞬间。在我们看来是瞬时的爆发，但其实并非跳跃，而是一个思维过程所引向的结果，虽然速度很快。

既然自然界不存在跳跃，那舞台上也不能出现。好的剧作家会记录下头脑最轻微的运动，正如地震仪会记下数千英里外的地表震荡。

在海尔茂发现柯洛克斯泰送来的信大爆发之后，娜拉决定离开。如果是在现实生活中，她可能会看着他，一副吓坏了的表情，一个字也不说。她可能会不理会咆哮的海尔茂，转身就走。这是有可能的，但这样呈现在舞台上就是跳跃的冲突，是糟糕的剧作。作者必须走完通向结局的所有步骤，无论冲突确实是那样发展，还是只存在于角色的脑海。

你可以围绕着一个单一的转变写一出戏。《海鸥》和《樱桃园》就是由这类素材写成的，尽管我们已经认定，其中的一极只是戏剧中的一个步骤。当然，这类转变的戏剧节奏很慢，但其中包含着小型冲突、危机、高潮。

比如，在“雄心受挫”和“怨恨”之间存在着转变。许多作者认为这种反应是立即的，因此不加停顿地从一极跳到另一极。但即便这种怨恨是自然产生的，其中也存在一系列微小的运动，一个转变的过程，这才导致反应的出现。

而我们所关注的正是这些刹那间发生的、微小的运动。分析一次转变，你就会发现，你对角色更加了解。

《伪君子》中有一个精确的转变，这个彻底的恶棍终于有机会与奥尔恭的妻子独处。他一直假装圣人，但与此同时又对可爱的艾耳密尔有所图。我们来看看他是如何在符合个性的情况下，从圣洁过渡到追求不伦之爱的。

他对艾耳密尔觊觎已久，终于有机会与她独处，自然难以控制感情。他开始魂不守舍地触摸她的衣裙，但艾耳密尔很警惕。

艾耳密尔：答尔丢夫先生！

答尔丢夫：这是缎面，除非我弄错。如此芬芳柔软的质地！这样精致的衣服，难怪所罗门雅歌中的新娘会穿——

艾耳密尔：不管她穿什么，先生，都和我们没关系！

［这句回绝让他的热情冷却了一些，答尔丢夫变得更谨慎。］

艾耳密尔：除了蕾丝我们还有其他事情该讨论。我想听听您的说法，你是否真想求娶我的继女。

答尔丢夫：我倒是想知道，这桩婚事是否会招致您的反对。

［现在他动作很谨慎。经过第一次失望，他必须更加小心。］

艾耳密尔：怎么，您难道觉得我会同意？

答尔丢夫：说真的，夫人，我有理由怀疑。您必须允许我向您保证。奥尔恭先生确实对我提过这桩婚事。但夫人，不用说您也知道，我所希望的远比那更高，我想要的是更高的幸福。

艾耳密尔：（松口气）是啊，当然。您是说，您心里所渴望的喜悦并不在这世上。

答尔丢夫：不要误会，或许我该说，不要假装误解我，夫人。那并非我的意思。

［他预设她模糊地知道他的意图。没有跳跃。他平稳地向目标推进，宣告他的爱。］

艾耳密尔：那或许您该告诉我，您的意思是什么？

答尔丢夫：我的意思是，夫人，我的心不是大理石做的。

艾耳密尔：那有什么奇怪的吗？

答尔丢夫：它完全不是石头做的，夫人，尽管它向往天国，但并不抗拒对尘世幸福的渴望。

［他开始了。］

艾耳密尔：如果它不抗拒，那您当然应该努力让它抗拒，答尔丢夫先生。

答尔丢夫：该如何反抗那些难以抗拒的东西呢，夫人？当我们注视造物主的某件完美造物，我们难道能抑制住对他自身形象的崇拜吗？不——我们有充分的理由说，抑制就是不虔诚。

［地基已经铺好。现在他将发起进攻。］

艾耳密尔：我明白了，您是大自然的爱好者。

答尔丢夫：我确实热情如火，夫人，当造物呈现出那样美妙的形状，其美貌是那样的迷人，能注视那样炫目的形体实乃我的荣幸。我曾一度想抵抗您的魅力，认为它们是恶魔设下的毁灭我的陷阱。但接着我意识到，因为我的热情发自单纯，那么沉迷其中既不会是罪恶，也不会是羞耻，我想将这颗心献给您，尽管它几无价值。尽管如此，夫人，我仍然要将它放在您美丽的脚下，等待您的裁决，决定我将升上妙不可言的极乐之境，还是坠入彻底绝望的深渊。

［他通过设想自己可能遭拒的命运，削弱了他行为的厚颜无耻。当然，答尔丢夫很了解自己的心理。］

艾耳密尔：答尔丢夫先生，从像您这样原则性很强的人口中迸出这番话，着实让我有些惊讶！

答尔丢夫：啊，夫人，什么样的原则能禁得起您这样的美貌呢！唉！我可不是约瑟[1]！

［他巧妙地责备她，但任何女人在被夸赞魅力难当时都不会发怒。］

艾耳密尔：您明显不是。但我也不是波提乏夫人啊，您似乎暗示我是。

答尔丢夫：可您就是，夫人，您是！我相信您是无意的，但依然诱惑难当，我绝食、我屈膝祈祷都无济于事！现在我那被压抑的热情终于冲破束缚，我恳求您透露一些并非全是鄙视的信号。请您想一想，我献给您的不仅仅是一份举世无双的热爱，您请放心，以我的审慎，您清白的名誉绝不会受到玷污。您不必担心，我不是那种爱吹嘘好运的人。

［这句保密的保证透露出答尔丢夫是个诡计多端的恶棍。但这符合他的个性。］

艾耳密尔：可您就不害怕吗，答尔丢夫先生？我如果把这番话告诉我的丈夫，或许就会改变我丈夫对您的看法。

答尔丢夫：夫人，我高估了您的谨慎——我是说，您的心灵如此善良，是不会伤害一个难以自拔爱上您的人的。

艾耳密尔：好了，别的女人处于我这般境地会怎么做，我不敢说，不过我不会对我丈夫提及此事的。不过是场意外，答尔丢夫先生。

答尔丢夫：我决不建议您这样做，夫人——在这种情况下。

---

1 《圣经》中雅各之子，因美貌而遭到波提乏夫人的诱惑，但不为所动。

艾耳密尔：不过，要我守口如瓶可是需要代价的。作为回报，您必须放弃对我继女的一切主张——不管我丈夫如何催促。

答尔丢夫：啊，夫人，我必须再次向您保证，只要您——

艾耳密尔：等等，答尔丢夫先生。您要做的不仅是那些。您将动用您全部的力量，促成她和瓦莱尔的婚事。

答尔丢夫：如果我做了，夫人，如果我做了，我能得到什么回报呢？

艾耳密尔：还用说吗，当然是我的沉默。

[经过这次转变，这幕场景自然就到了冲突不得不爆发的时刻。奥尔恭的儿子达米斯突然挡在两人之间。达米斯听到两人的谈话，怒不可遏。]

达米斯：不，这事瞒不住，也不该瞒！

艾耳密尔：达米斯。

答尔丢夫：我——我亲爱的小朋友。你误解了我纯洁的言语——

[进攻来得太突然，答尔丢夫坐立难安。有片刻工夫，他无法镇定。]

达米斯：误解！我听见了你说的每一个字，还应当叫我父亲听见。感谢老天，我终于能让他睁开眼睛，叫他看看清楚，他一直庇护的是个怎样卑鄙的叛徒和伪善之徒。

答尔丢夫：你错怪我了，亲爱的朋友，你真的错怪我了！

[他似乎又恢复了镇定，再次退回到虔诚信徒的模样。]

艾耳密尔：好了，达米斯，听我说。这事你一定不要声张——我不想这事传开。我已承诺宽恕他，只要他以后举止规矩——我肯定他会的。我不能收回承诺。这件事的确荒谬，但不值得小题大做，没必要让你父亲和所有人知道。

达米斯：你或许那样认为，我却不觉得。我已经受够了这个伪装正直的人——这个阴谋家已经完全控制了父亲，让他反对我的婚事和瓦莱尔的婚事，还妄图将这个家变成一个秘密集会场所。我或许再也碰不到现在这样好的机会！

艾耳密尔：可是，达米斯，我向你保证——

达米斯：不，我应该按我说的做，一劳永逸地结束他的专横控制。鞭子已经到我手中，我用起来会感到极大的快乐。

艾耳密尔：达米斯， 亲爱的，要是你肯听一听我的意见——

达米斯：抱歉，我不想听。必须告诉父亲这一切。

奥尔恭：（从左门，边进边说）必须告诉我什么啊？

这个转变中出现了微妙的冲突，随着剧情的发展慢慢积蓄张力，以平稳的步调抵达爆发点。第一个高潮是答尔丢夫公开表达他的爱，第二个高潮是达米斯控诉他的阴谋。

奥尔恭抵达后，我们将再一次见证答尔丢夫的转变。他阴险地承认了他的罪恶，但在奥尔恭看来，这似乎正是真正的基督教精神的体现，反而对他愈发地敬重，甚至将自己的儿子赶出家门。

冲突越来越激烈，而在一个冲突与下一个冲突之间，总有连续不断的转变，这就使得动态冲突成为可能。

数年前，我们一位朋友的父亲过世。葬礼过后，我们去那位朋友家，发现那家人无限悲痛地坐在一起。女人在哭泣，男人呆呆地看着地板。氛围太过压抑，我们于是出门散步。半小时后我们回来推开门时，发现哀悼者一片喧闹。他们正开心大笑——但看到我们回来突然停了下来。他们感到很尴尬。发生了什么？在这样悲痛的时刻，为什么会大笑？

那之后我们也遇见过类似的情境，我们发现这种转变很迷人。下面是从考夫曼（Kaufman）和费柏（Ferber）合写的《八点的晚餐》中节选的一个场景。他们从“生气”走向“狂怒”。这是第三幕第一场的结尾场景：

帕卡德：（大步走进房间）你最近的行为太好笑了，我的好小姐，我看够了，看腻了。

基蒂：[被惹恼，但还没有生气，不过已经在朝生气转变] 是吗？那又怎样？

帕卡德：[无意造成任何伤害，认为她的激动只是表面现象] 我告诉你会怎样。这里工作的人是我，付账的人也是我，你得听我的。

基蒂：[认为这是挑战，于是做出反击]（站起身，刷子悬在手中）你以为你在和谁说话？你那位在蒙大拿的前妻？

帕卡德：[认为这是嘲弄，不喜欢] 你别扯上她！

基蒂：[闻到血的味道，发现了他的弱点，而积累已久的怨恨抹杀了她的谨慎] 那个脸色苍白的可怜家伙，胸部那么扁，她永远也不敢和你说这话！

帕卡德：[依然想叫停。他朝愤怒的转变很迟缓，需要助力] 你闭嘴吧，我告诉你！

基蒂：[添柴加火] 待在那样肮脏的矿棚里，给你洗油腻腻的工装，为你做饭，给你当奴隶，难怪她会死！

帕卡德：[变得怒不可遏——一个跳跃] 你才该死！

基蒂：（拿毛刷指指点点）呵，你才不敢那样对我！你才不敢踩着我的脸往上爬。你这个大嘴巴！（转身背对他，将毛刷丢在梳妆柜上的瓶瓶罐罐中。）

帕卡德：你这个讨人厌的人渣！我已经想到一个好办法，我从哪儿捡到你，就把你丢到哪儿去，霍屯督俱乐部的衣帽间，或者不拘哪个肮脏地儿。

基蒂：哦，你不会的！

［上升的运动很快，转变很快就将结束。］

帕卡德：到时你就能回家，跟你香喷喷的家人一道，住在帕塞伊克河铁轨的后面。你那醉鬼老爹和囚犯兄弟，一向都依靠我的帮助。下次他就可以进牛圈了，我看他会进去的。

基蒂：你会比他先进去——你这个人骗子！

帕卡德：还有，记着这话！你那贪婪的老妈再敢跑进我的办公室抹鼻子发牢骚，我就下令将她丢出去，扔下六十级台阶，那算是帮了我的忙了！（丹·帕卡德快说完时，蒂娜走了进来。她手里拿着基蒂的晚宴包，上面镶有珠宝，发出金属的光泽，里面装的是基蒂的粉盒、唇膏、烟盒等等。发现眼前的风暴，她迟疑片刻。丹说完最后一个字时，蒂娜刚好进门，于是他一把从蒂娜手里抢过那包，扔在地板上，并一把将蒂娜推出门。）

基蒂：［转变完成。她第一次感到真正的怨恨。从现在开始，她的动作必须更加迅速，她的转变抵达一个更高的音符］你给我捡起来！（作为回应，丹狠踢一脚那包，将其踢到房间一角，落在她的身边。）还有手镯，是吧？（她摘下那枚三英寸宽的珠宝手镯，扔在地上，狠狠地一脚踢到房间那头。）代表你对女人的了解！你以为送我个手镯——你为什么要送我！因为你做成了一笔肮脏的交易，想要我戴着那些东西到处显摆，证明你是个了不得的人物！你送东西不是为叫我高兴，而是为你自己！［她不知怒火会将她引向何方，但是一头撞进了黑暗。］

帕卡德：哦，是啊，谁说不是！那这座房子呢，还有这些衣服、毛皮大衣和汽车呢！你想去哪就去哪，钱大把大把地花！世界上哪个妻子来钱像你这么容易！我把你从贫民窟捡回来，你就这样感谢我！

基蒂：［像只出色的猎犬，终于闻到了味道。现在她知道该何去何从了］感谢你什么？把我打扮得像匹长毛马，日日夜夜干坐在这里吗？你从未带我去过任何地方！你总是和你的那班朋友打牌吃饭，或者宣称是这样。［她正朝新目标移动——注意她的行动。］

帕卡德：你嘴巴厉害得很啊。［仍未意识到事态严重，准备和解。］

基蒂：你总是来来去去的，吹嘘自己是个大人物，或是即将成为大人物。你从未想过我，从未做过女人喜欢的美好的小事情，你一辈子都没送过我一朵花！我想戴花的时候，还要出门买！（指着门口上次蒂娜拿兰花站过的位置）哪个女人会想要给自己买花！你从未坐下与我交谈，问我最近在做什么，我好不好，你什么都不问！

帕卡德：好吧，那你去找些什么事情做啊！我不会拦你的！

基蒂：你肯定不会！你以为我整天都坐着看手镯呢！哈！乖巧的笨蛋！你觉得你在忙活那些肮脏的生意时，我在干什么！干等着爹地回家吗？［现在冲突变成了危机。］

帕卡德：你想干什么？你这小——

基蒂：你以为我只认识你一个男人——你这个大名鼎鼎的人物。可惜，并不是！你瞧！我刚认识了个男人，认识他我才意识到，你有多愚蠢！［转变再次完成——高潮到来。］

帕卡德：［向上翻——反击］你为什么——你——

基蒂：［助力——她想看他发怒。他们在朝着新的转变、朝着更高层面的新冲突运动。］你不喜欢那样吧，对吗，幕僚先生！

帕卡德：［依然茫然。转变：从遭受冲击，到尚未完全意识到事态的严重性。］你是想告诉我，你一直和其他人合谋骗我？

基蒂：［现在她豁出去了，想坚持到底］是的！你想怎么办！你这个大嘴巴！

帕卡德：（怒火中烧，喘一口气）他是谁？

基蒂：（发出一声怨恨的喉音）你难道不想知道吗？

帕卡德：（抓住基蒂的手腕，大吼）告诉我他是谁！

基蒂：我不说。

帕卡德：告诉我，不然我就打碎你身体的每一根骨头！

基蒂：我不说！你就算杀了我，我也不说！

帕卡德：我会弄清楚的，我会——（放下她的手腕）蒂娜！蒂娜！

基蒂：她不知道。（有那么一刻，两人静默地站着，等待蒂娜的出现。蒂娜慢慢走进门，往前走一两步，虽然脸上露出好奇又无辜的表情，但她显然一直在偷听。她走上前来，站在两个沉默人物之间。）

帕卡德：最近谁来过这座房子？

蒂娜：哈？［随后转变慢慢开始。］

基蒂：你不知道，对吧，蒂娜？

帕卡德：闭嘴吧，你这个荡妇！（再次转身面朝蒂娜。）你知道，你得告诉我。什么人最近一直进出这座房子？

蒂娜：（疯狂摇头）我没看见任何人。

帕卡德：（抓住她的肩膀，轻轻摇晃一下）你看见了。说，谁来过？上周谁来过？我去华盛顿期间谁来过？

蒂娜：没有人——没有人——只有医生。

帕卡德：不——不——我不是问那。什么人最近一直背着我来这里？

蒂娜：我一个人都没看见。

基蒂：哈！我告诉你什么来着？［一石二鸟——他是吃醋，但他没有怀疑医生，而那正是基蒂所爱的人。］

帕卡德：（看着她的样子，仿佛在想办法要从她嘴里把真相套出来。觉得没有希望，于是将她往门口推了一把。）给我滚出去。（基蒂站在那里，等着看事情会往哪个方向发展。帕卡德来回踱步，突然掉头。）我要跟你离婚，那就是我想要的。我要和你离婚，你一分钱都拿不到，那就是法律对你那种行为的制裁。

基蒂：你没有任何证据。你得先证明。

帕卡德：我会证明的。我会找侦探来证明。他们会寻到他的。我要一举拿下这个人，看我怎么把他掐死。我会的，我会抓到他，我要杀了他，我要把你像野猫一样扔出去。

基蒂：是吗？你要把我扔出去。好吧，我看在你把我扔出去之前，最好还是再考虑一下。因为我不用找侦探，也能拿到你的把柄。

帕卡德：你没有任何我的把柄。

基蒂：没有吗？你想去华盛顿，不是吗？当个大人物，让总统做这做那，你想从政吗？（她的语气开始变凶狠）好吧，我了解政治。我清楚你吹嘘的所有肮脏交易。天知道我有多烦这些东西——汤普森的生意，老骗子克拉克，现在还要加上乔丹的事。拔了他的上尖牙。我要是把这些说出去，会激起一股恶臭吧。政治！你别想进入政界。你别想去任何地方。你连阿斯特的男厕所都进不去。

帕卡德：你这蛇蝎妇人。你这条恶毒的响尾蛇。我跟你到此为止了。现在我要去费恩克里夫家参加晚宴，但过了今晚我们就结束了。要不是费恩克里夫对我很重要，我才不会带你一起去。今晚我就搬走，知道了吗？明天我派人来取衣服。你可以待在这里，等你的灵魂伴侣给你送花。我们结束了。（帕卡德走进自己房间，砰地关上门。）［转变结束。］

这一幕始于生气，终于狂怒。其中有一系列步骤从头引向尾。

平庸作者几乎有一个通病，那就是忽视冲突，但又相信他们的描写反映了真实生活。转变确实可以发生在很短的时间内，发生在角色的脑海中，甚至不为角色本人注意，但它存在，作者必须展示其存在。情节剧和定型角色没有转变，但转变却是真正戏剧的命脉。

尤金·奥尼尔发明了许多将角色想法传达给观众的方法，但没有一种能像易卜生及其他伟大作家所使用的简单转变法那样成功。

在契诃夫出色的独幕剧《熊》中，有一个很明显的转变。贵妇波波娃因为侮辱了谢苗诺夫而同意与他“决一胜负”。

谢苗诺夫：是时候抛弃那套理论了，凭什么只有男人该为他们的侮辱付出代价？该死，如果你想要平等的权利，那就给你吧。我们去打个明白。

波波娃：用手枪？很好。

谢苗诺夫：那就现在。

波波娃：就现在？我丈夫有几把枪，我去拿过来。（正要走，又转过身）把子弹射进你的呆脑瓜，我该多开心啊！该死的！（退场）

谢苗诺夫：我会像杀鸡一样打败她！我不是小孩子，也不是多愁善感的少年。我才不在乎什么“弱势性别”。［朝向觉醒的运动已经开始。］

卢卡（仆人）：仁慈的小老爷啊！（跪下）可怜可怜我这老头子，求您快走吧。您已经把她吓死了，现在还要杀她！

谢苗诺夫：（不肯听他的话）她要是参战，好吧，那才是权利平等的体现，什么解放之类的说辞！可她真是个厉害的女人！［明显的转变开始。］（模仿她）“该死的！我要将子弹射进你的呆脑瓜。”嗯？她为什么脸红，她的脸颊为什么放光……她接受了我的挑战！哎呀，这是我人生第一次看见——

卢卡：走吧，先生，我会一直为你向神祈祷的！

谢苗诺夫：她是个女人！那么说我还能理解！一个真正的女人！她不是苦瓜脸的果汁过滤袋，而是火，是火药，是火箭！杀了她我甚至会遗憾。

卢卡：（哭泣）亲爱——亲爱的先生，走吧！

谢苗诺夫：我绝对喜欢她！绝对！尽管她脸上有浅窝，我还是喜欢她。我几乎打算不要她还债了——我也不再生气——神奇的女人！

最后的转变太过明显，不像《玩偶之家》中的转变那般巧妙，与剧作融为一个整体。

没有转变就不可能有发展和成长。T. A. 杰克森（T. A. Jackson）在他的《辩证法》（*Dialectics*）中写道：

考虑到本质，宇宙中不存在两个完全一样的连续时刻，这不言而喻。

将这句话改述并为我所用就是：“一出戏剧中不存在两个完全一样的连续时刻，这是不言而喻的。”

一个角色要从一极跨向另一极，比如从宗教到无神论，或者反之，那么在剧场分配的这两个小时里，他必须不停运动，才能跨越这一巨大空间。

我们体内的每一块组织、每一块肌肉和骨头，每过七年都会重生。我们对人生的态度和看法、我们的希望与梦想都在不停变化。这种转变非常细微，甚至察觉不到，但它正在我们的身体和头脑中发生。

这就是转变：我们在任何两个连续的时刻中，都不可能完全一样。转变是让戏剧不出现任何停顿、跳跃或间隙，一直运动的要素。转变可以将看似不相关的要素连接在一起，例如冬和夏、爱和恨。

一、二、三、四、五、六、七、八、九、十，这是完美的升级式冲突。跳跃的冲突则不规则：一、二、五、六、九、十。

生活中不存在跳跃的冲突。“跳跃至结论”表明是一个加速的而非中断的心理过程。

下面是保罗·彼得斯（Peters）和斯科拉（Sklar）合写的《搬运工》（*Stevedore*）的开场。这场戏虽然很短，但其中却存在跳跃。试着找出来。

弗洛丽：天啊，比尔，我们发生了什么？我们为什么必须一直争吵？我们以前从不这样的。（她将手搭在他的胳膊上。）

比尔：（丢开她的手）走开，走开！

弗洛丽：你这头猪！（她开始哭泣。）

比尔：你们都一样，你们这些已婚的小荡妇。你们从不知道何时该停止。

弗洛丽：（扇他的脸）不准你那样和我说话。

比尔：好啊，好啊！可那样适合我。不过我现在可玩完了，你别忘了。我不想再看见你，我不希望你再来办公室。回你那傻丈夫身边，试着爱他，换换口味吧！他当然需要。（转身离开。）

弗洛丽：你等我一分钟，比尔·拉尔金。

比尔：哦，你闭嘴吧！你也别再打这个电话，告诉我什么要紧事。

弗洛丽：我现在就有要紧事告诉你。我已经写信给海伦了，如果你想知道的话。而且那还不是全部，我会修理你的。你就等着瞧好了。我要去找海伦，告诉她，她要嫁的是怎样一个猪头。你不能那样对我之后就一走了之。对其他女人，那样或许能奏效，但你这回挑错人了，亲爱的。你和我还没完。是的，还没完。很多方面都没完。

比尔：你去死吧！——（男人怒火中烧，抓住她的喉咙。她撞他的脸，尖叫。现在他开始疯了一样地打她，她叫得更响，跌在地上。甩门声传来，比尔跑了。）

弗雷迪：（在后台）弗洛丽，是你吗？弗洛丽！你在哪儿？

现在回到比尔说“哦，你闭嘴吧”的地方，阅读弗洛丽的发言。她宣称已经给比尔想娶的女孩写信，我们以为比尔会暴怒。但是弗洛丽说了相当长一段话，他却什么都没做。这就是静态。那段话中唯一重要的台词就是第一句，但却没有激起回应。而引发他回应的事情却那么琐碎，以至于他的回应是一个跳跃冲突。

作者潜意识中觉察到转变的需要，但没有理解原则，他们颠倒了过程。因此他们制造了一个静态冲突，紧随其后的是一个跳跃冲突——这是角色即将出现麻烦的信号。从他“哦，你闭嘴”的警告开始，到弗洛丽发言结束，比尔的心理过程是空白的，至少在观众看来是这样。如果她以“你不能那样对我之后就一走了之”这句话作为开始，比尔可能就有机会发出反击。之后她可以继续说：“对其他女人，那样或许能奏效，但你这回挑错人了，亲爱的。”比尔的不耐烦和不断升级的怒火可能会导致她继续说出：“我要给海伦写信，告诉她，她要嫁的是怎样一个猪头。”这时比尔就有机会威胁，如果她敢靠近海伦，他就打她，而这句攻击将导致她说出重头台词：“我已经写信给海伦了，如果你想知道的话。”于是在完全可以理解的怒火中，比尔给了她一拳。

这样我们就能见证从生气到狂怒的转变。目前的场景中，最有力的台词引出的却是一段长篇大论。比尔被迫站在那里，瞪着她——静态；之后在一句无足轻重的苍白台词之后，又突然掐她的脖子——跳跃。

现在来看莫尔茨的《黑色深坑》中的一个场景，试着找出另一个跳跃的冲突，即转变的缺失。这个缺陷比刚刚讨论的那个更严重，因为这里是为角色未来行为所打下的基础。

普莱斯考特：（他希望乔去做密探。）……我所知道的就是，如果想喝肉汤，最好是跟厨师做朋友。是的，先生！当然，你可能根本不在乎。不过我告诉你，我的女人可不会挨饿，我的儿子也不会下矿井工作。好了，想想吧，小子。（他站起身。）我估计这对你可能有点难，伊奥拉。好了——（他耸耸肩，走到门口。）等你的孩子出生了，告诉我一声。如果你改变主意了，小子，我想那工作能留到明天之前。（他出去了。沉默。）

伊奥拉：乔——（乔没有回答。她站起身，走到他面前，一只手搭在他胳膊上）乔——啊，我不在乎。别难过，我不想找大夫。我不怕。（她开始哭）我不会怕的，乔——（哭得颤抖起来。）

乔：（试图控制自己）别哭，伊奥拉！别哭！我不想你哭！

伊奥拉：（咽回泪水）我不哭，乔——我不哭。（她握紧拳头坐下，整

个身体都在颤抖。乔在房里走来走去，看看她，继续走）

乔：（突然转身大喊）你要我去当密探吗？

伊奥拉：不——我不想——我不想。

乔：你以为我不想要工作——不想吃——不想找大夫吗？你以为我不想让孩子活命吗？

伊奥拉：不，乔——不——

乔：天哪！我该怎么办！（沉默。他走了几步，然后坐下。他开始握紧拳头捶桌子，力气越来越大。终于他用尽全力放下手，然后再次沉默。）人就得是人。人就得活得像个人样。人得吃，得有女人，得住房子——（他跳起来。）人不能像动物一样住在洞里……

玛丽：（推开另一个房间的门。睡眼惺忪。）出什么事了？我听到有人在喊。

乔：（控制住自己）没有人喊，玛丽。外面。我们在说话。

玛丽：该睡觉了。

乔：我们这就睡。

玛丽：别担心。一切都会好的。（她迟疑着。）我为你们祈祷。（她退场。沉默。）

乔：（轻笑一声）她为我们祈祷。（停顿。）公司的老板在这儿，伊奥拉！人就得自帮自助，是吧，伊奥拉？不能让托尼住在炼煤炉里，住在山里。（小声）不能让你，小家伙，也许——你一直披着围巾，伊奥拉。（他走到她面前。）你想遮盖肚子？你感到羞耻——为小家伙感到羞耻？我不觉得羞耻。我喜欢小家伙——你觉得他现在醒着吗？（他将耳朵贴在她的肚子上。）不，他睡了。他很早就睡了。汽笛刚响他就睡了。（他咯咯笑了一声，然后伸出两只手触摸她的脸。）你喜欢我吗，伊奥拉？

伊奥拉：乔，你难道不能骗他吗？普莱斯考特先生。你难道不能接下工作，然后什么也不告诉他？（停顿。乔的双手从她脸上移开。）

乔：（轻声，慢速，仿佛在说一件两人都知晓的事。）是。当然，当然，伊奥拉。我可以骗他。接下工作，跟他说一些不会伤害任何人的小事。当然。

伊奥拉：（激动地）没有人知道的。我们不用告诉他们，只需要一小会儿。我们不用告诉托尼。

乔：（依然慢慢地）当然！当然，我骗他，拿下工作，找大夫，挣点钱。过段时间——就告别离开——当然。（停顿，他将头贴在她的胸口。然后害怕起来，仿佛是想说服她。）人就得活得像个人样，伊奥拉。（他抬起头，越发地痛苦和坚定。）人不能像动物一样住在洞里！

幕落

现在我们回头看看乔说的那番话，他说："你喜欢我吗，伊奥拉？"伊奥拉的回答却建议他骗一回普莱斯考特先生。她可能一直都这么想，但观众却并不知道。普莱斯考特离开时，她告诉乔，她并不希望他做出牺牲——但接着，两页之后，她却推翻了她的决定。这样的逆转是合理的，但我们必须了解转变是如何发生的。

但乔的转变却比这个明显的跳跃更大——他竟然立即就同意了。这个决定做得如此迅速，让人难以置信。乔难道不知道走出这一步意味着什么？他难道不知道他肯定会被驱逐，可能还会失去性命？还是说他感觉他能在智力上战胜公司和他的朋友？我们不知道他是怎么想的。

如果我们能看出乔的心理过程，看到他对老板、监工、黑名单和遭到驱逐的看法，那么他的败落会让我们觉得更富悲剧感染力。

因为这个跳跃的冲突，因为缺少转变，这出戏的命运就盖棺定论了。乔这个角色从来都不具备三个维度。作者从未给予他斗争的机会——他决定了乔的命运，而非让乔自己弄清楚。

乔本应经过更多思考再做决定，他和伊奥拉应该发生更多斗争，拖延更多时间，这样就将产生一个升级的冲突。

看看娜拉。虽然她从绝望到决定离开所耗费的时间很短，但却合乎逻辑。莫尔茨尝试过一两次转变，但他的处理很笨拙。乔说“人就得自帮自助”时，我们知道，他正屈服于密探的工作安排。但几句话后，他又说，他不会为伊奥拉没有披巾遮盖肚子而感到羞耻——伊奥拉和观众都明白，他不会接受那份工作——那她为什么又做出相反的建议，让他接受工作，欺骗老板？

这种在否定与肯定之间的来回跳跃阻碍了乔的发展，也就混淆了剧作想要传达的信息。毫无疑问，乔是个薄弱的角色，从来都不确定他想要什么。

如果作者说，正因为这样他才成了密探，那我们建议他看看“角色的意志力”章节。

课堂讨论

问：你教过我，运动对戏剧至关重要。但是当汽车开过时，我们能看见车轮的每次转动吗？不能。因为只要汽车在移动，那对我们就不重要。我们知道车轮在转，因为我们能感觉到汽车的运动。

答：汽车可能会跳跃、停顿、跳跃、停顿，如此无限持续。它当然在运动，但这样的运动半小时就能把你颠散架。汽车的变速杆就像是戏剧的转变，因为它是两种速度之间的过渡。就像不停跳跃的汽车会让你感受到生理上的颠簸，一系列跳跃的冲突也会让你的情感晃动。

你的问题很有意思：我们应该观察车轮的每次转动吗？我们应当把转变的每个运动记录下来吗？答案是否定的。没有那个必要。如果你在转变中暗示出一个运动，那么这个暗示就是在向角色的心理活动投射一道光芒，我认为这就足够了。剧作家能否将转变中的素材成功地压缩，给出或暗示出整个运动，这取决于他的能力。

10．危机，高潮，结局

生产的阵痛中蕴含着危机，而孩子的出生则是高潮。孩子生出来无论是生是死，都将是结局。

在《罗密欧与朱丽叶》中，罗密欧在面具的伪装下，前往仇人凯普莱特家，只为看一眼恋人罗莎琳。但在那里他发现了另一个美丽迷人的少女，于是疯狂地爱上了她（危机）。他沮丧地发现朱丽叶是凯普莱特家族的女继承人（高潮），是他家族最痛恨的仇敌。凯普莱特夫人的侄子提尔伯特发现了罗密欧，想将其杀死（结局）。

与此同时，朱丽叶也发现了罗密欧的身份，于是将自己的悲伤倾诉给星月听。而罗密欧在难以抑制的爱情的驱使下，返回凯普莱特家，听到了她的倾诉（危机）。他们决定结婚（高潮）。第二天，在罗密欧的朋友劳伦斯修士的小室中，两人真的结为夫妻（结局）。

在每一幕中，冲突、高潮和结局彼此跟随，犹如白天紧随黑夜。我们来看看另一出戏，更近距离地审视这个问题。

在《玩偶之家》中，柯洛克斯泰威胁娜拉，这是一个危机：

我告诉你吧——如果我第二次失业，那我要把你也拉下水。

柯洛克斯泰的意思是，如果娜拉不说服海尔茂保住他的工作，他就要揭露娜拉伪造签名的事。

这个威胁，不管结局如何，都将是娜拉人生的转折点，是一个危机。如果她能说服海尔茂保住柯洛克斯泰在银行的工作，那将是之前所有剧情的顶点，也就是高潮。但是如果海尔茂拒绝留下他，那也会是这场戏的高潮。

我向你保证，我是不可能和他一起工作的；和这样的人在一起，我真的感到身体不适。

海尔茂如此宣称，通过这番陈述，我们已经抵达这场戏的最高点，即高潮。海尔茂态度坚定，柯洛克斯泰会揭露娜拉——而海尔茂曾说过，伪造签名的人不适合做母亲。除了陷入丑闻之外，她还将失去她所爱的海尔茂以及她的孩子。结局十分恐怖。

在下一个场景中，娜拉再次尝试，但海尔茂依然难以改变。她指责他心胸狭窄。而他则被伤及要害。危机形成。海尔茂现在似乎心意已决。

海尔茂：非常好——这事必须做个了断。（他叫来女仆，给她一封信，要她立即寄出去。女仆去了。）

娜拉：（屏住呼吸）托伐——那信写的是什么？

海尔茂：柯洛克斯泰的解雇信。

娜拉：叫她回来，托伐！还有时间。哦，托伐，叫她回来吧。叫她回来，为了我——为了你自己——为了孩子们！你听见了吗，托伐？叫她回来呀！你不知道那封信会给我们带来什么。

海尔茂：太迟了。

高潮。结局是娜拉的放弃。这次危机和冲突，比之前的层级更高。之前海尔茂只是出言威胁，但现在他做出了行动。柯洛克斯泰被解雇了。

接着来看下一个场景，其中的危机、高潮和结局又高了一个层级。还要注意，上一个危机和下一个之间的完美转变。

柯洛克斯泰穿过厨房悄悄走了进来。他已经接到解雇信。海尔茂在另一个房间。娜拉害怕他发现柯洛克斯泰来了。于是她闩上门，要柯洛克斯泰“讲话小点声——我丈夫在家”。

柯洛克斯泰：我不管。

娜拉：你想要我做什么？

柯洛克斯泰：某件事的解释。

娜拉：那就快说，什么事？

柯洛克斯泰：我猜你知道，我收到了解雇信。

娜拉：我没能拦住，柯洛克斯泰先生。我尽了最大努力，但无济于事。

柯洛克斯泰：你丈夫对你的怜爱之心难道就这么少吗？他知道我会揭露你，却还敢——

娜拉：你怎么能断定他知道那件事呢？

柯洛克斯泰：我根本没那么想过。我们亲爱的托伐·海尔茂根本不可能有那样的勇气——

娜拉：柯洛克斯泰先生，请对我丈夫放尊重些。

柯洛克斯泰：当然——他值得所有的尊重。但是既然你把这件事守得这样紧，那我便大胆猜测，现在你对你的所作所为，了解得总该比昨天清楚一点了吧？

娜拉：比你教的清楚多了。

柯洛克斯泰：是啊，我这么坏的律师。

娜拉：你想要我做什么？

柯洛克斯泰：只是想看看你怎么样了，海尔茂夫人。我思考了一整天你的事。哪怕只是个出纳员、抄写员——就说像我这样的人吧，也还是有一些所谓感情的，你知道。

娜拉：那就证明给我看。想想我的孩子们。

柯洛克斯泰：那你和你的丈夫想过我的孩子吗？不过算了，我只想告诉你，这事你不必放在心上。首先，我不会起诉你。

娜拉：是，你当然不会，那一点我敢肯定。

柯洛克斯泰：整件事我们可以和睦解决，没必要让任何人对此事有任何了解。它依然是我们三个人之间的秘密。

娜拉：绝对不能让我丈夫有任何了解。

柯洛克斯泰：那你有什么办法吗？难道你能偿还欠款？

娜拉：不，现在还不行。

柯洛克斯泰：那或者你有什么应急手段，能很快筹到钱？

娜拉：没有能用的应急手段。

柯洛克斯泰：好吧！反正不管怎样，就算有对你也没用处了。就算你现在手里有那么多钱，我也不会把借条给你。

娜拉：告诉我，你要借条做什么？

柯洛克斯泰：我只是收起来，保存起来。无关的人不会知道一星半点的。如果它已经驱使你做出任何疯狂决定的话——

娜拉：是有。

柯洛克斯泰：如果你在谋划离家出走——

娜拉：我是想。

柯洛克斯泰：甚至更甚——

娜拉：你怎么知道？

柯洛克斯泰：放弃那种念头。

娜拉：你怎么知道我想过那种事？

柯洛克斯泰：大多数人一开始就会那么想，我也想过——但我没有勇气。

娜拉：（虚弱地）我也不再有了。

柯洛克斯泰：（松一口气）不，不能那样，不是吗？——你也没有勇气吧？

娜拉：是，我没有——我没有。

柯洛克斯泰：况且，它只会生出一场大闹剧。家里的第一场风暴一旦过去——我口袋里有封信要给你丈夫。［危机开始］

娜拉：把一切都告诉他吗？

柯洛克斯泰：我尽量写得很委婉。

娜拉：（迅速地）信不能给他。撕掉。我会想办法弄钱的。

柯洛克斯泰：十分抱歉，海尔茂夫人，我想我刚刚已经告诉过你了——

娜拉：我不是说我欠你的钱。告诉我你想问我丈夫要多少钱，我会弄到钱的。

柯洛克斯泰：我一分钱也不问你丈夫要。

娜拉：那你想要什么？

柯洛克斯泰：我告诉你吧，我想恢复我的名誉，海尔茂夫人，我想继续工作。所以你丈夫必须帮我。过去的一年半里，我没做过任何不光彩的事，我一直在和最严酷的环境做斗争。我愿意一步一步往上爬。但现在我被辞退了，仅仅是恢复职位我是不会满足的。我想发迹，我告诉你。我要重回银行，升上更高的职位。你丈夫会为我腾出职位的——

娜拉：他永远不会答应的！

柯洛克斯泰：他会的，我了解他，他不敢反抗的。只要我回到银行，你就会看见，不出一年，我就会成为经理的左膀右臂。到时候管理银行的就将是尼尔斯·柯洛克斯泰，而不是托伐·海尔茂。［危机向高潮运动］

娜拉：你永远别想！

柯洛克斯泰：你是说你要——？

娜拉：我现在有足够的勇气了。

柯洛克斯泰：哦，你可一点也吓不到我。像你这样骄纵惯了的女士——

娜拉：你会看见的，你会看见的。

柯洛克斯泰：或许可以跳进冰层？跳进冰冷的黑水？接着等到了春天，再浮上水面，让人毛骨悚然，无法辨识，连头发都掉光了——

娜拉：你吓不到我。

柯洛克斯泰：你也吓不到我。人不会做那种事的，海尔茂夫人。再说，做了又有什么用？我还是会将他完全攥在手心里。

娜拉：我都不在了，还会那样？

柯洛克斯泰：你忘了吗，现在你的清白名声也掌握在我手里。（娜拉无言地站在那里，看着他。）好了，我已经提醒过你。别做任何傻事。等海尔茂收到我的信，我想他会回复我的。你一定要记着，是你丈夫亲手将我再一次逼上这条路的。我永远不会原谅他。再见吧，海尔茂夫人。（走出门厅。）

娜拉：（走到门厅大门，轻轻打开一条缝，倾听。）他走了。他没把信放进邮箱。哦，不，不！那不可能！（一点一点将门打开。）那是什么？他站在外面。他没有下楼。他在犹豫吗？他会不会？——（一封信落进邮箱，接着传来柯洛克斯泰的脚步声，最后消失。娜拉忍住哭声，穿过房间跑到沙发旁的桌子边。短暂的停顿。）[高潮]

娜拉：在邮箱。（轻声穿过房间走到门口。）它就躺在那里——托伐，托伐，我们现在没有指望了！[结局。放弃——但只要还活着，就不会有绝对的放弃，她还会尝试。]

高潮出现的准确时刻是柯洛克斯泰将信丢进邮箱时。

死亡是一个高潮。死亡之前是危机，当时还有希望——但很微小。在这两极之间是转变。病人状况的恶化或改善将填补那个空白。

如果你想描绘一个人因为粗心大意将自己烧死在床上，那么你首先要展现他抽烟，睡着，香烟点燃床帏的情景。此时你就抵达了危机。为什么？因为这个粗心的人可能会醒来扑灭火苗，或者会有人闻到东西燃烧的味道；如果这些都没发生，他就会被烧死。这个案例的问题在于时间，不过危机可以延长。

危机：事物的一种状态，其中可能即将发生这种或那种决定性的变化。

现在我们来研究导致危机和高潮的原因。我们以读者现在已经相当熟悉的《玩偶之家》为例。高潮内在于前提“婚姻中的不平等导致不幸”之中。在戏剧的开场，作者就已经知道结局，所以他可以有意识地选择角色实现前提。在“角色生发自己的戏剧”一节中，我们已经讨论过“情节”的内容。我们已经展现过，娜拉是如何被必然性所迫，伪造父亲的签名，从柯洛克斯泰那里借钱，来拯救海尔茂的生命。如果柯洛克斯泰只是个放款人，那么这出戏可能达不到预想的效果。但正如剧作所呈现，柯洛克斯泰是个受挫者；他曾和娜拉一样，为拯救他的家庭，伪造过签名。这件事虽然被想方设法掩盖起来，但他却被污名化了。他成了一个名声不好的角色，不过为了家人，他斡天旋地也要洗刷名誉。他努力工作以恢复自己在世人眼中的形象，受雇于银行就是他重获尊敬的途径。

这就是当娜拉去找柯洛克斯泰借钱时，他的情况。他原本就放贷给别人，所以他没有理由不借给娜拉。此外，海尔茂还曾是他的同学，不过两人之间没什么好感。海尔茂冷落柯洛克斯泰，几乎以认识他为耻，这主要是因为有传言说，柯洛克斯泰曾伪造签名。看到这位行事谨慎、受人尊敬的同学的妻子也陷入了和他曾经一样的困境，对他来说实在是甜蜜的复仇。海尔茂升职为银行经理后解雇了柯洛克斯泰，主要是因为原则问题，不过也有娜拉的原因，她竟然大胆地以为，她自己或其他什么人，可以影响他的合理判断。柯洛克斯泰战斗的怒火被点燃了。现在他想要的不仅仅是钱。他想要羞辱或毁掉海尔茂，然后自己往上爬。他手里有武器，所以就要利用。

正如你注意到的，这个例子中的对立统一可谓完美。娜拉此时意识到她的行为可能造成的后果，但因为太过害怕，所以不敢告诉海尔茂，因为她现在知道，对于这种严重违背道德的行为，海尔茂会有怎样的想法。另一方面，柯洛克斯泰不仅遭到羞辱，还明白孩子的清白将再次受损，所以做好了战斗准备，即便为此必须毁灭别人也在所不惜。

这一冲突无法缓和。娜拉提出，不管柯洛克斯泰要多少钱，她都答应，但柯洛克斯泰现在已经被彻底激怒，多少钱也不能满足他。他必须证明自己的清白。海尔茂想毁掉他，而他也想毁掉海尔茂。

双方之间存在的不可切断的联系保证了冲突的升级，保证了危机和高潮的发生。危机从剧作开场就一直存在；选择这些角色就预示它必将发生。但是——如果任何角色因为这样或那样的原因遭到削弱，都有可能毁掉高潮。如果海尔茂认为爱情高过责任，那他可能会同意娜拉的恳求，让柯洛克斯泰保住银行的工作。但海尔茂就是海尔茂，他一如既往。

我们看到，冲突和高潮紧随彼此，后一个的层级总是高于前一个。

每个场景中，都要包含对那一特定场景前提的呈现，对角色、冲突、转变、危机、高潮和结局的呈现。这样的过程重复出现的次数，应当与你戏剧的场景数量一样，而且层级还要升级。我们来看《群鬼》的第一个场景，看看是否如此。

幕起后，我们看见恩格斯特兰德站在花园门口，雷金娜堵住了他的路。

雷金娜：（低声说）你想要什么？站着别动。你身上在滴水。

恩格斯特兰德：这是神下的好雨啊，我的女儿。

雷金娜：是魔鬼的雨吧！我看就是那样。

开场的三行台词就建立起两个角色之间的对立。之后的台词则让我们知道两人之间的关系，他们的生理、社会和心理构成。我们得知，雷金娜健康、漂亮，恩格斯特兰德则是个跛足，喜欢说大话，爱喝酒。我们还了解到，他有过许多谋求更好职位的想法，但全都失败了。他眼下的前提是开一家水手寄宿处，拿雷金娜当招牌，好吸引拿不定主意的主顾，让他们为求她的欢心而花钱。我们还发现，恩格斯特兰德曾因为发脾气差点杀死妻子。还进一步了解到，雷金娜因为在阿尔文家服务，教育水平得到了提高；她和奥斯瓦德有一些情愫；要去恩格斯特兰德工作的孤儿院教书。

在前五页中，我们可以看到，之前列举的元素完美地协调在一起。恩格斯特兰德的前提是将雷金娜带回家，无论会发生什么后果。雷金娜的前提却是留下。他的前提是利用她做生意，而她的却是嫁给奥斯瓦德。我们认识角色（即角色的展示）是通过冲突。他们说的每一句台词都点亮了他们的特点和关系。第一行台词开启的冲突以雷金娜获胜达到顶点而结束。

雷金娜想留下，恩格斯特兰德却坚持要她走，这个小冲突中完美地实现了转变。仔细阅读从开场到他展露想带她回家的想法之间的台词。从那里开始，再追溯剧情的运动，到雷金娜开始愤怒，想起他以前常唤她的名字；从那里再到他告诉她，他计划建一个“高档餐厅”；从那里再到他建议她学她母亲的样子，接受水手的钱。他提议之后，危机立即开始，很快就将抵达高潮。

雷金娜：（朝他走去）出去！

恩格斯特兰德：（往后退）嘿！嘿！我猜你不会打我吧？

雷金娜：是的！你要是再敢那样说母亲，我就打你。我要你出去！（将他往花园门口推。）

高潮的到来很自然，结局显然是恩格斯特兰德的离开。他提醒她，根据户籍，她还是他女儿，暗示他可以强迫她回家。是的，在这里我们之前讨论过的所有元素再次出现。

下一个场景发生在曼德和雷金娜之间，迅速延续第一个场景，同时也囊括了所有必要元素。高潮是她要将自己交给他，可怜又害羞的曼德惊慌地说：“也许您肯帮我向阿尔文夫人通传一声，就说我来了。”

你会发现，《群鬼》中贯穿着这种尖锐又隐秘的高潮。

大自然辩证地运转，从不跳跃。在自然界，所有的喜剧角色都得到了很好的编排。对立统一坚不可摧，危机和高潮以波浪的形式到来。

人类身体中充满细菌，白细胞阻止它们作恶。健康的身体就像拥有许多危机和高潮的场景。但是如果身体的抵抗力下降，白细胞数量减少，细菌就会以惊人的速度繁殖，并让人感觉到它们的存在。细菌与防御细胞之间一直存在升级的冲突。当防御力量完全撤退后，危机就产生了，身体似乎在劫难逃。就像在戏剧中，一个重大问题在于，主角（身体）是否会被毁灭。白细胞虽然力量被削弱了，但仍会展开进攻，身体也让自身做好最后决战的准备。所有细菌中最致命的斗士加入战斗——引得身体发烧。细菌制造烧热，现在开始帮助身体。最后危机导致高潮，而身体愿意展开殊死搏斗。如果身体死去，我们便走向结局——埋葬。如果身体复原，我们也一样走向结局——康复。

一个人偷窃，这是冲突。他被人追捕，升级的冲突。他被捕，危机。他被法庭定罪，高潮。他被移送至监狱，结局。

指出这一点很有意思："一个人偷窃"这件事本身就是一个高潮，"求婚"和"怀孕"也是。即便次要高潮也能引向一出戏剧或一个人生的重大高潮。

没有开端也没有结局，自然界的一切都在循环往复。因此，在一出戏中，开端并非冲突的开端，而是冲突的顶点。做决定时，角色便经历了一次内心的高潮。他根据决定行动，开启的冲突随着发展不断升级、变化，变成危机和高潮。

我们确信，宇宙的构成是大致均匀的。星辰、太阳，甚至其他远隔数百万英里的太阳，构成元素都与我们的地球大致相同。我们这颗无足轻重的星球上所找到的许多元素，也能在穿越三千光年抵达我们的光线的来处找到。不同的人也由相同的元素构成。动物也一样——自然界其余的一切都是。

星星与星星之间的差别，就和人与人之间的差别一样，在于年纪，光线、热量的丰富程度，等等，具体取决于构成它们的不同元素的含量。对一颗星星的了解，将有助于我们更了解所有的星星。从大海中取出一滴水，你会发现，它与构成海洋的所有水滴的成分几乎完全一样。

同样的原则也适用于人类——以及戏剧。哪怕是最短的一个场景，也包含一出三幕剧所具有的所有元素。它有自己的前提，通过角色之间的冲突得到展现。冲突通过转变变成危机和高潮。正如我们一直强调的，在一出戏剧中，危机和高潮会定期出现。

让我们再问一遍这个问题：何谓危机？答案是：“转折点；事物的一种状态，其中可能即将发生这种或那种决定性的变化。”

在《玩偶之家》中，主要危机发生在海尔茂发现柯洛克斯泰寄的信，得知真相的时刻。他会怎么做？帮助困境中的娜拉？他会理解她的行为动机吗？还是遵从他的个性，谴责她？我们不知道。不过我们知道海尔茂对这类事情的态度，我们还知道他非常爱娜拉。于是这种不确定性就将演变成危机。

高潮，即顶点，发生在海尔茂并非理解娜拉，而是难以控制地勃然大怒的时刻。结局就是娜拉决定离开他。

《哈姆雷特》《麦克白》和《奥赛罗》的结局都很短，几乎紧随高潮而来，在惩罚和对公正未来的允诺中拉下了幕布。在《玩偶之家》中，结局占据了最后一幕的一大半篇幅。哪种更好？这个问题没有定论，只要剧作家能维持冲突即可，就像易卜生的《玩偶之家》一样。

THE ART OF
DRAMATIC WRITING

Chapter 4

综合

1. 必要场景

不久前，一位科学家过世——他为世界增添了知识。我来为你讲述他的生平，然后我要你告诉我，他人生的哪个阶段最重要。

他在母亲的腹中孕育。他健康出生，但四岁那年，他感染了伤寒症。结果就是，他的心脏受到了损害。七岁时，他的父亲去世，母亲被迫进入工厂工作。邻居们帮忙照看他，但他因为营养不良而受苦。

有一天独自在街上闲逛时，他被一辆汽车撞了。他的两条腿都断了，在医院时只能躺在床上，回到家也无法下床。他靠阅读来消磨时间，读书数量远超同龄男孩。十岁时他开始阅读哲学书籍，十四岁他决定成为一名化学家。他的母亲辛劳工作，但依然无法负担他上学。

这时他身体康复了，靠跑腿挣钱上夜校。十七岁时，他因为一篇生物化学的文章挣了二十五美元。十八岁时，他遇见一位赏识他潜能的伯乐，后者将他送进大学。

他迅速进步，但却因恋爱结婚而惹怒了赞助人。对方撤回财务支援，男孩设法在一家化工厂中找了份工人的工作。二十岁时他成为父亲，但薪水太少，无法养家。他开始做些额外的工作，结果病倒。妻子丢下他和孩子，回了娘家。他穷困潦倒，曾想过自杀，但二十五岁时，他重返夜校完成了学业。他与妻子离婚，衰弱的心脏令他困扰。

三十岁那年，他再婚了。女方比他大五岁，是一位理解他的志向的教师。他在家里建了一间小型实验室，继续研究他的理论。他几乎立刻就取得了成功。一家大公司鼓励他发明创造，他于六十岁去世，被誉为当时最多产的发明家。

好了，他人生中最重要的阶段是什么时候？

年轻女士：当然是遇见老师的那一段。这让他有了实验的机会，并且取得成功。

我：那么他出车祸断腿的时候呢？他有可能送命。

年轻女士：是。如果他死了，就不会有什么成功的故事。这也是一个重要的阶段。

我：那他与第一任妻子离婚时呢？

年轻女士：我想想啊！如果她没与他离婚，他就不能再婚。

我：记住，他曾累垮过一次。如果没有，前妻可能也不会想要离婚。如果他的心脏不曾受损，他也许就能同时维持几份工作，妻子也不会离开他。他或许会再生几个孩子，继续当工人。现在哪段时间最重要？

年轻女士：他的出生。

我：那孕育阶段呢？

年轻女士：我明白了。当然，那是最重要的阶段。

我：等等，假设他母亲在怀孕期间去世呢？

年轻女士：你想说什么？

我：我想找出一个人一生中最重要的阶段。

年轻女士：在我看来，不存在最重要的阶段，因为每个阶段都是前一个阶段的结果。每个阶段都同样重要。

我：那么每个阶段不都是特定时期内许多事件的产物吗？

年轻女士：对。

我：所以每个阶段都以之前的阶段为基础？

年轻女士：好像是。

我：那么可以确定地说，没有哪个阶段比其他阶段更重要？

年轻女士：对——但是我们要讨论的是必要场景，所以你为什么绕这么大一圈？

我：因为所有的教科书似乎都同意，必要场景是一出戏必须包含的场景。它受人期待，是所有人都在等待的场景，这个场景从头到尾都得到许诺，不可或缺。换句话说，戏剧就是为这一超出其他所有场景的必要场景而建立的。《玩偶之家》中就有这样一个场景，发生在海尔茂从邮箱中取出那封信的时候。

年轻女士：你不赞同吗？

我：我不赞同这种概念，因为戏剧中每个场景都必不可少。你明白原因吗？

年轻女士：为什么？

我：因为如果海尔茂不曾生病，娜拉就不会伪造签名，柯洛克斯泰就不会有借口上门要钱，于是就不会造成混乱局势，柯洛克斯泰就不会写那封信，海尔茂也永远不会打开它，于是——

年轻女士：你说的是对的，但我同意罗森的说法："为了引起最大限度的期待，任何戏剧都要提供一个关注焦点。"

我：对，但有误导性。如果一出戏剧拥有一个前提，那么只要证明前提，就能"创造关注焦点，引起最大限度的期待"。不管怎样，我们感兴趣的是一个必要场景，还是证明前提？因为戏剧生发于前提，那么证明前提自然就是"必要场景"。许多必要场景哑火是因为，前提模糊不清，或者根本没有前提，而观众也就没有期待。

"残酷的野心导致自身的灭亡"是《麦克白》的前提。证明这个前提就将提供一个"能引发最大限度期待的关注焦点"。每个行动都会带来回应。残酷本身就蕴含着自身的毁灭——以证明这是必然。如果出于任何原因，这种自然顺序被延迟或省略，戏剧就会受损。

戏剧中没有一个时刻不是从之前时刻发展而来的。任何场景在发生的当时都是极其重要的。只有完整的场景才有活力让我们期待下一场。不同场景之间的区别在于，每一场的激烈程度都应当超过上一场。如果我们只考虑必要场景，那么我们可能只会聚焦戏中的一个紧张场景，而忘记之前的场景也需要同样的关注。每个场景包含的元素都与整出戏相同。

戏剧作为整体持续升级，抵达高音时刻，而那将是整出戏的顶点。这个场景的紧张程度将超越其他任何一个，但不能损害之前的任何场景，不然戏剧就会受损。

我们讨论的那位科学家的成功，只能以通向成功的步骤来衡量。他人生中的任何阶段都可能是最后一段，以失败或死亡而告终。罗森写道：“必要场景是戏剧努力想要达到的迫切目标。”这种说法不对。迫切目标是前提的证明，而非其他。罗森这样的陈述会模糊问题。

科学家希望成功，就像戏剧必须证明其前提，但首先必须尽可能妥善地解决手头的一些问题。不能将必要场景当作独立问题来对待。角色及决定因素必须纳入考量。“高潮扎根于社会概念。必要场景扎根于活动，是冲突的自然结果。”罗森说。

所有活动，无论是自然活动还是其他，都必须扎根于社会概念。花朵并没有埋在土中，但如果没有扎根在土壤中的茎秆，它就不可能存在。不是一个，而是许多个必要场景制造了最终的冲突，即主要冲突——前提的证明——而罗森和其他一些人却误把主要冲突当作必要场景。

2．展示

有一种错误的观念认为，展示（exposition）是戏剧开场的代名词。教科书作者告诉我们，我们必须先建立情调、氛围、背景，然后再开始行动。

他们告诉我们，角色该怎样出场，该说什么，应该怎样表现才能吸引和留住观众。虽然这些一开始看起来都很有帮助，但却会导致困惑。

《韦氏词典》怎么说？

展示：作品意义或目的的陈述；有目的地表达信息。

《马奇同义词词典》又怎么说呢？

展示：呈现的行为。

那么，我们想要呈现的是什么？前提？氛围？角色的背景？情节？场景？情调？答案是，我们必须同时呈现它们全部。

如果我们只选择呈现“氛围”，那么几乎立刻就会出现问题：谁在这种氛围中生活？如果我们回答，是来自纽约的一位律师，那就离我们建立氛围又近了一步。

如果我们继续深究这个问题，询问这位律师是个怎样的人，我们会得知，他是个正直的人，毫不妥协，是个失败者。我们会得知，他的父亲是个裁缝，生活非常贫困，所以他才要成为职业人士。在我们的自问自答中，没有一次提及“气氛”，但我们却正在营造气氛的路上。如果我们继续打探这位律师的信息，我们会了解到关于他的一切：他的朋友，志向，生活状态，近期前提，以及此刻的情绪状态。

我们对他了解越多，就越了解相关的情绪、地点、气氛、背景和情节。

于是，我们想要展示的，似乎就是我们在写的这个角色。我们想要观众了解他的目标，因为通过了解他的欲求，观众将了解他的许多方面。我们无须呈现情调，或任何其他常规情况。它们是整出戏的组成部分；角色试图证明他的前提时，这些都得到了建立。

“展示”本身就是整出戏的一个组成部分，而非仅仅一个要在开场使用，然后就抛弃的固定项目。然而，写作教科书中却把它当作戏剧结构中的一个独立元素加以对待。

此外，“展示”应当一直进行，不可中断，直到戏剧的结局。

在《玩偶之家》的开场，娜拉通过冲突，展现出她自己像个骄纵惯了的天真孩子，对外面的世界知之甚少。易卜生没有派一位用人告诉新来的管家，他们的主人是谁，同时指示他该如何表现，但依然实现了这一目标。他也没有用电话交谈来告知观众，某先生脾气暴躁，所以天晓得如果他听见发生的事会做什么。

大声读一封信来展示一个角色的背景也是一种糟糕的策略。所有这些权宜之计不仅糟糕，而且没有必要。

当柯洛克斯泰进门向娜拉要钱时，随后发生的威胁，以及娜拉面对威胁的反应，真切地反映出两人的本性。他们通过冲突展示自己——这种展示贯穿整出戏剧。

乔治·皮尔斯·贝克说：

> 首先我们只用形体动作唤起观众的感情，而形体动作也发展了故事，或展示了角色，或两者兼有。

在一出好的戏剧中，形体动作必须做到的不止上述两点，还有更多。珀西瓦尔·王尔德（Percival Wilde）在他的《技艺》（*Craftsmanship*）中，这样描述“展示”：

> 营造气氛与建立情调极其相似。

把这个建议阐述得具体些，会有如下论述：“如果你的戏描写的是挨饿的佃农，一定不要让他们盛装打扮，最好是让他们衣衫褴褛，住在摇摇欲坠的棚屋，由此来营造氛围。一定要让服装设计师避免使用钻石，以免给人留下有钱的印象，从而使观众产生混淆。”

王尔德先生甚至还给出这样一条重要建议：

> 如果展示和行动同样重要，甚至更重要，那么行动随时可被展示打断。

但是如果你阅读任何优秀剧目，你都会注意到，展示是不间断的，会持续到幕落。此外，他所谓的行动其实是冲突。

角色无论做什么，或不做什么，无论他说什么，或不说什么，都在展示他自己。不管他决定隐瞒身份，不管他撒谎或讲出真相，不管他盗窃或不盗窃，他永远都在展示自己。如果你在剧作的任何部分停止展示，那角色就会停止发展，于是戏剧也就停止发展。

“展示”一词在大多数时候都被误用了。如果伟大的作者接纳了“权威”的建议，只将展示局限在戏剧的开场，或是行动之间的零散时刻，那么最伟大的角色也可能死去。海尔茂最彻底的展示场景出现在戏剧的结局——而非其他任何地方。阿尔文夫人在《群鬼》的末尾杀死了她的儿子，因为我们已经通过不间断的展示，看到了她的发展。而且在最后也没有停止，阿尔文夫人在余生中，还会继续展示自己，和所有人一样。

大多数教科书所谓的展示，我们更倾向于称它为“切入点”。

课堂讨论

问：就我个人而言，我接受你的建议。但如果“气氛、情调和背景”这些术语能为初学者澄清事实，使用它们也无伤大雅。

答：但它们不能澄清任何事实。它们还会混淆事实。如果忧心情调，那你就会忽视对角色的研究。威廉·阿契尔在他的《剧作学》中说：

> 巧妙地展开过去的戏，让这种逐步的展示不仅仅成为当下戏份的序言和前言，而且成为其行动的组成部分。

如果你遵循这条建议，那么你就不能在这里、那里或任何地方停下，因为你的角色总是处于重要行动中，而行动，任何类型的行动（冲突），都是对角色的展示。如果因为任何原因，一个角色不在冲突之中，那么展示——和戏剧中其他一切——就会立即停止。换句话说，冲突才是真正的“展示”。

3．对话

我剧作班上的学生提交了论述“对话”的论文。珍妮·迈克尔小姐的那篇写得非常清晰简洁，且切中要害，我们认为必须摘引一下。

在一出戏剧中，对话是证明前提、展示角色、执行冲突的主要手段。写好对话至关重要，因为它是戏剧中对观众而言最显眼的部分。

但是编剧如果承认，“台词糟糕，戏就不可能好”，那他也必须承认，“除非清晰而妥当地遵循角色的语言习惯，除非自然而毫不费力地呈现对戏剧行动拥有重要意义的角色遭遇，不然就不可能写出真正好的对话”。

只有升级的冲突能产生健康的对话。我们都看过那种漫长而乏味的段落，角色坐在舞台上，无尽地谈话，试图填满一个冲突到下一个冲突间的空白。如果作者已经提供必要转变，那么这种闲聊式的桥接就没有必要。无论连接性对话处理得多么高明，都是不可靠的，因为它没有坚实的基础。

另一方面，还有静态冲突所导致的浅薄对话。对话的双方谁都不可能赢得这场静止的战斗，而他们的对话也没有方向。一句俏皮话立刻被另一句盖过，但对双方都没有影响。“俏皮”的戏剧中很少有生动的人物，角色会冻结成标准类型，难以发展。高雅喜剧中的角色和对话经常呈现出这样的特点，所以很少有社会剧常演不衰。

对话必须展示角色。每次发言都应该是发言者三个维度的产物，告诉我们他是怎样的人，暗示他将成为谁。莎士比亚的角色自始至终都在发展，但他们不会吓到我们，因为他们的第一句话就暗示了最后一句的组成材料。所以，当夏洛克刚露面就表现出贪得无厌的个性时，我们就有理由推断，他最后的行为将是他的贪得无厌与周围力量发生冲突所导致的。

莎士比亚和索福克勒斯不曾留下笔记，讲述他们如何描绘关键角色。我们也看不到丹麦王子和忒拜王的日记。但我们有一页又一页鲜活的对话，无比清晰地呈现了哈姆雷特的想法、俄狄浦斯的问题。

对话必须展示背景。索福克勒斯的《安提戈涅》的第一段台词是：

哦，伊斯墨涅，我亲爱的妹妹！在俄狄浦斯诅咒所造成的所有灾祸中，有哪一样是宙斯在我们有生之年不曾双倍降下的呢？

这句话立刻传达出角色之间的关系，他们的祖先、宗教信仰和此刻的心绪。

克利福德·奥德茨在《醒来歌唱》（*Awake and Sing*）的开场场景中，巧妙地运用了对话的这一功能。拉尔菲说："我一辈子都想要一双黑白纹的鞋，但一直不能如愿以偿。太疯狂了。"从这句话中，你能了解他的经济背景，以及个性一瞥。对话必须给出这些信息，而且必须从幕起的那一刻就开始交代。

对话必须预示即将发生的事件。在谋杀剧中，必须有动机，以及和真实犯罪一样的准备信息。例如：

一个美丽女孩用一把指甲锉刀杀了一个无赖。够简单吧？但是，你必须合理展示，女孩通过某种方式了解到锉刀的存在，并且知道它很锋利——不然她可能不会想到将它用作武器。而且她最早发现锉刀及其潜能的过程必须合理，不能随便处理。使用武器——以及为了进行检验她甚至用它扎过自己——必须符合她的个性。观众想知道发生了什么，对话是交代信息的最佳方式。

对话来源于角色和冲突，反过来又展示角色，执行行动。这些是它的基本功能，但只是开启了主题。要想对话不流于扁平，剧作家必须了解许多东西。

节省用词。艺术是选择，而非逼近真实，去掉无必要的冗词干扰，你的观点产生的效果将更深远。一出戏剧“话多”是内在麻烦的表现——麻烦是因为准备工作不足。一出戏话多是因为角色已经停止发展，冲突已经停止运动，所以对话只能无目的地打转，让观众感到枯燥，迫使导演为演员设计动作，徒劳地希望能取悦倒霉的观众。

如有必要，应当牺牲“才智”成全角色，而非牺牲角色成全才智。对话必须源于角色，任何妙语警句都不值得你牺牲笔下的角色。既写出生动、机智、动人的对话，又不损失发展的角色，这是可能的。

让人物用他所属世界的语言讲话。让机修工满嘴机械术语，赛马场票贩子满嘴赌注和赛马。不要把职业形象的描写扩展到荒谬的长度，但也不能完全没有，否则你的任何对话都将是浅薄和无价值的。混淆形象描写是一个在滑稽剧中用得很成功的方法，古板的米兰达姨妈用黑社会习语讲话引人发笑，但在严肃戏剧中就会令人不快。

不要卖弄学问。不要把你的戏当作肥皂盒。可以用一切办法来传达信息，但必须自然巧妙。不要让你的关键角色突破性格一通演讲。观众会尴尬得颤抖，以大笑来躲避。

改革社会不公和阶级压迫的呼声从伊丽莎白时代一直持续到今天，而且越来越响亮。但呼声必须符合发声人的个性，以及时局的推动。在《灵魂拒葬》中，反战的号令发自一位贫穷造就的悍妇玛莎·韦伯斯特。这并没有显得不协调，反而无比贴切，令人心碎。

在保罗·格林（Paul Green）的《旭日颂歌》（*Hymn to the Rising Sun*）中，我们看到有效的展示怎样使得说教全无必要。格林先生简单而富于张力的对话本身就是对角色和时势进行尖刻讽刺的容器。

行动发生在七月四日日出前的一个囚犯营地。一位新来的罪犯因为担心伦特的命运，无心工作和睡眠。伦特因为手淫而被关了十一天的禁闭，只靠定量供给的面包和水维生。行动和讽刺的高潮发生在新来的囚犯不顾队长的命令，在遭打时叫出声来的时候。他挨打是因为队长想让他变得“坚强”，好承担美国国家的压力。伦特被从箱子里抬出来时已经死了，死亡报告上写着“自然死亡”。囚犯们拖着脚去上工，年长的厨师面无表情地念叨着“美国”。仅此而已。这里没有一句话在谴责支持这种不人道行为的法律。相反，队长还生硬直接地发表了一通演说，解释为什么要对这群被铁链锁住做苦工的囚犯这样严苛。然而这出戏却是对美国刑法典这部分内容最尖锐的控诉。

你无须演讲也能发出抗议。让机智的语言真正成为戏剧的一部分。记住，你的戏剧不是杂耍讽刺小品，自顾自的“噱头”会毁掉戏剧的连续性。只有完全与说话人融为一体，它们才有存在的必要，而且还必须实现除“搞笑”以外的其他功能。莎士比亚在《错中错》里，让德洛米奥兄弟说的大部分都是非常糟糕的双关语，不能为戏剧增添任何意义。但在《奥赛罗》中，他已经学会让文字游戏成为整体的组成部分。“熄灭这一盏灯，就熄灭了你生命的火焰。”奥赛罗在谋杀之前的这句话，既暗示了事件的走向，也表明了他对此的态度。

20世纪30年代有部名叫《孩子学得快》（*Kids Learn Fast*）的戏，其中幽默的使用失之泛滥。舍夫林先生确实有东西想表达，但他把自己的语言放进了孩子的嘴里。“警长往往在绞刑次日才来。”“密西西比、田纳西、佐治亚、佛罗里达，都没有区别，被追捕的总是黑鬼。”这些不是他描绘的孩子们的自然语言。

现在我们已经讨论过对话的辩证法，它源于角色和冲突，而这两者必须辩证存在。但对话自身也必须符合辩证法，它几乎不能与对象分离。在它的内部，慢慢升级冲突的原则也必须适用。当你列举事物时，你总会把最惊人的放在最后。“市长，”你说，“来了，州长来了——总统也来了！”就连音量也能说明其中的发展，我们会说：“一，二，三！”而不会说：“一！二，三。”有一个经典的颠倒重点的案例，警告人们：谋杀导致酗酒，酗酒导致抽烟，抽烟导致不遵守安息日的规矩，等等。这是个有趣的幽默，但却是糟糕的戏剧。

对话辩证发展最好的例子出自一个其他方面都很糟的戏，就是《白痴的乐趣》（第二幕，第二场）。

艾琳：（与军火商巨头说话）……我必须逃离我的杞人忧天。所以我靠观察我看到的人脸来自娱。看到的都是平凡、悠闲、无聊的人们。（她的语调甜蜜而残酷。）比如那对年轻的英国夫妇。晚餐期间我开始观察，他们坐在那里，紧紧地靠在一起，握着手，膝盖在桌子下面摩擦着。我看到他穿着潇洒、漂亮的英国军装，拿一支小手枪射击一辆巨大的坦克。坦克朝他轧来，他那结实、强壮的身体，那充满着喜悦能量的身体，变成一摊血肉模糊的烂泥——一摊紫色的血浆——像一只被踩烂的蜗牛。但在死亡之前他安慰自己，想道："感谢上帝，她是安全的！她怀着我的孩子，那孩子会活下来，看到一个更好的世界。"……但是我知道她在哪儿，她正躺在一座被空袭炸毁的地窖，她坚挺年轻的乳房，与一个手脚断裂的警察的内脏混杂在一起，她子宫里的胚胎溅洒在一个死去大主教的脸上。我就靠这样的想象来自娱，阿奇里斯。那让我非常自豪地想到，我与你如此靠近——是你让这一切成为可能。

舍伍德先生用一个"甜蜜而残酷"的语调构建出一幕悲剧。而在悲剧的顶点，他加入一个希望，但很快又用讽刺的笔法使得悲剧意味更加强烈。那段讽刺描绘比之前一段更加可怕。接着最终抵达自我厌恶的高潮，有意识地堕落和参与到恐怖中去。其他任何安排都不可能达到这种效果。反高潮的发生将是不可避免的，而且非常富于悲剧意味。

正如冲突必须源于角色，语言的意义来自冲突和角色两者，所以语言的风格必须来自上述三者。语句必须随着剧情的构建而构建，通过风格和意义来传达每个场景的节奏和意图。说到这里，莎士比亚再次成为我们的最佳案例。在他的哲思段落中，句子是严肃慎重的；而在他的爱情场景中，台词则像抒情诗一般，自由流淌。然后，随着动作的增加，句子越来越短，越来越简单，这样一来，不仅是句子内容，就连词语和音节，都在随着戏剧的发展而变化。

辩证的方法不会剥夺编剧的创意特权。一旦角色开始运动，他们的路径和语言在很大程度上都已确定；但角色的选择权全在于你。因此，要考虑你的人物会使用的习语，以及他们的声音和讲话的方式。想想他们的性格、背景，以及这些因素会对他们的语言产生的影响。编排好你的角色，他们的对话自会处理好自己。当你观看《熊》大笑时，应该记住的是，契诃夫是通过让一个夸夸其谈的角色和一个死要面子的角色对抗，才取得了这种夸夸其谈和死要面子的效果。而在《骑马下海的人》（*Riders to the Sea*）中，约翰·米林顿·辛格（John Millington Synge）用一种令人悲伤但又愉快的节奏影响了我们，其中的人物以和谐的韵律讲话，但风格又各不相同。莫如亚、诺拉、凯瑟琳和巴特利都用阿兰群岛的口音讲话。但巴特利神气活现，凯瑟琳富于耐心，诺拉年轻敏捷，莫如亚年迈迟缓。他们堪称英语语言中最美的组合之一。

还有一点。不要过分强调对话的作用。记住，它只是戏剧表达的媒介，不可能比整体更重要。它必须和谐融入戏剧。在《铁人》（*Iron Men*）的制作中，诺尔曼·贝尔·盖迪斯（Norman bel Geddes）因为出色的布景而遭到批评，他在舞台上搭起了一座真正的摩天大楼。对于戏剧来说，这样的布景好过了头，会分散原本应当引向角色的注意力。对话经常也会这样，脱离角色，将注意力引向自身。举例来说，《失乐园》（*Paradise Lost*）就因为冗词而令许多奥德茨的欣赏者失望。这出戏从头到尾充斥着不必要的言辞，背离了角色的真正用语习惯，只是硬插进来好让对话带上口音。结果却使得角色和对话都受到损害。

所以总结起来就是：好的对话是精心挑选角色的结果，并且在前提得到证明之前，要允许它们辩证发展，直至达到缓慢升级的冲突。

4．试验

问：你制定了这么严格的规则，我不知道还有谁能进行试验（experimentation）。根据你的提醒，如果一个倒霉的剧作家省略了任何你所谓的一部戏剧必须包含的元素之一，结果都将是可怕的。你难道不知道，人们制定规则只是为了打破——而且经常都会躲避它吗？

答：是，我们知道。但你几乎可以用这种方法做任何事情——你可以尽情试验，直至满意为止。正如人可以潜水、飞行、在极地和热带生活，但他不可能在没有心或肺的情况下存活，缺少基本元素，你不可能写出一部好戏。莎士比亚是他那个年代最大胆的试验家。打破亚里士多德三一律中的任何一项都是严重犯罪，但莎士比亚把时间、地点和行动三项统统都打破了。每一位伟大的作家、画家、音乐家，都曾打破过某些曾被奉为神圣的铁的定律。

问：你这么说是在强化我的观点。

答：那就审视一下这些人的作品。你会发现角色是在冲突中发展的。他们打破了所有的规则——但基础性规则除外。他们以角色为基础。拥有三个维度的角色是所有出色戏剧的基础。你会在他们的作品中看到不间断的转变。而最重要的是，你会发现方向，即一个明晰的前提。此外，如果你知道你要找的是什么，你还会发现清晰的编排。它们都在不知情的情况下遵循了辩证法。

没有哪两个人会有相似的交谈、思考和说话方式。也没有哪两个人有类似的写作风格。如果你以为辩证法是想迫使每个人的戏剧都变成一个模式，那就大错特错了。与此相反，我们希望你不要把创意和诡计弄混。不要寻求特殊效果、惊喜、气氛、情调，因为要知道，它们全部都取决于角色。你可以选择试验，但要遵循自然法则。在这些法则的规定下，可以创造出任何东西。有一个很有趣的知识点，星星的诞生和人一样：对立方受到吸引，形成一个星云状的物质，如果条件合适，它就会开始进化。其中也普遍存在着转变。每片星云、每颗恒星都不一样，但它们的元素构成是相同的。如果它们的关系不固定，那它们几乎随时可能发生相撞，摧毁彼此。星系中也有流浪汉——彗星，但它们也受同样的法则控制。所以，既然万事万物都互相依赖，那角色也是互相依赖的。他们必须拥有某些同样的基本元素——三种维度。除那以外，你可以按照你的选择进行试验。你可以突出某种特质，你可以扩大细节，你可以涉及潜意识，你可以尝试多种形式的效果。你可以做任何能想到的事，只要它们能代表角色。

问：你如何分类威廉·萨洛扬的《我的心在高原》（*My Heart's in the Highlands*）？

答：当然是看作试验。

问：你认为这是一出好戏吗？

答：不是，它脱离生活。角色生活在真空。

答：那就是说你不赞成这样？

答：当然不赞成。每项试验，无论结果多么糟糕，从长远来看，其付出的劳动都是值得的。大自然也一直在经历试验。如果结果失败，试验会被废弃，但要等所有改善的可能性都穷尽之后。如果你对自然历史有所了解，那么你会感到震撼，因为大自然会尝试每一种能想到的方式表达自己。

马蒂斯、高更、毕加索在进行绘画试验时，并没有抛弃构图的基本准则。他们反而重申了那些准则。他们一个强调色彩，一个强调形式，一个强调图案，虽然线条和色彩各不相同，但都以它们作为构图的牢固基础。

在一出糟糕的戏剧中，人物好像自给自足，独自生活在世界上。彗星并不自给自足，流浪汉也不能，他必须靠乞讨、偷窃或者借债为生。大自然和社会中的一切事物都彼此依赖，无论是演员、太阳，还是一只昆虫。

这里有一个大自然对一棵树所做的试验。如你所知，一棵树不管遇到什么阻碍，都会向着太阳生长。但有一粒橡子落进了一块陡峭岩石上的一条裂缝。种子发芽长出一棵小苗，一切都很正常，只是它是水平生长，而非朝向太阳。岩床让它没有机会直立伸展。一段时间之后，它钻出岩石屋顶，开始设法向上生长，但树冠太重，看上去一定会折断。但这时奇迹发生了。顶部的树枝中有一根开始转身朝山腰生长，钻进了另一条裂缝，保证了立足点的稳定。另一根树枝紧随其后，然后是第三根，直至树干获得足够的支撑。这个所谓的大自然的试验其实根本不是试验，因为它碰巧是在无法摆脱的必然性的力量作用下发生的。必然性会让角色做出一些正常情况下根本想象不到的事情。

艺术家和作家之所以要试验，是因为他们感觉到，如果想充分表现角色，就必须这样做。即便我们拒绝接受，他们的试验依然是有益的，因为我们能从中学习。

我们想一遍又一遍地强调，大自然在它所有的表现形式中，都存在着万变不离其宗的辩证法。即便是我刚刚提及的树也有它的前提。那棵树和地心引力之间也存在编排，存在冲突。树木的生长和树枝的行动中都存在转变。树木的成功过程中有危机、高潮和结局。大自然对一棵树所做的，剧作家对角色也能做到。如果遵循了辩证法的基础原则，他尽可以大胆试验。

5．戏剧的时效性

问：你告诉我的大部分内容我都赞同。但选择有时效性的主题呢？我们可能会找到一个明晰、合理的前提，有可能带来大量冲突，但却被一个剧场经理拒绝，因为不具有时效性。

答：你开始担心剧场经理的想法会对你的戏剧造成影响时，你就迷失了。如果你坚信不疑，那就写吧！不管大众和经理怎么想。一旦你试图用别人的头脑思考，你可能就会停止写作。如果你的戏剧很棒，公众会喜欢的。

问：是不是可以说有些主题适时，有些则不适时呢？

答：只要写得好，一切主题都是适时的。人类的价值取向只要是从周围力量中自然长出，那么就会保持不变。人类的生命一直都很珍贵，将来也依然如此。生活在亚里士多德时代的人，如果将其放在当时的环境中忠实描绘，会和今天任何人一样令人激动。我们有机会将他的时代与我们的进行对比，能看见从那时起取得的进步，并且推测前方的道路。你难道没看过最新式的戏剧吗？就像两个母亲各自背诵子女优点的场面那般无聊。但罗伯特·E. 舍伍德的《伊利诺伊州的林肯》（*Abe Lincoln in Illinois*）在今天拥有重要地位；莉莉安·赫尔曼的《小狐狸》诞生在二十世纪早期，但却优于当年的作品，原因很简单，那就是角色们有机会发展。《家庭画像》（*Family Portrait*）涉及的是耶稣的家庭问题，算不上焦点新闻，但依然令人激动。另一方面，也有考夫曼和哈特合著的《美国的方式》（*The American Way*），S. N. 贝尔曼（S. N. Behrman）所著的《没时间演喜剧》（*No Time for Comedy*），两部戏都涉及当时真实发生的热点问题，但都没有新鲜感，也不生动。像《玩偶之家》这类合乎情理、写作出色的戏，永远都能反映其所处的时代。

问：我还是感觉有些话题相比其他时效性更强。比如诺埃尔·科沃德的戏都是关于无用的人，他们对进步主流既没有贡献，也不会造成损失。这类人值得写吗?

答：值得，但当然得出现在更好的戏剧中。科沃德的戏中没有一个真实的角色。如果他曾创作过拥有三个维度的角色，如果他曾深入过他们的背景、他们的动机、他们与社会的关系、他们的前提、他们的失意，那他的戏就有看的价值。

尽管几百年来，文学一直在处理人的问题，但我们其实直到十九世纪才开始理解角色。莎士比亚、莫里哀、莱辛，甚至易卜生，都是凭借本能在了解角色，而非通过科学的手段。亚里士多德宣称，角色从属于行动。阿契尔说必须是作者才能洞穿角色。还有其他一些权威认为，角色对他们是个谜。我们很高兴地得知，科学为我们与亚里士多德及其阐释者的分歧提供了先例。密立根，美国最伟大科学家之一，诺贝尔奖获得者，若干年前曾宣称，要想转化原子能为人类使用，无异于一个永远也无法实现的白日梦，因为分裂原子所需要的能量，远远多于我们能从中获取的能量。但接着另一位诺贝尔奖获得者，阿瑟·H. 康普顿（Arthur H. Compton）宣称，如果能将锕铀完全转化为能量，那么它的每个原子将能释放出两千三百五十亿伏的能量。在一个只携带约四十分之一伏能量的中子的撞击下，锕铀会分裂成两颗巨大的原子弹，每一颗都携带一亿伏的能量，因此释放的能量将是投入的约八十亿倍。角色也拥有无限的能量，但许多剧作家并未学会如何将其释放，为自己所用。只要有一个人，无论是在过去、现在还是将来，都有可能产生一出重要的戏剧——假如人物的全部三个维度都能得到描绘的话。

问：那么无论我处理的是哪个时代，只要我做到了角色拥有三个维度，戏剧就不存在区别了?

答：当你在说三个维度时，我希望你明白，环境也包括在其中，那就意味着，你得对当时的风俗、道德、哲学、艺术和语言有彻底的了解。举例来说，如果你写的是公元前五世纪，你对那个年代必须像你对自己那般了解。就个人而言，我们建议你待在这里，待在新世纪，或许待在你自己的国家或城市，写你了解的人。那样你的任务会轻松许多。如果你做到了让角色拥有生理、社会和心理三个维度，那么你的戏剧的时效性就将是永远。

6. 进场和退场

问：我有一个朋友，是个剧作家，他在进场和退场上遇到了很大的困难。你能就此给些建议吗？

答：告诉他，将角色结合得比现在更彻底些。

问：你怎么知道他没有将角色结合起来？

答：大雨过后，当你发现窗口附近的地面打湿了，就会很合理地推测，窗户在大雨期间被打开了。进场和退场有困难，说明剧作家对角色的了解不够彻底。《群鬼》这出戏在幕起时，我们发现舞台上出现的是恩格斯特兰德和他那位在阿尔文家当差的女儿雷金娜。这位女儿几乎立刻提醒父亲，不要太大声说话，以免吵醒奥斯瓦德，他刚从巴黎回来，旅途疲劳。此外，当父亲开始批评奥斯瓦德睡觉时间太长时，她还觉得，那并不干他的事。恩格斯特兰德狡猾地暗示，她可能对奥斯瓦德有图谋。雷金娜生气了，这就说明，他说到了重点。先不说这段对话的其他长处，它首先就让我们准备好，奥斯瓦德稍后就会进场。我们从恩格斯特兰德那里得知，曼德在城里，从雷金娜那里得知，他随时可能到访。曼德的进场理由很充足，但并不是人为操纵的结果，戏中有许多理由表明，曼德会在此刻出现。雷金娜将恩格斯特兰德推出去，曼德就进场了。她有许多话要对他说——没有一句是闲聊。谈话与之前的场景深深地结合在一起，也正是从那里生出。曼德被迫去叫阿尔文夫人，以便躲开雷金娜的暗示。在阿尔文夫人进场之前的停顿里，他拿起一本书——这个动作推动了一场重要的戏发生。阿尔文夫人在曼德的呼叫下进场。到现在为止，已经有两个角色分别进场和退场了，每一次对戏剧都是必要的。在奥斯瓦德真正出场之前，戏中已经有了许多关于他的讨论，所以我们很期待他的出现。

问：我明白了。但不是每个人都能成为易卜生。我们今天的写作已经变得不同。我们戏剧的节奏变得更快，没有时间来做那么翔实的准备。

答：易卜生时代的剧作家应该和今天的一样多，但你记得名字的有几个？其余的哪儿去了？那些受欢迎但糟糕的作品哪儿去了？他们已经被遗忘，和你持同样想法的也一样。是的，时代变了，风俗变了，但人类依然有心有肺。你的节奏可能变了，也应该变，但动机必须维持不变。原因和结果可能和一个世纪前不同，但它们必须得到清晰而合理的呈现。举例来说，环境是当时至关重要的影响因素。现在依然是。就为了另外两个角色能私密谈话，就送一个角色出门去倒一杯水，然后等他们说完又让那个角色回来，这种做法在当时很糟糕，现在依然不可原谅。

人物不能像《白痴的乐趣》中一样，没有节奏和理由地进进出出。进场和退场是戏剧框架的一部分，就像门窗之于房屋。某人进或出必须有必要的理由。他的行动必须帮助推动冲突的发展，成为角色展示自我过程的一部分。

7. 为什么有些糟糕的戏剧能成功?

想要当剧作家的人经常会想，为了能写出一部好戏，花钱学习是否值得；而与此同时，有些价值还不如写作所用纸张的戏却能赚大钱。这些“成功”的背后隐藏着什么?

让我们来看一出曾取得现象级成功的戏：《艾比的爱尔兰玫瑰》(*Abie's Irish Rose*)。这出戏虽然有明显的不足，但却拥有前提、冲突和编排。作者写的是观众从现实生活和杂耍剧中已经非常了解的人物。角色的不足因为这方面的知识而得到了平衡。观众认为这些角色有真实度，尽管他们只是似曾相识。其次，观众还很熟悉剧中涉及的宗教问题，因为“熟悉内情”而有了优越感，而且高潮更强化了这种感觉。观众沉迷于“孩子应该信什么宗教”的问题中。他们会从内心选择立场。当高潮到来，双胞胎出生时，双方都获得了满足。父母、祖父母、观众皆大欢喜。我们认为这出戏之所以能成功，是因为观众积极的参与使得角色形象鲜活起来。

《烟草路》则完全不同。它毫无疑问是一出非常糟糕的戏——但它有角色。我们不光能看到他们——还能闻到他们。他们的性堕落，他们如同动物一般的存在，都俘获了我们的想象。观众看着他们，就像看着月亮上的人在舞台上展览。纽约最贫穷的观众都感觉，自己的命运比莱斯特好多了。这里涉及优越感。对角色扭曲的强调模糊了真正重要的问题，即社会的再调整。这出戏有角色，但没有发展，所以它才呈现出静态样貌，也使得它的主要目标是展现这些野蛮而低落的生灵。观众们着了迷，蜂拥至剧院观看这些与人类有些相似的动物。

诺埃尔·科沃德非凡的成功源于这样一个事实，他的恐惧其实令人非常愉快：谁将和谁睡觉?他会得到她吗?她会得到他吗?记住，科沃德用他丰富的英国式世故经验挺过了世界大战，是如此迫切地想要获得他能从生活中获取的一切。而被战争拖得身心疲惫的观众，受够了流血与死亡，难免会抓住他的闹剧狼吞虎咽。其中的台词显得非常诙谐，因为它们帮助观众忘却了世界所遭受的打击。科沃德，以及许多和他一样的人，哄骗震惊的观众进入了麻木的休闲状态。今天他已经引不起人们的热情了。

考夫曼和哈特的《你不能把它带走》（*You Can't Take It with You*）算不上糟糕的戏剧，因为它根本不是戏剧。它只是一出精心构建的有前提的杂耍剧。角色都是逗乐的滑稽模样，没有一个与其他人相关。

每个角色都有自己的爱好、需求和怪癖。作者的任务是将他们全都安插进一个策划。它之所以能取得成功，是因为它代表的是一堂人人都赞成但却不用遵守的道德课；它逗得观众发笑，那就是它的目的。

不要忘了，大多数能取得成功的戏剧都并不糟糕。像舍伍德的《伊利诺伊州的林肯》、金斯利的《死路》、豪斯曼（Housman）的《维多利亚女王》（*Victoria Regina*）、贝因（Bein）的《让自由长鸣》（*Let Freedom Ring*）、卡罗尔（*Carroll*）的《虚与实》、莉莉安·赫尔曼的《守望莱茵河》，尽管都存在明显的缺陷，但值得严肃审视。而且它们都以角色为基础。真正糟糕的戏剧都有奇怪之处，它们用一些古怪的东西掩盖了自身的缺陷，而拥有三个维度的角色能让它们成功许多。

如果你对写作好的戏剧不感兴趣，而想快速赚钱，那么你是没有希望的。你不仅写不出好戏，也赚不到钱。忙乱地写着半成品的戏，仿佛有制作人正排队等待争夺他们的作品一般，这样的年轻编剧我们已经见过几百个，但最后他们都因为手稿被拒而灰心丧气。即使是在生意场上，也是那些能让顾客大喜过望的人能争得上游。如果一出戏的写作目的只是赚钱，那它就会缺少诚意。诚意是制造不出来的，当你感受不到诚意时，你是无法将它注入戏剧的。

我们建议你写些你真正相信的东西。还有，看在上天的分儿上，别着急。和你的剧本好好玩，充分享受乐趣，看着你的角色发展，描绘社会中存在的角色，他们的行动是迫于必需，这样一来，你就会发现，你卖出作品的机会更大了。不要为制作人或公众写作。为你自己写作。

8．情节剧

现在来谈谈戏剧和情节剧之间的区别。在情节剧中，转变是有缺陷的，甚至整个缺失。冲突则被过分强调。角色以闪电般的速度从一个情绪高峰跳到另一个，结果就使得他们只拥有一个维度。无情的杀手被警察追捕，途中却突然停下来帮助一位盲人过马路。这种设计即使表面看来也显得很假。一个正忙着逃命的人可能根本就看不见什么盲人，更别说帮忙。而且一个无情的杀手在被盲人挡住去路时，更有可能的做法是将其射死，而非摆出善意的姿态。转变的出现必须让一个拥有三个维度的角色有可信度。缺乏转变就会导致情节剧。

9．关于天才

我们来审视天才的定义：

天才首先是一种不避烦劳的卓越能力。

——托马斯·卡莱尔，《腓特烈大帝》

我们同意。

多才之士通过最大数量的观察，得出最小量的结论，而天才则从最小量的观察中得出最大量的结论。

——欧西亚斯·L.施瓦茨，《杰出人物的一般类型》

我们依然同意。

天才是将许多条件结合的成功结果。

——哈夫洛克·埃利斯，《英国天才研究》

这一条我们稍后再看。

天才：一个人所特有的智力天赋；让人有能力为了特定目标而采取特定行动或取得特别成功的性情或智力天资；超常的智力优越性；各种非同一般的发明或原创能力。

——《韦氏词典》

“天才”的学习速度比一般人要快。他拥有创造才能，会做普通人不会做的事。他在智力上有优越性。但若没有认真的学习，这些都无法保证“天才”成为真正的天才。我们见过普通人超过懒于学习和工作的天才的例子。就称他们为“半天才”吧！其实这种人遍布全世界。为什么这些智商超群的人却默默无闻？为什么他们有许多抑郁而终？看看他们的背景，他们的生理状况，你就会得到答案。他们中有许多从来没有上学的机会（贫穷）。有一些碰到糟糕的公司，超凡的才华被浪费在毫无意义甚至邪恶的冒险之中（环境）。还有一些虽然在学习，但却对选择的学科有错误的认识（教育）。你可能会宣称，真正的天才总能找到成功的方法，但事实并非如此。任何历经不幸依然成功的人，都是因为被给予了成功的机会。

天才超常的智力不一定能强大到引领他走向成功。首先，人必须有一个开端，有机会在所选择的职业领域深化他的知识。天才有能力比其他人更长时间地工作，更有耐心。

这里想说的是，天才并不罕见。《韦氏词典》称，天才是“让人有能力为了特定目标而采取特定行动或取得特别成功的性情或智力天资”。许多人有天资，但排斥这里所说的“特定行动”。如果这种人被环境所迫，不得不采取与他有能力追求的“特定目标”相背离的行动，他该怎么办？在这种情况下，“特定”这个词就显得至关重要。天才之所以是天才，只是因为一件事，那就是采取“特定行动”。当然也有例外：莱奥纳多·达·芬奇，歌德——人类历史上能在不止一个领域脱颖而出的人，可能只有寥寥几十个。不过我们要探讨的是其他那些，像莎士比亚、达尔文、苏格拉底、基督——都只是一个领域内的天才。莎士比亚能与戏院发生关联，可以说运气很好，尽管那种关联一开始只是低层次的。达尔文出身于一个富裕家庭，尽管他取得了大学学位，但依然被家人视为失败者。接着他被带去热带远征，于是他那“有能力让他采取特定行动”的天资终于有了用武之地。其余人也一样。

没有人生来伟大。我们热爱某一特定科目远超其他。如果能拥有拓展知识所需的一切条件，我们都有可能取得巨大的进步；被迫做其他事，我们会感到不满，灰心丧气，最终失败。

苹果树在结果之前，我们就管它叫苹果树。天才难道不是一样的吗？或许不该说天才是取得某种成就的人，也不是几乎取得某种成就的人，甚至不是想要取得某种成就，但却因为某种原因受挫的人。

如果上述引文都说得通，那我们就不该这么说。天才的定义中，没有一条提及成就。它们只是试着分析造就天才的要素。成功就是各种条件的恰当结合，帮助天才发展，在他拥有无限潜能的领域创造成果。这是哈夫洛克·埃利斯定义的含义。欧西亚斯·L. 施瓦茨的观察也没错，“天才从最小量的观察中得出最大量的结论”。但是只有当天才碰巧取得成功时，这种说法才对吗？如果一粒苹果的种子被运到城市中心，丢在坚硬的柏油路面上，被沉重的车轮压碎，那它就不是苹果籽了吗？不，不管在什么地方，它都依然是苹果籽，尽管它没有机会实现它的天命。

一条鱼会产下数以百万计的卵，其中只有千分之一能存活。而在孵化出来的小鱼中，又只有一小部分能发育成熟。但其中的每一颗都是货真价实的鱼卵，具有长成小鱼所必需的全部特质。它们会被其他鱼类吞食，但活下来的也完全不是因为有良好的洞察力。埃利斯是对的：“天才是将许多条件结合的成功结果。”生存是条件之一，遗传则是另一个条件。摆脱贫困是第三个条件，尽管人类历史上许多著名的天才都出身社会底层，靠着一步一步的奋斗才终见光明。贫穷没能压制住这少数的人，但却压制了成千上万其他的人，而那些人如果拥有“许多条件的成功结合”，也有成功的可能性。

而至于所有那些四处游走、捶胸顿足宣称自己是天才的狂徒，我们一时半会还无法将他们驱散。他们讨人厌，但有一些或许是货真价实的。

据说所有的谋杀犯都自称无辜，坚称他们是迫于无奈。犯罪历史告诉我们，他们中有一些确实无辜，尽管那些“更懂内情”的人会大声嘲笑他们。

但我们不能忘记天才的一个重要属性：一种在他所感兴趣的领域内不避烦劳的卓越能力。大多数自吹自擂者都将大量时间花在吹嘘上，留下来可供勤勉工作的时间极少。

再怎么强调也不为过的一个事实是，尽管天才拥有在特定领域内非同一般的精神吸收能力，但其中有许多永远都得不到在其感兴趣的领域一展身手的机会。

要记住的是，大多数天才都是单方面的，你会看到，在相异的氛围中，他们没有发展的机会。

鱼离了水不能活，天才离开他的领域往往会变成笨蛋。

10. 何为艺术?

问：能不能说一个人身上同时拥有好和坏、高贵和堕落的思想呢？是不是每个角色都既可以成为殉道者，又可以成为叛徒？

答：是的。人代表的不仅是他自己和他的种族，还代表全人类。从小的角度来看，他的生理发展与整个人类无异。从在母亲的子宫孕育起，他经历了所有的变形过程，开启了人类从细胞质开始所要经历的漫长旅程。同样的规则既适用于人，也适用于国家。人在迷雾中摸索，在无路的大地上行走，部落、集体和种族曾经也是一样。童年时代、青少年时代、成年时代，他经历的苦难，他为争取幸福而作出的战斗，都与国家所经历的一样。一个人就代表了全人类。他的弱点就是我们的弱点，他的长处就是我们的长处。

问：我必须成为弟弟的看护人吗？我不想为他的行为负责。我是一个个体。

答：猫、鼠、狮子，甚至昆虫也一样。以白蚁为例，雌性白蚁什么都不做，只负责产卵。它们有工蚁、兵蚁，另有一些蚁，其唯一功能就是充当蚁群的胃。它们咀嚼粗纤维食物，加以消化，只有这样才能让食物变得适合食用。这个昆虫社会中的其他成员都会涌向这类白蚁，这些活着的胃袋，从它们那里吸吮处理过的食物维持生命。每个个体都有特定的功能，每个个体都不可缺少。这个组织有序的社会，任何一个分支被毁掉，整体都会毁灭。分开之后，它们无法存活，就像一条神经、一片肺叶、一只肝脏，离开了身体其他部分，也是无法存活的。这些昆虫个体聚集在一起，就形成了一个整的个体——社会。你的身体也一样。每个器官都有独立的功能；将所有零部件协调起来，才组成一个完整的人。而个人又只是人类整体的一部分。白蚁家族中的每个个体都有自己的个性，就像每条腿、每只胳膊或每片肺叶都有自己的特征，但依然只是人体的一部分。出于这个原因，你最好当你弟弟的看护人；他和你都是同一个整体的组成部分，他的不幸势必会影响你。

问：如果一个人拥有人类的全部属性，那么我全面描写他的可能性有多少？

答：不管怎么说，这并非一个轻松的任务，但是只有当你接近这个“全面”的程度时，你的角色刻画才算成功。只有以艺术上的完美为目标，你才能成功，哪怕你永远都无法实现这个目标。

问：那么，什么是艺术？

答：从微观形式来说，艺术不仅是人类社会，也是整个宇宙的完美。

问：宇宙？你是不是扯得有点远？

答：原生动物的构成元素与人体细胞一样。而由数百万这类细胞集合构成的人体，与每个单独细胞的构成元素也一样。在人体细胞的社会中，每个细胞都有特别的功能，正如每个人在人类社会中也有自己的功能。就像细胞代表人，人代表社会，社会代表宇宙。支配宇宙的，是和支配人类社会一样的普遍法则。其中的复合、机制、行动和反应都是一样的。

当剧作家创作出一个完美的人类时，他重现的不仅仅是一个人，还重现了其所属的社会，而那个社会只是宇宙的一个“原子”。所以创造人物的艺术也反映了宇宙。

问：你所谓的“完美”可能是对大自然的照搬式模仿，或是对人类本质的列举。

答：你害怕知识吗？一个工程师了解数学、万有引力定律，了解他所处理的材料的张力，会有害吗？他必须了解职业相关的一切，我们才能讨论他是否有才能造一座既美观又实用的桥梁。他对具体科学的了解，并不影响他在实际操作时的想象力、品味和优雅。编剧也是一样。有些人会遵从所有的技巧法则，但作品却了无趣味。但也有这样的一些人，他们会运用所有可用数据，遵从他们认为有用的规则，并在这些信息中注入自己的情感。他们用想象的翅膀托起所了解的知识，创作出了杰作。

11. 当你写一出戏剧时

一定要构想一个前提。

你的下一步是选择关键角色，即迫使冲突发生的人。如果你的前提刚好是“嫉妒会导致自身及所爱对象的毁灭”，那么这个嫉妒的角色就应该内在于你的前提之中。关键角色必须是一个不惜一切也要为所受伤害而复仇的人，无论是真实伤害，还是只存在于想象。

下一步是组织其他角色。但这些角色必须妥善编排。

必须有牢固的对立统一关系。

注意选择正确的切入点。一定要是一个或更多角色人生的转折点。

每个切入点都要以冲突开始。但不要忘记，冲突分四类：静态、跳跃、预示和慢速升级。你应该只想要升级和预示的冲突。

没有不间断的展示，亦即转变，任何冲突都不可能升级。

升级的冲突是展示和转变的产物，它将确保发展。

冲突中的角色将从一极走向另一极——例如从恨到爱，由此制造危机。

如果发展以稳步升级的方式进行，危机之后会迎来高潮。

高潮的余波就是结局。

要确保对立统一的牢固，这样角色才不会在中途被削弱或退出。每个角色都必须有某种正处于危急关头的东西，比如财产、健康、未来、名声、生命等。对立统一越牢固，你证明前提的可能性就越大。

对话和戏剧的其他任何部分一样重要。每个词都应当源于角色本身。

布兰德·马修斯（Brander Matthews）和他的学生克莱顿·哈密尔顿（Clayton Hamilton）在《戏剧理论》（*The Theory of the Theatre*）中坚称，戏剧只能在剧场中，在观众面前得到评判。

为什么？我们承认，通过有血有肉的演员来看生活比通过印刷纸张容易，但为什么那就应该是唯一的判断方法？如果建筑工也用同样的方法来判断，那将造成多么巨大的材料浪费啊！要先将房子按实际尺寸用真正的材料造出来，潜在房主才能决定，那是不是他想要的房子；要先将桥梁架设在河上，政府才能告诉工程师是否接受这座桥。

戏剧在真正投入制作前就能得到评判。首先，开场就必须能辨认出前提。我们有权知道，作者将引导我们前往何方。角色源自前提，必须通过戏剧的目标来确定他们的身份。他们将通过冲突证明前提。戏剧必须以冲突开始，稳步升级，最终抵达高潮。角色必须得到全面的描绘，无论作者是否告知他们的个人背景，我们都能为每个角色拟出准确的由事件组成的历史。

无论阅读什么戏，如果知道角色和冲突的构成，我们就知道应该期待什么。

存在于进攻和反击、冲突和冲突之间的，是转变，它将它们维系在一起，就像灰浆之于砖块。我们应该像期待角色一样去期待转变，如果找不到，我们就知道，为什么戏剧会跳跃发展，而非自然进展。如果我们发现展示过多，我们就知道戏剧将呈现静态样貌。

如果所阅读的戏剧中，作者对角色的探讨非常详尽，但却不开启他的冲突，我们就知道，他忽视了编剧技巧的基本法则。如果角色面目不清，对话冗长含糊，我们无须制作也能判断这出戏是好是坏。它一定是坏的。

戏剧应该始于一个角色人生的转折点。开场几页后，我们就能看出，这出戏是否做到了这一点。类似的，在阅读开始的一段时间，我们就能了解到，角色是否得到了妥善的编排。无须制作我们也能判断这些东西。

对话必须源于角色，而非作者。它必须指出角色的背景、个性和职业。

如果我们读到的戏剧中挤满了各种人物，他们不做任何与终极目标相关的事，而只是逗乐杂耍，我们就知道，这出戏从基础上就是坏的。

必须经过制作才能判断一出戏好坏的说法，至少是在回避实质问题。它说明持这种观点的人漠视编剧的基础法则，需要外界刺激才能做出最重要的决定。

没错，许多好戏是被糟糕的卡司或不够好的制作毁掉的。但同样，许多好演员也因为演了一出烂戏而被排斥在市场之外。给伟大的小提琴家弗里兹·克莱斯勒（Fritz Kreisler）一把伍尔沃斯商场买的小提琴，看看会对他的技艺造成怎样的影响。反过来，给不懂音乐的人一把斯特拉迪瓦里家族制作的小提琴，结果将是灾难性的。

我们并非对答案一无所知。有些人曾说过，而且以后仍然会说：“艺术不是精准的科学，不像架设桥梁或修建建筑。艺术受情调、感情、个人观点支配，是主观性的。你不可能告诉一位创作者，当他有了灵感时，该用怎样的公式。他会用他的灵感火花指出，不存在定式。”

当然，每个人都可以用他喜欢的方式写作，但有一些规矩他必须遵守。举例来说，他必须使用书写工具和可供书写的介质。这些工具可以是古代的，也可以是现代的，但不可能没有。还有语法规则，就连使用意识流技巧的作家也会遵守某些结构规则。事实上，詹姆斯·乔伊斯这类作家建立的规则，比一般作家所能遵守的要严格得多。所以，在编剧时，个人方法和基础规则之间是不存在冲突的。如果你知道原则，你将成为一个更好的工匠或艺术家。

学习字母表并不是个简单的任务。你记得B看起来像D，W看起来像醉酒的M的时刻吗？当你忙着辨认字母时，想弄懂它们的意思是很难的。但那时的你是否想过，总有一天你在写字时，可以不用停下来思考A或W这类的字母问题呢？

12. 怎样获得灵感

只要有了一个迫切渴望某物的丰满角色，你就有了戏剧。你无须思考情境，激进的角色自己就会创造情境。

首先你必须记住，戏剧不是生活的复制品，而是生活的本质。选择了一种基本情感后，你也可以强调那种情感或特质。

如果你写的是爱情，你应该写伟大的爱情。如果你写的是野心，那应该是残酷的野心。如果你选择了感情，那应该是占有欲强的感情。它们会产生冲突。

我们以简单名词“喜爱”为例。喜爱是推动《银绳》故事发展的情感。但这不是普通的喜爱或爱，而是一种母亲对儿子自私的、占有欲过强的爱。当然，光知道一个人占有欲强并不够，你必须知道原因。一般来说，不安全感和拥有重要地位的欲望是所有夸张特征的基础原因。母亲想成为儿子们关注的焦点，而不允许他们带回的女人拥有正常的重要地位。

喜爱是人类的基础需要，但过度的喜爱则可能是毁灭性的。如果你想摆脱过度的关爱，你会发现那几乎不可能。毕竟，你能拿一个爱你的人怎么办呢？如果你是个正派人，你会被爱你的人绑住手脚，尽管你可能想要逃到千里之外。

戏剧的作用不仅仅在于娱乐，还包括教化。剧作家将人阐述给人看。当你看到舞台上一个角色导致了不幸，你可能会从这一幕中认出自己。

我们以下面这些词为例。

粗暴

一个角色为人粗暴，说明他不能意识到自己的短处。他目光短浅、心胸狭窄、缺乏想象力。他想做正确的事，但是没有能力。他不知道该怎样做。这个人不可避免地会迫使你陷入冲突。

准确

你能想象自己和一个一天二十四个小时都保持准确的人生活在一起吗？这样的人一定是令人厌恶的，他的完美主义要求周围所有人都完美。你必须注意，一个人是不可能做到百分之百完美的。当然，完美主义者意识不到自己也只是普通人，也有缺点和弱点。因此，这样的人一定会与周围的人发生冲突。

自负

一个自负的人（不是普通的爱慕虚荣，而是极端自我主义）势必是高度敏感的。他很容易因为任何真实存在或想象出来的批评而生气。他极度缺乏安全感，必须不断地自我膨胀才能确认自己的重要性。这样的人一定时刻都想按自己的方式行事，其他人想和他共事需要有娴熟的手腕和交际手段。这样的人不可避免地会失去周围人的喜爱、关怀和尊重——你的戏就在这里。

尊贵

一个过分追求尊贵的人（记住我们必须夸大这个特点）应当是戏剧的好素材。你的角色可能是个爱炫耀、自命不凡的人，生怕越雷池一步。让他和一个与他完全相反的人产生冲突，一定要在他们之间建立对立统一，这样他们就无法分离，而你就有了一出非常滑稽的戏。

智慧

任何东西分量过多，哪怕是好东西，也可能非常烦人。你这个智慧的角色总是对的，从不犯错，于是就让周围的普通人觉得自己非常愚蠢和渺小。

尽管他们钦佩和尊敬他，但他让大家感觉低人一等，所以没有人爱戴他，而他最渴望得到的就是大家的爱戴。这使得周围人产生反叛和憎恶之心，感到恼火。

有些人做事总是半途而废。有些人永远拖拖拉拉，总把事情留到明天去做。有些人生性冲动，总是先行动后思考。事实上，人的个性、情感和品质千千万万，这些都能为戏剧、小说创造角色所用。

你可以选一个实实在在的人，一个真实的人，但将他的某一个特性夸大处理。这样你就有了大量戏剧或小说人物，一辈子也远远写不完。

每一个词都代表一个角色。我们再以“笨拙”为例。没必要选一个小丑角色、一个“笨蛋”。而是选一个漂亮且聪明，但是行事笨拙的女人。

任何在某方面表现太过火的人都是故事的好素材。记住，你的角色必须激进。激进的人一定会通过冲突展现自己。幸福的秘诀就在于，明白没有人是完美的；我们必须时刻记住，所有人都有改善的空间。

你必须对自己的故事有深刻的感触——事实上，它应该成为你的信念。你永远都不能害怕写作中出现冲突，因为一旦你产生害怕之情，你的作品就会变得无聊，呈现出静态样貌，无论你原本使用的是怎样的形式。

再好的想法至多也只是个想法。话说回来，想法是什么？是一粒种子。不多不少。要怎么处理，都取决于你。离开拥有三个维度的角色，任何想法都一文不值。

寓言或任何想象的概念只有代表人类的愿望时，才是好的。

任何类型的写作，获取想法都是最简单的。环顾四周，仔细观察，这样你就不得不承认，世界就是一个琳琅满目的糕点店，你只能从各种精致的糕点中挑选最美味的那些。

我列出了一些角色类型的内在特质，可以用它们来创造生动的人物。下面有几个角色类型，你可以试试手。

什么造成了冷酷的角色？（冷酷的角色不一定是坏人）

有某种至关重要的东西面临危险、无法回头、决心、志向、绝望、被逼入绝境、被困、害怕失败、真诚（激进）、巨大的激情（爱、恨、贪婪、嫉妒等）、专注目标、自我中心、一门心思、远见、复仇心、机会主义、贪婪、恶毒

上面是许多冷酷角色的组成特质。挑选你想要的。

一个不思进取的人意味着：

爱做白日梦、缺乏主动性、懒惰、没有生活目标、漫不经心

一个聪明的人意味着：

机灵、思维敏捷、口才好、善于观察、智慧、有天赋、一个好的心理学家

一个无趣的人意味着：

愚钝、自私自利、自我中心、担心或恐惧、缺乏洞见、缺乏观察力或智慧、厌恶享乐

坏脾气意味着：

不体谅、易怒、紧张、缺乏理解、没有耐心、沮丧、憎恨、恶心、倔强、被宠坏的、机智灵敏

反社会意味着：

残酷、贪婪、拘谨、野蛮、无情、任何伤害人类的事物、偏执、乖戾

爱好奢侈意味着：

任性、敏感、自我表现、对美有强烈的渴望、堕落、放纵

自以为是意味着：

吹毛求疵、偏执、害怕、不安全感、自卑情结、刚愎自用、自我本位、自私、爱说长道短、好战者

多疑意味着：

不安全感、负罪感、怀疑论、偷偷摸摸、空虚、怯懦、不幸福、没有评价能力、自卑情结

偏执意味着：

狭隘、根据一套标准评价别人、墨守成规、正直、缺乏想象力、冷漠、愤怒、得体、缺乏弹性、保守、拘谨、谦恭、礼貌、狂热者（狂热者是偏执的，但偏执的人未必是狂热者）、负罪感

无赖意味着：

自我中心、不道德、自私、嫉妒、不安全感、虚荣、浮躁、孤独、自卑情结、缺乏创意

野心意味着：

反抗现状、渴望被认可、渴望正当存在、不满、渴望改变、渴望名声、摆脱挫折、渴望力量、嫉妒、控制、渴望娱乐、自我实现、冷酷、渴望安全

你可以从这里开始，继续寻找无穷无尽的新的、激动人心的想法，只有衰老或想象力的丧失能阻止你。

课堂讨论

问：我想所有这些例子都能帮助我获得想法，但……我不明白为什么人、角色，必须成为他们所属类型的象征。现实生活中的人不一定像你要我寻找的角色那样疯狂或极端。按照你的建议，我害怕我们的故事或戏剧会比一般的夸张。

答：当人们认为你疯了的时候，你会生气吗？你不会？其他人会。你是否曾感到无比嫉妒，让你以为你再也无法忍受？如果你的答案是“不”，那你这样的人实在很罕见，你永远也无法理解渺小人类的动机。

总有些时刻，就连最普通的人也认为必须实施最可怕的报复行动。作家应当捕捉人在危机中的状态。不幸的是，在危机中，没有人能正常行动。如果你经历过灾难，那你不仅仅会理解危机之中角色的精神状态，你还将理解他们向悲剧或胜利终点行进的动机和曲折路途。

当我们阅读故事或是观看舞台表演时，看到残酷、暴力、辱骂和其他所有激烈的情感将人们转变成野兽的时候，我们真正看见的其实是我们自己在人生中某些时候的样子，虽然或许只是很短的时刻。

毋庸置疑，历史上有许多残酷无情的角色，不管怎样，他们是影响了人类命运的人。

让我再强调一次——花些时间写那些已经抵达人生转折点的人，是值得的。他们的例子将成为我们的预警或激励。

13. 结论

如果不能区分香水，你就无法成为香水制造者；如果没有腿，你就无法成为奔跑者；如果五音不全，你就无法成为乐师。

要成为编剧，你首先应当具有想象力和常识。你必须善于观察。你必须永不满足于浅显的知识。你必须有耐心寻找原因。你必须有平衡感和好的品味。你应该了解经济学、心理学、生理学、社会学。这些东西通过耐心和刻苦就能掌握——如果你不肯学，那么你没有办法成为好的编剧。我们经常感到震惊，因为人们总是随随便便就决定当作家或编剧。想成为一名好的鞋匠，需要做大约三年的学徒；想掌握木工或其他任何技能，情况也是一样。那为什么编剧——世界上最难的职业之一——就能一夜养成，无须认真学习？辩证法将帮助那些准备好从事这项工作的人。它将帮助初学者看清前方的障碍，以及他想实现理想必须走的路。

（全书完）

附录　戏剧分析

1.《伪君子》

三幕喜剧

莫里哀著

·概要·

答尔丢夫是个身无分文的无赖，他伪装成虔诚的信徒，获取了富裕的前国王卫队军官奥尔恭的喜爱。

刚在奥尔恭家安顿下来，他就开始重塑这个家庭，他拼命引导他们切断社交生活，成为清教徒。但他真正的意图其实是奥尔恭年轻美貌的妻子艾耳密尔。他劝说奥尔恭强迫女儿玛丽亚娜结束与深爱的瓦莱尔的婚约，称她需要一个虔诚的丈夫，引导她过纯洁的生活。此举激怒了奥尔恭的儿子达米斯，而他正与瓦莱尔的妹妹恋爱。

达米斯抓到答尔丢夫向继母献殷勤，于是当着他的面将一切告诉了父亲，但他的父亲却不相信他。奥尔恭坚持要达米斯向答尔丢夫道歉。达米斯拒绝，奥尔恭一怒之下与他断绝了父子关系。

在这场家庭骚乱之间，奥尔恭将一只盒子交给答尔丢夫保管，其中装的是一个流亡朋友交给他的重要文件。如果文件曝光，奥尔恭将被判处叛国罪，他的朋友也可能送命。

奥尔恭内心深信答尔丢夫的诚实，甚至立契将所有财产都交给他管理。为了拉近两人的关系，他还希望答尔丢夫娶自己的女儿。

艾耳密尔对这些事情感到怨恨，于是设计引诱答尔丢夫，而让奥尔恭刚好就在附近能够听到。幻想破灭后，奥尔恭大发雷霆，命令答尔丢夫离开他家，但却忘了，他已经将财产交给答尔丢夫管理。

第二天，答尔丢夫行使自己的合法权利，强迫奥尔恭及其家人离开宅子，并准备好接管所有财产。他同时还将那只装有奥尔恭朋友秘密的盒子上交给国王。国王认出答尔丢夫是在另一座城市犯过罪的无赖，于是将他打入大牢。鉴于奥尔恭曾在军队忠诚服役，国王将盒子原封不动地还给了他。

·分析·

前提

想坑害别人的人，终将被自己坑害。

关键角色

答尔丢夫迫使冲突发生。

角色

奥尔恭，一位富裕的退役军官，专横、愚蠢、盲信、虔诚——但为什么呢？我们无法得知。

答尔丢夫，一个精心描画的角色，圆滑、善于言辞，是个聪明的心理学家。不过我们只看到他的两面——生理和心理。他的背景依然一片空白。我们想知道他是怎么沦落到靠欺诈为生，是如何拥有这许多能力。我们不了解他的背景，只看到结果，不知道造就他这副模样的原因。

艾耳密尔，一位善良的继母、妻子。她比丈夫年轻许多。她嫁给他是出于爱情、金钱，还是两者皆有？明明奥尔恭的每个想法都是向着答尔丢夫的，而她可悲地遭到忽视，是什么让她成为这样一位模范妻子？

达米斯，儿子，活泼、冲动。我们希望他能帮助挽救局势。但他只成功激怒了父亲，并被赶出家门。他也确实离开了，将那个他明知道会摧毁他家庭的人抛在脑后。家人邀请他后，他又回了家，一切都得到了原谅。他没有成长。

玛丽亚娜，女儿，是个软弱的少女，过于懦弱，甚至不敢为所爱的人反抗。虽然在那个年代，必须严格服从父母的意志，但她至少应该为爱情激烈反抗。面对父亲的愿望，她依然一言不发，虽然表示了异议，但很无力。她必须在女佣的推动下，才先是与恋人复合，然后才无声地反抗父亲；我们对她没什么信心。她完全处于静态，由女仆推动。

克莱昂特，艾耳密尔的兄弟，对戏剧没有贡献。他只和所有人一样，试图阻止奥尔恭的盲信。第一幕他出去过一段时间，什么也没做又回来，要答尔丢夫劝说奥尔恭原谅儿子。他没成功，我们再次看见他是在第三幕，说了些题外话。他对冲突没有帮助。

佩内尔夫人，奥尔恭的母亲，在开场时发挥了展示的作用，结尾时再次登场，增添了些戏剧色彩。没有贡献。

瓦莱尔，我们看到他以玛丽亚娜恋人的身份出现，他至少坚定地认为，玛丽亚娜只能嫁给他。如果玛丽亚娜有力量为爱情抗争，那就用不上他。但她没有，所以瓦莱尔必须出现，为她而反抗。他还发挥了一点额外的作用，证明了奥尔恭有多么盲信，他提出能帮助奥尔恭摆脱警察，表明他是个值得信赖的朋友。不过在那个时候，奥尔恭已经完全意识到自己的错误，所以这个友情的举动证明的事情我们早已知道。

女佣桃丽娜，漂亮、坦率、尖锐，是这出戏剧的必要人物，因为没了她，一些角色很难运动。她虽然聪明，但却是个老套的角色，因为我们想看到人物根据自己的意愿行动——看到拥有三个维度的角色在恰当的冲突中行动。

编排

奥尔恭和答尔丢夫非常匹配，一个简单、轻信，另一个诡计多端。艾耳密尔无法对抗她的丈夫，但却能智胜答尔丢夫。达米斯和瓦莱尔类型相近，都很难反抗关键角色。玛丽亚娜苍白无趣，一阵微风就能吹倒。只有女佣桃丽娜非常大胆、机灵，与答尔丢夫最为匹配，我们应该很高兴看到他们二人发生冲突。

对立统一

这是将这出戏维系在一起的牢固纽带。玛丽亚娜和达米斯的爱情对他们来说至关重要。全家人想要不受答尔丢夫的干扰、继续生活的渴望，将他们维系在一起。当然，艾耳密尔是能够离开丈夫的，但我们不知道她为什么没有离开，我们对她知之甚少，有可能是爱情或金钱拴住了她。我们推测原因为上述之一，或两者皆有。

切入点

危机开始于第一幕中段，奥尔恭决定终止女儿与瓦莱尔的婚约，将她嫁给答尔丢夫。这一幕的前半场是单纯的展示，因此合适的切入点应该是奥尔恭的决定，这时会有一些东西面临危险。

冲突

第一幕的前半场是静态的。那之后，戏剧朝危机和高潮运动，一浪接一浪，但冲突还不够激烈，因为家人与奥尔恭的对立停留在抗议上，没有发展为公开违抗。

转变

具体到奥尔恭和答尔丢夫，他们两个的转变很成功。在第二幕中，答尔丢夫巧妙地从虔诚转为公然向艾耳密尔表达爱意和渴望，甚至试图将自己的激情伪装成神圣的感情。

奥尔恭对答尔丢夫的盲信是一点一点逐渐加深的。

在整出戏剧中，除少数例外，转变都处理得很出色。

发展

答尔丢夫从欺骗到羞辱。奥尔恭从信任到幻想破灭。

家里的其余人没有发展。他们开始时憎恨答尔丢夫，结束时依然憎恨他。唯一的发展发生在年轻的妻子艾耳密尔身上。她从顺从转变为用计谋实际引诱答尔丢夫。但她在感情上没有变化。我们原本希望她在丈夫眼中的地位会上升，或者从顺从变成一个独立的妻子。但她没有。

危机

艾耳密尔让奥尔恭躲起来，同时计划揭露答尔丢夫。

冲突

答尔丢夫东窗事发，命令奥尔恭及其家人离开。

结局

最后，就在答尔丢夫即将大获全胜之际，国王认出他是个流氓，曾顶着假名在里昂连续犯罪，答尔丢夫被捕。

前提是：“想坑害别人的人，终将被自己坑害。”对于证明前提来说，国王的干预是个无力的设计。

对话

出色，尤其是答尔丢夫与奥尔恭的对话。语言符合人物个性。

2.《群鬼》

亨利克·易卜生 著

·概要·

阿尔文夫人建了一座孤儿院，用以纪念死去的丈夫。牧师曼德先生前来咨询，是否应该为房子买保险。买就意味着他们不信上帝，不买又面临风险。阿尔文夫人同意不买，但又表示，如果房子烧毁，她不会补偿。

阿尔文夫人的儿子奥斯瓦德已经从国外回来两天。他是位艺术家，从七岁起就离开了父母。他从自己的经验中得出的一些观点与母亲从书本中得出的一样——那些观点却让曼德先生感到恐惧，因为它们涉及的是真理，而非职责。

恩格斯特兰德是个声名狼藉的老头，他的女儿雷金娜在阿尔文家当用人，接受阿尔文夫人的教育。恩格斯特兰德希望为水手开一间客栈，想让雷金娜过来工作，但雷金娜有其他的想法，和奥斯瓦德有关。他要求神父迫使雷金娜履行职责，但阿尔文夫人却拒绝放雷金娜走。

曼德先生感到有责任与阿尔文夫人谈谈她的所作所为。他提醒她，她曾是个坏妻子，结婚一年就离开丈夫，跑到他这里来寻求爱情和保护。他很自豪当时将她送了回去。他表示，现在他发现她竟然赞同她儿子的邪恶想法，竟认为在教会的许可之外竟然还能有体面之事。阿尔文夫人将自己婚姻的秘密告诉了他。原来她的丈夫从未改过自新，他的好名声都是她维持的结果。两人结婚时，他就已经感染梅毒，婚后他甚至更放荡。最离谱的是，他竟然引诱他们的女佣，即雷金娜的母亲。雷金娜的父亲是阿尔文上尉，而非恩格斯特兰德。阿尔文夫人刚讲完这段往事，就听见奥斯瓦德和雷金娜在餐厅谈话，简直像他们父母的阴魂不散。

奥斯瓦德告诉母亲自己病了。医生告诉他疾病的真相，表示“父辈之罪，亦会殃及子孙”。奥斯瓦德只记得母亲信件中为他描绘的父亲的光辉形象，因此怒不可遏。他相信，生病应该归咎于自己那些其实无伤大雅的快乐时光，想到自己是自作孽，他备感折磨。他想与雷金娜结婚，安度余生。

阿尔文夫人决定告诉两个年轻人真相，但却听到消息说孤儿院着火了。房子被烧毁后，我们才得知曼德和恩格斯特兰德当时一直在附近的木匠店祷告。恩格斯特兰德坚称是曼德牧师往刨花中丢了一根点燃的蜡烛芯。曼德吓坏了，不知这件事会对他在社区的地位造成怎样的影响，恩格斯特兰德则抓住机会勒索。他表示，如果曼德肯拿出上尉留下来的私人财产帮他修建客栈，他就承担罪责。曼德欣然接受。

阿尔文夫人给雷金娜讲了她的故事，雷金娜很生气。她觉得自己本应该接受教育，被当作阿尔文家的女儿抚养。现在她知道奥斯瓦德病了，庆幸没有嫁给他，还决定与恩格斯特兰德共命运。奥斯瓦德只剩下母亲陪伴，揭示了最恐怖的事情。原来他的病不只是简单的不舒服，他的大脑正在软化，随着时间流逝，他会变得越来越无用。他知道如果情况真是那样，到时候雷金娜将会让他死掉，他希望母亲答应也要到时候让他死掉。但阿尔文夫人却拒绝了，当奥斯瓦德把吗啡药片拿出来时，她吓坏了。黎明到来，他再次犯病，摸索着坐在那里寻找太阳。阿尔文夫人意识到死亡对他是种解脱，于是便去寻找药片。

·分析·

前提

父辈之罪，亦会殃及子孙。

关键角色

曼德

角色

阿尔文夫人是个丰满的角色。我们可以追溯她的生活，从她作为顺从的女孩开始，到她成为担惊受怕的年轻妻子，虽然遭遇了极大的苦难，依然放弃自由而履行她的家庭“职责”。从那时起，她的人生目的就变成，为了儿子而拯救丈夫的名誉。在这之间的岁月，她的心灵取得了惊人的发展，很容易就抛弃了早年脆弱的信仰。她是个坚强、果决的女人。

曼德先生是位虔诚的教徒，但拒绝相信事实。他一生都受良心指引，但在名誉面临威胁时，作为真理的启蒙者，他却允许自己被需要腐化。

奥斯瓦德，聪明，有艺术气质，相信现实。他过着自己认为合适的生活，并根据自己所见，而非所闻来判断。

雷金娜，一个健壮、粗俗、精明的女孩。

恩格斯特兰德是个聪明的骗子，天生精明。不过他并不坏——事实上，他还有一定的魅力。

所有角色都具有三个维度。

编排

全都得到了很好的编排：阿尔文夫人清醒的头脑对比曼德盲目的虔诚，恩格斯特兰德的狡猾对比曼德的高度信任，雷金娜的独立和精明则与恩格斯特兰德的精明相对应。奥斯瓦德聪明，坚决。

对立统一

阿尔文夫人和曼德先生都想维护阿尔文上尉高贵人格的神话，而且都不计代价地阻止雷金娜和奥斯瓦德的婚事，因为两人是同父异母的兄妹。

切入点

第一幕是通过稳步升级的冲突进行展现的绝佳案例。

冲突

开场冲突层级很低，但以不断增强的幅度升级。主要问题在曼德和恩格斯特兰德的那场戏中得到预示，然后在第二幕的结尾升级到紧张的高音。第三幕再次始于低水平——虽然依然紧张，之后全力升级到结局。

转变

从一开场，冲突之间就存在极好的转变——开始引出阿尔文夫人讲述真相，丈夫从未改过自新，雷金娜是他的私生女，然后到曼德和恩格斯特兰德的那场戏，之后是奥斯瓦德决定和雷金娜结婚。最终曼德被说服，让恩格斯特兰德承担孤儿院大火的罪名，而这样的做法一般来说是违背他的标准的。第三幕中的转变稳步升级直至最终的高潮。

发展

阿尔文夫人认识到自己多年来帮丈夫掩饰真相是愚蠢的。

曼德先生从严守道德准则到撒谎挽救声誉。

奥斯瓦德从正常到疯狂。

雷金娜从一个尊重阿尔文夫人和奥斯瓦德的顺从女孩转变为抛弃他们。

恩格斯特兰德成功地为水手客栈筹到了钱。

危机

奥斯瓦德决定和雷金娜结婚。

高潮

奥斯瓦德的精神崩溃。

结局

阿尔文夫人寻找吗啡药片。

对话

出色，所有台词都符合角色个性。

3.《悲悼》

《归家》，三部曲第一部

尤金·奥尼尔 著

·概要·

通过一群正在寻找新英格兰孟南宅邸的人的对话，我们得知，孟南是个富有家族，这家里的父亲和儿子去参加内战，只剩母亲与女儿留在家。我们得知，镇上的人都不喜欢这位母亲克丽丝汀，因为她是外国人。我们听说了这家里的家丑：埃兹拉·孟南的叔叔大卫因为与法裔加拿大女护士有染而“陷入麻烦”，之后与之结婚。

行动展示，这家里的女儿拉维尼娅痛恨母亲，喜爱父亲和弟弟。她曾与母亲克丽丝汀一同前往纽约，证实了她的怀疑——克丽丝汀和亚当·布兰特是情人。布兰特是个船长，经常光顾他们家，表面看来是为讨拉维尼娅欢心。拉维尼娅还怀疑布兰特就是那位曾做出背叛之事的女护士的儿子。她设计使其承认了这一事实，两人发生争吵。接着拉维尼娅转而告诉母亲，除非她放弃布兰特，做一个忠实的好妻子，否则就把事情告诉父亲，并把布兰特列入所有航船的黑名单。克丽丝汀同意了，但又透露出对丈夫的憎恶。

克丽丝汀迫使布兰特加入毒死埃兹拉的计划。他买毒药，她来执行。

埃兹拉返回，受到女儿欢迎。她不想让父母独处，但被迫离开。埃兹拉向克丽丝汀表达爱意，渴望更美好的生活。克丽丝汀为稳住他，未表露任何冷漠，也未在两人之间设置障碍。

那晚晚些时候，两人在房间里说话。埃兹拉很受伤，因为克丽丝汀对他虽顺从但冷淡。她故意透露了她与布兰特的私情。埃兹拉心脏病发，克丽丝汀给他强行灌下毒药。埃兹拉呼唤拉维尼娅，后者冲进房间。埃兹拉说“有罪的是她——而不是药”，然后死在女儿怀中。

拉维尼娅质问克丽丝汀，后者崩溃。拉维尼娅发现地板上的毒药药丸，猜疑得到证实。她哭求死去的父亲指引，幕落。

4.《八点的晚餐》

三幕剧

乔治·S. 考夫曼和埃德纳·费柏　著

·概要·

米莉森特·乔丹是个上流社会妇女，她正计划为社交名流费恩克里夫勋爵与夫人筹办一场晚宴。她还邀请了塔伯特医生与妻子，丹·帕卡德及夫人基蒂，卡洛塔·万斯，以及拉里·雷诺。她的女儿宝拉则未受邀请。

这出戏主要讲述宾客、主人、宝拉以及乔丹家用人的个人悲剧。我们发现，奥利弗·乔丹的生意已经摇摇欲坠，他希望丹·帕卡德能帮忙，但后者却想欺骗他。我们还得知，奥利弗患有心脏病，剩下的时间不多。

而丹·帕卡德则遭到卑鄙的年轻妻子基蒂的背叛。他为她提供了奢侈的生活，但却忽视她，她于是与塔伯特医生打得火热。在一次争吵中，她将不忠的事告诉了丹，但却未提及塔伯特的名字。丹不敢与她离婚，因为担心她将自己的不正当交易内幕公之于众。基蒂的女佣蒂娜开始勒索她，要挟透露她情人的身份。

塔伯特医生厌倦了基蒂。他虽然爱自己的妻子，但私情不断。露西·塔伯特知道丈夫的不忠，但依然希望他能改过自新。

卡洛塔·万斯是个一度享有盛名的女演员，拥有乔丹公司的股份，并承诺不会出售。但她却违背誓言，将股份卖给帕卡德的一位代理。

拉里·雷诺是个正在走下坡路的动作片演员，受邀来做卡洛塔的男伴。他和宝拉·乔丹是恋人关系，不过宝拉的父母与她的未婚夫甚至都不知道他们认识。他因为傲慢和酗酒而与经纪人麦克斯·卡恩发生争吵，后者最近一直在为他争取一个角色。卡恩告诉雷诺，他早已成为制片人口中的笑柄，自己因为怜悯一直隐瞒。拉里意识到自己现在既无名也无钱，于是自杀身亡。

乔丹家的司机里奇和男管家古斯塔夫都喜欢女佣朵拉。朵拉更喜欢古斯塔夫，并坚持要嫁给他。两人在晚宴前一天结婚。里奇得知后，便开始攻击古斯塔夫，两人发生打斗，都受了伤。接着在晚宴当天下午，卡洛塔·万斯当着古斯塔夫和女佣的面提及，她认识古斯塔夫的妻子和三个孩子。

仆人们争斗之际，龙虾肉冻变质了。米莉森特得知了此事，还了解到两个男人在晚宴前都发生了“事故”。费恩克里夫夫妇去了佛罗里达，米莉森特终于爆发。这时宝拉试图告诉母亲，她对雷诺的爱（她不知道他已经去世），奥利弗也请辞，因为身体不适，不想参加餐后聚会。米莉森特对他们大发雷霆，说晚宴只剩八个人，而他们竟然还拿琐事烦她。于是她邀请姐姐和姐夫凑数，并将宴会时间推迟到八点。

5.《白痴的乐趣》

罗伯特·舍伍德 著

·概要·

一群人在一座酒店中，这里曾属于奥地利阿尔卑斯山地区，现在却成了意大利的领土。空气中弥漫着战争即将爆发的气氛，一直能看到意大利军官。酒店里的住客包括：德国科学家瓦德西博士，他迫切地想去苏黎世继续试验寻找癌症疗法；从英国来度蜜月的切利夫妇；法国激进社会主义者奎勒里；杂耍剧演员哈里·范及其"金发"性感女郎团；军火巨头阿奇里斯·韦伯及其旅伴艾琳。

哈里·范确定艾琳就是那个曾与他在奥马哈有过一夜情的女郎。但她却否认。奎勒里则四处吆喝反战口号，因为战争是由英国、法国、意大利——所有国家共同发起的。接着，当法、意宣战，奎勒里转变成激烈的爱国主义者，反对意大利。他被枪击身亡。第二天早上护照来了，除艾琳外所有人都可以离开。博士返回德国，因为自己的人道主义工作和世界局势而感到痛苦。切利先生回国应募入伍。韦伯要继续从事他赚钱的军工企业。但因为艾琳最终表达了对他的行为的鄙视，他于是设法将她甩下。

艾琳向哈里承认，她就是曾经那个女郎，当其他人都走后，他返回酒店。正如艾琳所说，全世界都加入了"摧残平民百姓"的战争。她与哈里高唱《前进吧，基督的士兵们》（*Onward, Christian Soldiers*），而战火正在头顶和四周肆虐。

参考剧目

《伊利诺伊斯州的林肯》（舍伍德）*Abe Lincoln in Illinois* (Sherwood)

《艾比的爱尔兰玫瑰》（尼科尔斯）*Abie's Irish Rose* (Nichols)

《阿伽门农》（埃斯库罗斯）*Agamemnon* (Aeschylus)

《美国的方式》（考夫曼和哈特）*The American Way* (Kaufman and Hart)

《安提戈涅》（索福克勒斯）*Antigone* (Sophocles)

《安东尼与克里奥佩特拉》（莎士比亚）*Antony and Cleopatra* (Shakespeare)

《醒来歌唱》（奥德茨）*Awake and Sing* (Odets)

《熊》（契诃夫）*The Bear* (Chekhov)

《黑色深渊》（莫尔茨）*Black Pit* (Maltz)

《黄铜脚踝》（海沃德）*Brass Ankle* (Heyward)

《灵魂拒葬》（欧文·肖）*Bury the Dead* (Shaw)

《生涯》（李）*Career* (Lee)

《热铁皮屋顶上的猫》（威廉斯）*Cat on a Hot Tin Roof* (Williams)

《樱桃园》（契诃夫）*The Cherry Orchard* (Chekhov)

《孩子们的时刻》（赫尔曼）*The Children's Hour* (Hellman)

《错中错》（莎士比亚）*The Comedy of Errors* (Shakespeare)

《克雷格之妻》（凯利）*Craig's Wife* (Kelly)

《死路》（金斯利）*Dead End* (Kingsley)

《推销员之死》（阿瑟·米勒）*Death of a Salesman* (Miller)

《爱情无计》（科沃德）*Design for Living* (Coward)

《项链》（莫泊桑）*The Diamond Necklace* (de Maupassant)

《八点的晚餐》（考夫曼和费柏）*Dinner at Eight* (Kaufman and Ferber)

《玩偶之家》（易卜生）*A Doll's House* (Ibsen)

《地与天》（格雷厄姆）*Earth and High Heaven* (Graham)

《远足》（沃尔夫森）*Excursion* (Wolfson)

《家庭画像》*Family Portrait*

《浮士德》（歌德）*Faust* (Goethe)

《腓特烈大帝》（卡莱尔）*Frederick the Great* (Carlyle)

《乔治与玛格丽特》（萨沃里）*George and Margaret* (Savory)

《群鬼》（易卜生）*Ghosts* (Ibsen)

《好望角》（海厄曼斯）*Good Hope* (Heijermans)

《卫士》（莫尔纳）*The Guardsman* (Molnar)

《哈姆雷特》（莎士比亚）*Hamlet* (Shakespeare)

《枯草热》（科沃德）*Hay Fever* (Coward)

《海达·高布乐》（易卜生）*Hedda Gabler* (Ibsen)

《旭日颂歌》（格林）*Hymn to the Rising Sun* (Green)

《送冰的人来了》（奥尼尔）*The Iceman Cometh* (O'Neill)

《白痴的乐趣》（舍伍德）*Idiot's Delight* (Sherwood)

《铁人》*Iron Men*

《旅程的终点》（谢里夫）*Journey's End* (Sherriff)

《朱诺与孔雀》（肖恩·奥凯西）*Juno and the Paycock* (O'Casey)

《孩子学得快》（希夫林）*Kids Learn Fast* (Shifrin)

《李尔王》（莎士比亚）*King Lear* (Shakespeare)

《让自由长鸣》（贝因）*Let Freedom Ring* (Bein)

《狮子上街》（兰利）*A Lion Is in the Streets* (Langley)

《小狐狸》（赫尔曼）*The Little Foxes* (Hellman)

《麦克白》（莎士比亚）*Macbeth* (Shakespeare)

《天生一对》（斯沃林）*Made for Each Other* (Swerling)

《美狄亚》（欧里庇得斯）*Medea* (Euripides)

《威尼斯商人》（莎士比亚）*Merchant of Venice* (Shakespeare)

《悲悼》（奥尼尔）*Mourning Becomes Electra* (O'Neill)

《我的心在高原》（萨洛扬）*My Heart's in the Highlands* (Saroyan)

《夜间乐声》（奥德茨）*Night Music* (Odets)

《没时间演喜剧》（贝尔曼）*No Time for Comedy* (Behrman)

《俄狄浦斯王》（索福克勒斯）*Oedipus Rex* (Sophocles)

《一生一次》（考夫曼和哈特）*Once in a Lifetime* (Kaufman and Hart)

《奥赛罗》（莎士比亚）*Othello* (Shakespeare)

《失乐园》（奥德茨）*Paradise Lost* (Odets)

《费城故事》（巴里）*The Philadelphia Story* (Barry)

《海军的骄傲》（马尔茨）*Pride of the Marines* (Maltz)

《马姆洛克教授》（弗里得里希·沃尔夫）*Professor Mamlock*（Friedrich Wolf）

《卖花女》（萧伯纳）*Pygmalion* (Shaw)

《阳光下的葡萄干》（汉斯博里）*Raisin in the Sun, A* (Hansberry)

《骑马下海的人》（辛格）*Riders to the Sea* (Synge)

《罗密欧与朱丽叶》（莎士比亚）*Romeo and Juliet* (Shakespeare)

《客房服务》（博雷茨和穆雷）*Room Service* (Boretz and Murray)

《海鸥》（契诃夫）*The Sea Gull* (Chekhov)

《银绳》（霍华德）*The Silver Cord* (Howard)

《云雀》（拉菲尔森）*Skylark* (Raphaelson)

《社会主义下人的灵魂》（王尔德）*The Soul of Man under Socialism* (Wilde)

《搬运工》（彼得斯和斯科拉）*Stevedore* (Peters and Sklar)

《甜蜜的青春鸟》（威廉姆斯）*Sweet Bird of Youth* (Williams)

《伪君子》（莫里哀）*Tartuffe* (Molière)

《他们不会死去》（维克斯利）*They Shall Not Die* (Wexley)

《东京上空三十秒》（罗伯特·康西丁）*Thirty Seconds over Tokyo*（Robert Considine）

《你一生的时间》（萨洛扬）*The Time of Your Life* (Saroyan)

《烟草路》（柯克兰）*Tobacco Road* (Kirkland)

《人类的悲剧》（马达可）*The Tragedy of Man* (Mad á ch)

《维多利亚女王》（豪斯曼）*Victoria Regina* (Housman)

《等待老左》（奥德茨）*Waiting for Lefty* (Odets)

《守卫莱茵河》（赫尔曼）*Watch on the Rhine* (Hellman)

《检疫旗》（霍华德）*Yellow Jack* (Howard)

《你不能把它带走》（考夫曼和哈特）*You Can't Take It with You*（Kaufman and Hart）

参考书目

《动物生物学》（伍德拉夫）*Animal Biology* (Woodruff)

《反杜林论》（恩格斯）*Anti-Duhring* (Engels)

《技艺》（王尔德）*Craftsmanship* (Wilde)

《辩证法》（阿多拉茨基）*Dialectics* (Adoratsky)

《辩证法》（杰克森）*Dialectics* (Jackson)

《谈话录》（柏拉图）*Dialogues* (Plato)

《杰出人物的一般类型》（施瓦茨）*General Types of Superior Men* (Schwarz)

《笔记》（莱奥纳多·达·芬奇）*Notebooks* (Leonardo da Vinci)

《剧作技巧手册》（阿契尔）*Playmaking, a Manual of Craftsmanship* (Archer)

《诗学》（亚里士多德）*Poetics* (Aristotle)

《逻辑学》（黑格尔）*Science of Logic* (Hegel)

《剧作的科学》（梅尔文斯基）*The Science of Playwrighting* (Malevinsky)

《虚与实》（卡罗尔）*Shadow and Substance* (Carroll)

《莎士比亚论》（马金）*Shakespeare Papers* (Maginn)

《英国天才研究》（埃利斯）*The Study of British Genius* (Ellis)

《剧作理论与技巧》（罗森）*The Theory and Technique of Playwriting* (Lawson)

《戏剧理论》（哈密尔顿）*The Theory of the Theatre* (Hamilton)

编剧的艺术

作者 _ [匈] 拉约什·埃格里　　译者 _ 陈磊

产品经理 _ 张越　　装帧设计 _ 郑力珲　　产品总监 _ 黄圆苑
技术编辑 _ 丁占旭　　执行印制 _ 梁拥军　　策划人 _ 于桐

果麦
www.guomai.cc

以 微 小 的 力 量 推 动 文 明

图书在版编目（CIP）数据

编剧的艺术 /（匈）拉约什·埃格里著；陈磊译
. -- 杭州 : 浙江文艺出版社, 2023.1
ISBN 978-7-5339-7032-1

Ⅰ. ①编… Ⅱ. ①拉… ②陈… Ⅲ. ①编剧－研究
Ⅳ. ①I053

中国版本图书馆CIP数据核字（2022）第220554号

编剧的艺术
［匈］拉约什·埃格里 著 陈磊 译

责任编辑 金荣良
产品经理 张 越
装帧设计 郑力珲

出版发行 浙江文艺出版社
地 址 杭州市体育场路347号 邮编 310006
经 销 浙江省新华书店集团有限公司
果麦文化传媒股份有限公司
印 刷 河北鹏润印刷有限公司
开 本 710毫米×960毫米 1/16
字 数 264千字
印 张 18.5
印 数 1—7,000
版 次 2023年1月第1版
印 次 2023年1月第1次印刷
书 号 ISBN 978-7-5339-7032-1
定 价 59.00元